U0561354

理想与乡愁

——一个理想主义者的省思与夙愿

刘明清◎著

光明日报出版社

图书在版编目（CIP）数据

理想与乡愁：一个理想主义者的省思与夙愿/刘明清著.—北京：光明日报出版社，2022.3

ISBN 978-7-5194-6403-5

Ⅰ.①理… Ⅱ.①刘… Ⅲ.①随笔—作品集—中国—当代②诗集—中国—当代 Ⅳ.① I217.2

中国版本图书馆 CIP 数据核字（2021）第 279303 号

理想与乡愁：一个理想主义者的省思与夙愿
Lixiang yu Xiangchou :Yige Lixiang Zhuyizhe de Xingsi yu Suyuan

著　者：刘明清	
责任编辑：舒　心　曲建文	责任校对：傅泉泽
插　　图：雅　阁　秋　雨	责任印制：曹　净

出版发行：光明日报出版社
地　　址：北京市西城区永安路106号，100050
电　　话：010-63169890（咨询），010-63131930（邮购）
传　　真：010-63131930
网　　址：http://book.gmw.cn
E－mail：gmrbcbs@gmw.cn
法律顾问：北京市兰台律师事务所龚柳方律师

印　　刷：北京紫瑞利印刷有限公司
装　　订：北京紫瑞利印刷有限公司
本书如有破损、缺页、装订错误，请与本社联系调换，电话：010-63131930

开　本：160毫米×230毫米	印张：19.5
字　数：227千字	插图：15幅

版　次：2022年3月第1版
印　次：2022年3月第1次印刷
书　号：ISBN 978-7-5194-6403-5

定　价：98.00元

版权所有　翻印必究

前言

理想的生活与乡愁的日子

12年,恰好是人生一轮的时间。12年前,也就是2009年,我曾经出版过一本风格类似的随笔集《从愤青到思想家》。书中收录的文章大体是我1999年至2009年10年间所写的杂感与读书札记。作为一个从波澜壮阔的80年代走过来的青年人,书中所记所思所想,包括观察社会的方法、看问题的视角,均明显带有20世纪80年代思想解放的烙印,并燃烧着理想的火苗。

这本《理想与乡愁》,可视为《从愤青到思想家》的续集。

12年过去了。12年间,不仅国家和社会都发生了难以想象的巨变,并且自己的职业与生活也经历了几次转折性的变化;更重要的是,自己已经悄悄告别了怀揣澎湃理想的青年时代,向人生的下半场出发了。

12年间,在繁忙的工作之余,自己仍然像12年前一样,或者像更早的20世纪80年代、90年代一样,倾心于观察社会、思考人生、读书与写作。尽管自己本性上不是一个自律性很强的人,也是一个没有所谓宏远进取心的人,所以无论是与职业相关的功名,还是与兴趣相关的写作,都只是蜻蜓点水、浅尝辄止。12年间所写文章,累积起来,挑挑拣拣,能够让自己看得下去,并且愿意分享给更多读者朋友们文字,还是那么可怜的一些碎片——就权且称为文化随

笔吧,即目前呈现在读者朋友面前的这本《理想与乡愁》。

按理说,既然前面已经承认"告别了怀揣澎湃理想的青年时代,而向人生的下半场出发",还奢谈什么理想,不是很矛盾、很奇怪的一件事吗?自己心里当然十分清楚,在时下现代经济社会,大众更多地、功利性地"向钱看"的氛围中,在自己处于如此尴尬的人生阶段,谈一个似乎超凡脱俗的话题,的确显得不合时宜。

我不奢望自己的几篇简单的文字,自己的一些浅薄的甚至可能显得幼稚的思考,能够在社会或者生活中发挥"重拾理想"的力量,但若可以对本书的读者朋友们发出一点点对理想的微弱呼唤,也就很满足了。

这里需要说明一点:自己的兴趣除了写作,还有另外一块,那就是新诗创作——这是我自20世纪80年代上大学时起至今,唯一一项没有中断的文学爱好。所以此次由光明日报出版社出版我的随笔集《理想与乡愁》的同时,也附赠一册我的30年诗歌创作精选集《人生归处是田园》。诗集中,更多作品是我近5年来蛰居北京密云乡下的收获。

如果说,我的随笔集里面,隐藏着一个呼唤读者朋友们"重拾理想"的微弱声音的话,那么我的诗歌集则散发着一种淡淡的"乡愁"情绪。旧日的乡愁,也许是痛苦的噩梦。

在我的乡村中,乡愁是可以慢慢得到消解的;在我的诗文中,理想之火是不是可以悄悄重燃呢?

作为一个现实的理想主义者,我其实是怀有美好期待的。

刘明清
2021 年 7 月 24 日

目 录

【第一辑】出版的立场

进步从怀疑开始 3
出版者的立场 5
我们为什么需要好书榜 7
读书有什么用 9
出值得出的书才有意义 11
数字版权可以单独存在吗 13
新人与名家 16
无惊奇规则 19
旧邦新命,命在维新 22
爱不爱读书与家庭环境有关系吗 25
你热爱的诗歌黄金时代 27
我为什么对阅读推广一往情深 30
互联网,也会风水轮流转吗 34
礼法之殇 37
为什么越来越信服"英雄史观"了 41
如何摆脱掉作为"乌合之众"成员的命运 43

【第二辑】阅读的省思

官迷与相信鬼神 44
知识人如何救赎自己 46
谁有资格被写入历史 48
你认的不是人,是价值观 52
那么多读不懂的书,为什么还要买 55
人性善恶与人的底色 58
当你不再相信"天道酬勤"的时候 60
奥运飓风刮过,会留下什么 63
政治婚姻的看客 66
平等诚可贵,尊严价更高 69
为什么君王也会怕臣子 72
生命长度与道德高度成正比吗 76
怎样防止小人如鱼得水、兴风作浪的社会出现 . 78
为什么他可以把"奴隶的语言"抛到九霄云外 . 81
可爱、可敬的"书生气"为什么如此稀缺 84
"坑男"说 88
谁的真爱没有受伤过 93
读书人的月亮情结 97
凭什么安身立命 101

【第三辑】人性的观察

白银时代作家们的苦难命运 104
荣光与屈辱 109
关于人文学术出版的几点思考 112
文人天生是穷命吗 117
有一种勇敢叫"沉默" 121
爱在心头口难开 125
有什么人生厄运不可以穿越 128
幸运与不幸 131
爱读书的女人危险可怕又可爱 134
以书观人：读书的品位与人的品位 138
奥巴马夫妇的回忆录为什么那么值钱 142
做独立于鸡群中的一只鹤吗 144
爱的尊严与有尊严的爱 146
我怀疑阅读改变人生，但相信读书明理 149
除死无大难 151
生死十二年 154
为什么你的赞美必须要许给高贵的灵魂 157
清明节里，教我如何不想她 159
泰戈尔的鸟儿飞走了 160

你拿什么赌明天 163
当世名与身后名 166
到了笑谈生死之时，表明我们参透了人生 169
不要麻烦那个世界上最疼你的人 172
文学假装与假装的文学 174
读书一定导致人走向良善吗 177
为什么我们的身边充斥着于连式的人物 179
当你说"看穿了"的时候 182
今天还适不适合读圣贤书 184
你在乎那个在乎你的人的在乎吗 187
为什么不可以对人性抱以美妙幻想 189
眼泪的效果与阶级固化 192
为什么你曾读过的一些文学大师的作品味同嚼蜡 ... 195
《白鹿原》折射出的人性黑暗与亮光 199
什么不可以置之度外 204
面对诗与远方的召唤 206

【第四辑】理想的光束

谁在收割你的"智商税" 211
诗人不死：悼屠岸先生 216
如何打造内心强大的盾牌 220
我与她的不了情：写给《新华书目报》 225
一个人的经济时代 229
女人爱钱的合理性 232
对"过度执法"的忧虑 235
拥抱命运的鬼使神差 239
做自己梦的权利 243
看《风筝》：为什么每一种信仰都值得尊重 ... 247
问西东：人的良知是如何泯灭的 251
为什么我讨厌商人习气 255
看《后来的我们》：谁的青春不迷茫 260
那些国家失败的警钟 263
你为什么挺柳传志 268
没有不可以砸的"饭碗" 271
草根阶层如何获得财务自由 275
怎么判断你的婚姻值不值得挽救 277
如何让你的财商一飞冲天 279
挣钱多的工作与有前途的工作 282
为什么欢呼"劫富济贫"从来都是灾难 284
金钱能买到幸福吗 287
为什么需要重谈"枪口抬高一寸" 289
做人的底线与穷富有关系吗 291
人生归处是田园：对陶渊明一首诗的解读 293

坏人得不到惩罚的结果 296
民间疾苦的倾听者：对陆游一首诗的解读 300

【第一辑】
出版的立场

进步从怀疑开始

记得20世纪80年代的时候,北岛曾经用一首"我不相信"的著名诗篇,唤醒了几乎一代沉睡的中国青年。

其实更早的时候,胡适之先生在20世纪20年代就告诫过中国的年轻人:"一切主义、一切学理,都该研究。但只可认作一些假设的(待证的)见解,不可认作天经地义的信条;只认可参考印证的材料,不可奉为金科玉律的宗教;只可用作启发心思的工具,切不可用作蒙蔽聪明、停止思想的绝对真理。"

改革开放年代里,中共领导人陈云也有过一句名言,曰"不唯上,不唯书,只唯实"。

从古至今,中国人最大的思想桎梏就是不敢独立思考,不敢怀疑,不敢打破陈规旧习。当然制造这一思想桎梏的始作俑者,则是一位超级大人物——被我们中华民族遵奉为圣人的孔夫子。他说,"畏天命,畏大人,畏圣人之言"。几千年来,中华民族就一直被这个思想桎梏紧紧束缚着,光一个皇帝制度就延续了2131年(从秦始皇到溥仪),为人类历史所罕见。终于到了1911年,民国建立终结了帝制。

可以说,中国的长期落后、贫穷,苦难深重,很重要的原因之一就是与紧紧束缚自己的思想桎梏有关。20世纪80年代之后,以邓小平、胡耀邦为代表的一代中共领导人实施改革开放政策,使中国逐步走上富裕道路,之所以成功,很显然有赖于他们以政治家的勇气首先打破了禁锢中国人数千年的思想桎梏,解放思想,将迷信盛行、本本教条、封建思维、保守落后的中国拉回了人类文明的大道。

毋庸讳言,事实上今天的中国又一次走到了"十字路口",用官方说法是进入了"改革深水期"。各种矛盾、各种问题可谓层出不穷、集中凸现。表面看是传统体制问题,实质是能不能有一次新的"思想大解放",来一次新的"大扫除"。

读书人大多知道"皇帝新装"的故事。如果今天还像故事中那样,沉湎于选择做"聪明"的"赞美者",而怯于做那个讲真话的"孩子",那么我们的伟大复兴不就真的遥不可及了吗?

当然不会是这样!因为今天的世界已经不是昨天的世界了,今天的中国更不是过去的中国了。特别是经过了30多年的改革开放洗礼的中国人,独立思考、敢于怀疑的思想种子已经深深埋下了!

有了种子,有了改革开放世界的土壤、水分和空气,又何愁花不开呢?

写于2013年国庆假期

出版者的立场

王云五先生在出任商务印书馆编译所所长的前一年（1920年），便已经开始以"票友"（作者）的身份介入出版活动了。这一年，先生受邀为自己的学生赵汉卿创办的公民书局主编一套"公民丛书"，并将自己翻译的英国学者罗素所著的《社会改造原理》作为该丛书第一种出版。云五先生主持"公民丛书"仅一年左右的时间，就先后出版图书达20余种。他曾经这样撰文表达自己编译"公民丛书"的思想主张："人各有对世界、对人类、对国家三种义务，故国际的、社会的、政治的知识为不可缺。人各有对精神、对物质两种关系，故哲学的、科学的知识为不可缺。他如生存所必需者为衣食，则经济的知识尚焉；进化所必需者为发展，则教育知识尚焉。凡此七端，有一或缺，则为人之道不备，而在一国中，亦不得谓公民。"基于这样的思想、立场和主张，王云五先生将其所编辑的"公民丛书"共分为七大类：国际、社会、政治、哲学、科学、经济和教育。正如后来我们所知道的，他主持商务印书馆期间，主导出版了在中国出版史上具有里程碑意义的"万有文库"，我猜想其编辑立场，恐怕与他初涉出版时主持"公民丛书"的思想存在着某种渊源关系。

从出版大家王云五先生身上，我们可以明确地感知到，出版主张或者说出版立场对于出版者（人）具有何等重要的意义与价值。事实上，出版活动固然从本质上而言是一种商业活动，但更是一种文化选择活动。出版者（人）立场、主张和思想是至关重要的。

如果你只是着眼于短期的商业利益，而不把出版的文化担当与责任当一回事，或者只是口头上当一回事，则你出版的产品，一般很难会有什么品位、品牌以至特色，往往是垃圾书、平庸书泛滥。这样，你在商业上也一定很难成功。请看今天国内那些依靠卖书号艰难度日的个别出版社，不就是鲜明的例证吗？

其实笔者更关注另外一种情况：虽然可能获得了某些商业成功，甚至制造了商业奇迹，却由于出版者（人）的主张与立场，一味取悦于社会低俗或者非理性的阅读需要，因此去出版那些以哗众取宠、刺激极端民族情绪的出版物来制造社会轰动效果。而那些具有社会轰动效果的出版物，由于常与普遍价值观相悖，甚至玩弄"阴谋论"的把戏，不仅不能为我们的社会带来积极向上的动力，相反会误导读者。这样的商业成功，有意义吗？有价值吗？在我看来，实在不是一件多好的事情。

毫无疑问，我们应该欢迎如王云五先生主持商务印书馆那样的商业成功。王云五先生主持商务印书馆期间出版的许多作品，如"万有文库"，即使今天看来，仍具有超越时空的价值与魅力。以致后来知识界将商务印书馆与北京大学一道誉为中国近代文化的双子星。当然王云五先生一代所创造的出版商业奇迹，也是今天的我们难以企及的。据闻，20 世纪 30 年代的商务印书馆就已经是中国最大的出版机构，也是亚洲最大的出版机构。

如此说来，是出版者（人）的立场，决定了出版的档次。

写于 2015 年 11 月

我们为什么需要好书榜

每至岁末,许多平面媒体和网站都会推出自己的好书榜。近来,一些出版机构也加入发布好书榜的队伍中。作为一名出版从业者,我个人当然十分愿意看到这样的好景象,特别是当我服务的中央编译出版社也每年有图书进入各个好书榜单的时候,欣喜之情就更是溢于言表了。溢于言表的方式,则是发微博、微信,与我的朋友和同事们分享自己小小的喜悦。

我们的时代之所以需要好书榜,最根本的原因就是我们确实已经成为一个所谓的出版大国,年出版图书品种接近40万。其中除了少数热门畅销书能够被读者知晓之外,绝大多数的好书、精品书都会或将会沉没在书的汪洋大海中。同时我们也必须承认的是,40万种书当中,平庸之作、重复之作甚至垃圾之作占去了很大的比例。那么,如何让那些好书、精品书脱颖而出,进而被读者知晓、购买显然是个大难题。图书这样一种特殊的文化商品,不可能像手机、汽车、烟酒、房产等一般商品那样产生很高的利润率,图书的生产商(出版机构)和销售商(书店)基本上是没钱打广告的。那么,近年来,各媒体、网站和机构愿意做好书榜这等善事,不就等于为那么多好书免费打广告吗?其实从做好书榜这件事上,我还看到了诸多媒体的社会责任与担当。大家都明白,尽管许多报纸(也有期刊)设了读书版,许多网站开办了读书频道,且花人力财力制作、评选月度、年度好书榜,若从商业的角度看,显然是亏钱的买卖。比如,在读书界影响力巨大的《新京报·书评周刊》的编辑部,组建已有10年,直到今天仍然是报社唯一没有盈利指标的部门。同时我们也应当看到问题的另一方面,正是由于设有读书版面、办有读书频道而让有些报纸(期刊)、网站走近了读书人群,在知识界提升了影响力。因此,我一向认为应当给那些坚持开办读书版面(或频道)的平面和网络媒体点赞。特别是那些传统纸质媒体,正在遭遇着转型的痛苦,它们的坚持就更是难能可贵了。

坦诚而言,对于时下各类好书榜,我个人也还是有一些不甚满意乃至不同意见的,尤其是对于一些好书榜热衷于赶风潮的现象,也就是更喜爱关注热门书、畅销书而对于冷门书以及学术作品则关注不够的现象。不过,这并不影响我对于读书界、媒体界方兴未艾的推荐、评选好书榜之热潮的支持与赞美。我很愿意说一句:我爱好书榜。

写于 2015 年 12 月

读书有什么用

如果单从功利实用的角度出发,"读书无用论"确实有其存在的土壤。因为你可以看到,没有读多少书的人中不乏发了大财、做了大官者。特别是在当下的社会情境下,由于大学生就业遇到了难题,甚至出现了一些大学毕业生工资不如农民工的现象,则更加推动了"读书无用论"思潮的蔓延。

显然这一问题的背后,反映了一个社会价值观的问题。在我们的传统社会里,"学而优则仕",是读书人唯一的出路,所以读书的最大目的和用处便是可以"做官"。当然在官本位的社会里,只要做了官,财富、地位、身份诸多好处也就全有了。而到了现代社会,虽然我们已经不再把"学而优则仕"作为公开口号加以提倡,但又变成"读书(知识)改变命运",最终还是将读书和学习知识,作为实用性工具来看待。因此,一旦有人发现,读书没有实现发财、做官、地位提升的理想时,便对读书打上问号了。

我个人从不否认,也相信读书有现实和长远的好处。因为按照现代市场经济的观点,人力资本也是可以被市场定价的。受教育程度高的人、读书多的人、知识渊博的人,其收入水平、社会地位,整体一般会高于受教育程度低的人、读书少的人、知识欠缺的人。虽然也有个别甚至许多相反的案例,但相对于社会普遍现象而言,仍然是"小概率"事件。你能说李嘉诚14岁辍学没有接受过正规教育而成为亿万富豪符合社会普遍规律吗？另外，一个人读书的多与少也并不仅限于其接受教育的阶段，事实上人生的大部分时间都是可以通过读书来学习知识的。据闻，李嘉诚虽然没有接受过正规教育，但老先生一生勤于读书思考，可谓知识渊博。他一生的事业蓬勃发展恰恰与其善于读书思考实践有着密不可分的联系呢！

尽管承认且相信读书对于我们会有现实和长远的好处，但我还是不赞成将读书完全功利化、工具化。因为，抱着功利化、工具化的目的去读书，我们会发现大量的书是没有什么实际用处的，比如，文学、哲学、艺术、历史，读那些书，既不能帮助你找工作，也不能让你涨工资，甚至读了以后可能还会让你发现现实社会的种种不可爱之处，徒增些忧愁和烦恼。于是我们可以发现，有的人甚至读完了博士学位，仍然知识贫乏，视野狭窄，缺少人文气息。因为他读书只读教材，只会考试，而没有去读那些所谓的"无用"的书。在我们的出版物市场上，最好销的往往是教材、教辅及实用书籍，而大众人文图书的销量，却只占到很小的市场份额。这无疑是当下社会面临的一个严峻的问题。

在我看来，人一生最需要阅读的正是那些"无用"的书；而且天下最好看的书往往也是那些看似"无用"的书。清新隽永的诗歌和散文；耐人寻味的历史和哲学；情节曲折的故事和小说……足够让人享用一辈子。而且读这些书的时候，可以天马行空，让自己的思想无边无际地畅游，真正享受到读书的最大快乐。

所以，对于一个真正热爱读书的人而言，读书本身就是生活、就是目的，他才懒得去理会"读书有什么用"这样"愚蠢"的问题。

写于2015年12月

出值得出的书才有意义

从一般意义上讲，我们总认为图书（出版）的根本目的是知识积累和文化传承。这当然没有错。可是具体到每一本书，如何判断其具有出版意义则是很不容易的一件事。我们更容易将畅不畅销、有没有读者（也只是当下读者）愿意购买，来作为决定出版与否的重要标准甚至是唯一标准。这样做的结果必然是出版的大众化、娱乐化乃至庸俗化。当然我个人也并不绝对反对大众化、娱乐化，做出版必须考虑读者的需求或者说市场的需要，这也是图书产业得以繁荣发展的必要条件之一。

在我个人看来，一本书值不值得出版，最根本的考虑标准是具不具有传播价值。所谓传播价值，首先是值得传播——专家学者们的有创见、有思想、有新意的学术作品当然值得传播；而非专业人士的创作，如果具有创见、有思想和新意，也是值得传播的。至于是不是有创见、有思想、有新意，出版者往往也会囿于自己的专业知识，需要请专家来帮助评判——这便是西方学术出版机构通常采用匿名专业评审制度的缘由。而我们现在的学术出版机构大多还没有采用这样的评审制度，但邀请专业人士评审把关学术作品还是经常做的。其次是值得出版，这自然与每家出版机构定位有关系。以中央编译出版社为例，我们尽管也有机会遇到许多值得传播的好作品，如原创小说等文艺作品等，却始终是忍痛割爱的。

这是因为我们的出版定位是"思想文化的摆渡者——在东西方之间"。也就是说我们更钟情于那些东西方人文学术前沿作品，近年来也开始关注一些著名学者有关中国传统文化研究的学术著作。凡是偏离我们出版定位的东西，我们一般是不碰的。再有就是有没有能力来传播。即使那些也是值得你来传播的作品，但是没有传播能力也是枉然。例如，支付不起高版税、编辑力量不足、营销水平不够，甚至承担不了经济风险等，这都是制约条件。

作家张爱玲认为爱情就是不问值不值得。但是，干出版是必须要问的。值得出版的，你没有出自然是遗憾；不值得出版的，你出了，即使赚了些散碎银两，恐怕也高兴不起来。

2015年12月

数字版权可以单独存在吗

2011年1月,著名作家贾平凹将小说《古炉》数字版权"一女二嫁",引发了人民文学出版社与网易读书的版权纠纷。事件的起源,当然是贾大作家本人,因为利益的考量将本来属于人民文学出版社的数字版权,又卖给了网络媒体。

事实上,类似的事件在出版界普遍存在着。特别是一些热门作品的作者,一方面将作品授权出版社抽取不菲的版税,同时又将数字出版权卖给那些数字新媒体以及数字技术商、设备商。那些数字新媒体、技术商和设备商,早些时候还主要是从出版社那里争取内容授权,近些时候则干脆直接去找作者授权了。以至于出现了如贾平凹《古炉》这样令人不解的事件。

在一部作品的出版当中,出版社无疑要付出艰辛的劳动,投入物力与人力成本。也许从作者的创意开始,出版社编辑就要介入与作者共同讨论作品的主旨、结构以及语言风格;如果是学术著作则要在学术创新方面为作者提供参考性意见。作品完成后的编辑加工、审读、校对,以及版式、封面设计等更是出版社富于创造性且使作品价值得以提升的工作。当然作品的市场推广、作者的影响力传播,同样是出版社不可推卸的责任。我们知道一些作品之所以走红、畅销,一些作者之所以从默默无闻到一鸣惊人,往往背后凝聚了出版社的汗水与付出。即便如此,绝大部分出版人并未意识到,作品的专有出版版权事实上包含着传统纸质出版权和数字出版权在内，或者说数字出版权是依附于传统纸质出版权而存在的，是不可独立存在的。

为什么我认为数字出版权是依附于传统纸质出版权而存在，而不是独立存在呢？最根本的理由，我们认为数字出版权是一种邻接权，是独立于著作权（版权）之外的一种权利，只是专有出版权的组成部分。尽管邻接权来源于著作权，也就是作者的授权转让，但邻接权一旦转让就不再属于作者而属于受让方，也就是专有版权持有人。就像作品出版形式有平装版、精装版一样，作品也可以以数字版的形式出版。可以设想，如果作者在授权出版社出版自己作品的时候，还要将平装版、精装版授予其他出版社，这样作者的利益最大化了，但出版者的利益必然严重受损。从平衡商业利益的角度出发，立法者在制定版权法（《中华人民共和国著作权法》）时，一般不会鼓励作者如此滥用权利对专有出版权进行分割，而是维护专有出版权的完整性。所以我们可以看到，出版社在出版作品的时候，是采用平装版的形式，还是精装版的形式，多从市场角度出发而决定。这时只需要知会作者，而不需要作者分别授权。同理，所谓的数字版权，理论上也只是出版形式（版本）的一种，从选题创意、编辑加工、审读、校对，到市场推广和销售，除了没有印制和物流环节外（数字版的销售对象多为终端读者），所有涉及出版的创造性工作都是必须要做的，与采用平装版、精装版无本质上的区别。

回到本文开始提到的案例。贾平凹的小说《古炉》，虽然著作权属于贾，但专有出版权则属于人民文学出版社。相信，出版社在出版《古炉》的过程中，一定付出了创造性的劳动，数字版同样是作者与出版社共同的劳动成果，所以出版社获取因享有专有出版权所带来的商业利益完全是理所应当的。显然贾平凹先生没有理由将数字版权重复转授第三方（贾本人声称不懂数字版权）。

出版业界对于所谓的数字版权存在着模糊认识，与我们著作权立法相对滞后也有一定关系。现行《中华人民共和国著作权法》没有对作品的数字版权做相关规定，导致作者、出版者普遍以为，出版者尽管取得了专有出版权，但如果作者没有专门授权出版者依然无法享有数字版权；作者可以将传统纸质图书出版权和数字出版权分别授权，以争取利益最大化。由于存在着这样的模糊认识，以致出现了社会上愈演愈烈的所谓数字版权之争的乱象。

最后，笔者呼吁政府主管部门和立法部门尽早出台相关司法解释，或对现行著作权法进行修改。在著作权法中明确规定数字版权为专有出版权的组成部分（邻接权），而不可与专有出版权分割授权。这样做的结果，对于出版产业以及文化产业的健康发展将有极大的益处：第一，可终止时下愈演愈烈的关于数字版权之争的乱象。第二，激励出版产业市场主体，也就是出版单位专心做好、做强内容，同时对作品市场推广、作者影响力打造投入更大的力量，因为他们不必担心因数字版权的分割而让别人（数字技术商、设备商和渠道商）搭便车让自己利益受损的事情发生了。第三，更有利于数字出版产业本身的健康发展。让长于做内容的做内容（出版社），让长于做技术的做技术（技术商），让长于做渠道的做渠道（网站、电信、移动平台），这样的优势互补、相互推动，何愁产业不大繁荣、大发展？

写于 2011 年 12 月 5 日

理想与乡愁：一个理想主义者的省思与夙愿

新人与名家

  同演艺圈追逐明星一样，出版界也一向有追逐名家的传统。新人的稿子，尽管经常会闪现出几丝创新的光亮（也许日后会成为经典），却由于是新人新作、初出茅庐，便总是乏人问津；即使有些新人作者愿意掏腰包自费出版，也往往提不起出版商的兴趣。而名家则不同了，经常被出版商包围着，出席各种书展、发布会，亮相在媒体的镁光灯下；哪怕是随意写下的文字都会被编辑们视为珍宝，高价签下出版权；有些可能还只是名家头脑中的一点想法，连像样的稿子都还没有，同样也成为出版商们争相抢夺的图书选题了。很自然，名家们的身价更与新人有着天壤别：版税百万已属平常，千万级别也不新鲜。

  对于出版商而言，"选择新人与追逐名家"的确是一个两难选择的问题。尽管出版新人新作成本低，如果他愿意自费出版，甚至没有成本。可是出版之后，是否能够获得读者的追捧、市场的认可，也就是说能否将书卖掉将产品转化为货币，几乎是一个未知数。因为残酷的书业市场现实告诉我们：在全国各地几乎所有的大型图书卖场里，动销品种的份额并不高。换言之，大部分图书虽然也有上架的机会，却可能一本也卖不掉，只是书店为了增加品种而已（结局都是退回出版商）；还有许多的书似乎连上架接受市场检验的机会都没有。毋庸讳言，不被读者认可、不被市场接受的图书，绝大部分都是所谓的新人新作。正是由于出版商们出于规避市场风险的考虑,一般都不愿意出版新人作品,即使勉强出了也不愿意押宝在新人身上,投入更多的营销资源。由此我们就可以理解为什么当年余秋雨教授的《文化苦旅》曾经辗转于多家出版社之间,最终被东方出版中心用较低稿酬采用的背后原因了。我曾经听一位老编辑讲,余秋雨在成名前,他服务的出版社也退过他的书稿。

至于出版商争先追逐名家作品,自然也是出于规避市场风险的选择。名家之所以有名,就是因为他们已经获得了读者的青睐,通过了市场的检验。出版名家作品的销量一般是有保证的,至少在营销推广方面占有先机,媒体都有追捧名家的风气,作品出炉后不愁没人宣传报道。但近些年来书业残酷的现实同样也告诉我们,出版名家作品的风险也在与日俱增。最根本的原因是,名家的胃口越来越大,要价越来越高:版税动辄百万,甚至千万;首印数从几十万册攀升到上百万册。出版商的成本付出已经到了吓人的程度。我们经常可以听到这样的传闻:哪家出版社出版某名家图书,赔得一塌糊涂。当然这不仅是传闻,而是惨痛的事实了。我知道,已经有一些有远见的出版人和出版商,在从追逐名家作品的"战争"中主动撤退了;当然还有很多出版人和出版商,仍在争先恐后地加入"赔本赚吆喝"队伍中去。由于出版商之间的恶性竞争,导致目前国内书业市场竟然出现了一种非理性的疯狂状态:某些名家为了让自己的利益最大化,搞所谓的"非独家授权"出版——实际上是"一女多嫁",让出版商完全进入自相残杀的状态。我们看到,全国几乎所有的少儿出版社都出版过某偶像儿童文学作家的作品,图书内容几乎大同小异,甚至完全雷同。当然作家本人则是多年占据着作家富豪榜的位置，可谓名利双收。出版她作品的机构，我们完全可以想象得到，一定是"甘苦自知"了。

归根结底，出版是一种选择：选择你的作品还是选择他的作品，还是选择你不同的作品，推荐给读者和市场，这体现了出版商的眼光、智慧和水平。如今，我们中国的出版商"追逐名家"的戏码已经上演到了非理性的程度，这不能不说是一种可怕的现象。名家都是从新人走过来的，今天的新人也许就是明天的名家。而且新人的作品未必差，甚或有可能成为伟大的作品（许多经典作品是处女作）；名家的作品未必佳，也有草率拼凑之作、名不副实之作。这些道理，我们相信每一个搞出版的人都是知晓明白的。问题在于，明知道那样的选择不是高明的选择，为什么还要那样做。这就与我们的眼光、智慧、水平密切相关了。有眼光、智慧、水平的出版人总是善于从新人中发现未来的名家，从无名之作中发现好作品。而缺少眼光、智慧、水平的出版人，即使是名家好作品，也未必能出好，甚至砸了锅。最让我痛惜的还不是出版人自身智慧和水平问题，而是我们的"业绩导向"机制，激励了一些我们所熟知的高智慧、高水平的出版机构，挟强大的国有资本（上市公司）的优势，加入"追逐名家"作品的争夺战中，虽可能会取得一时的"眼球效应"和"市场业绩"，但时间过后又能留下什么呢？经典之作，抑或文化垃圾？实不敢言。

我最终的结论是：出版好的、有效益的作品，比出版谁的作品更重要，而不必太在意是新人还是名家。

2015 年

无惊奇规则

美国《华盛顿邮报》的社论版主编弗雷德·哈亚特先生在谈到该报社论立场的时候，指出他们遵循的是"无惊奇原则"（NO Surprise Rule），也就是不会突然改变固有立场，没有"惊奇"。同时坚持独立性，职责在于帮助最穷苦人群的理想等。

当然，弗雷德·哈亚特先生的言论是专门针对他们报纸社论发表的，但是在我们看来用于做人方面，也是具有相当的价值。

我们知道，每一个人、每一个民族、每一个群体都是有自己的价值理念和政治主张的。也就是我们过去所说的价值观与世界观。但是，我们可以发现，有些价值观与世界观，比如，民主、自由、人权、济贫、宽容等是不唯某个人、某个民族、某个群体所独有的，而是具有普遍意义，也可谓人类共同的价值观与世界观。这或许也可以被认为是符合"无惊奇原则"的。

具体到富人与穷人的价值观与世界观，除了拥有所谓人类共同的、具有普遍意义的之外，我们同样可以发现一些不同的东西。

比如，富人普遍赞成自由市场经济，因为富人常常是自由市场经济的胜利者；而穷人往往更欢迎公有制度，因为穷人在自由市场经济常常处于弱势地位。前不久，我们从电视中看到法国工人在巴黎罢工游行，抗议政府将部分国营垄断企业民营化。

再比如，富人总希望社会保持现状、保持稳定，不愿意推动对社会更多的改革，因为富人多是社会既得利益者，保持现状总是最好的选择。而穷人则常常是社会改革的推动者，因为只有改革，穷人才可能获得改变现状的机会。因此，我们可以看到，在美国、英国，更多代表富人和资本家利益的共和党、保守党，总是倾向于坚持传统资本主义的价值观；更多代表穷人和平民利益的民主党和工党，总是乐于实施大胆的经济和政治改革计划。而且，在我国最先改革的就是当时十分贫困的安徽省小岗村的农民。由此，我们可以大胆设想，我国今后改革的主要推动力量，应该还是来自我国广大的工人、农民和知识分子；而不太可能寄希望于富有阶层和社会精英分子。

还比如，富人更愿意相信金钱的作用，因为拥有财富和资本是他们最大的优势。而穷人更愿意相信力量的作用，因为穷人最大的优势便是自己的身体了。所以资本创造价值，常常被认为是富人的逻辑；劳动创造价值，总是被认为是穷人的理论。当然，这里我们也愿意相信，承认金钱的价值远比承认权力、地位的价值进步得多。特别是中国人几千年倡导"以吏为师"的传统，大大强化了权力在社会中的作用。这是很不幸的，不仅对于依靠才智致富的富人不公正，对于广大的穷人更不公正。

话说回来，尽管我们并不完全同意富人的价值观，但有一点我们仍然愿意肯定富人，那就是富人更愿意遵循"无惊奇原则"，也就是说富人一般不会突然改变自己的信念和价值观，特别是那些制造"常青树"企业奇迹的资本家，他们会一代一代坚持自己固有的传统，恒久弥坚。

尽管我们完全理解穷人的价值观，并承认部分确有积极意义，但有一点我们却不愿意欣赏——过于寄希望于改革的态度。世界上不是所有改革都是好的，许多对于现状的改变有时会更糟。比如，我们所知道的中国历史上的"王莽改革"，不是给当时的老百姓带来了巨大灾难吗？再比如，当今拉美一些国家领导人的改革，起初确也赢得了广大贫苦国民的支持，但是结果却是经济和政治危机的爆发，当然最终利益受损的仍然是广大贫苦国民。中国今天的改革不仅取得巨大成就，而且老百姓确实从改革中获得了实际利益。这是好的改革，我们没有理由不继续坚持下去。然而，我们同样没有必要迷信和扩大改革的作用。我们民族和国家最缺少的恐怕是对于一种既定目标的不懈坚持与恒久努力。

的确，从某种意义上讲，穷人更愿意"惊奇发生""奇迹发生""改天换地"；相反，富人却愿意保持现状，一如既往，"无惊奇发生"。

2002年10月

旧邦新命，命在维新

《诗经》有云："周虽旧邦，其命维新。"3000年来，以儒家文化为代表的中华文明一脉相承、绵延不绝，可谓世界文明史之奇迹。这无疑也是今天我们每一个炎黄子孙都感到骄傲的地方。但同时，需要指出的是，如果没有20世纪末期邓小平等中共领导人推动的改革开放，使中国从封闭、落后的轨道上脱离出来，我们是没有什么可骄傲的资本的。

尽管直到1840年鸦片战争爆发的时候，中国（大清国）的GDP仍然是世界老大，占到了33%，比美国加欧洲的总和还多很多；而与此同时，号称"日不落"帝国的英国的GDP却只占到世界的5%。可是，天朝大国却被那些我们一向看不起的"蛮夷小邦"打得落花流水，乖乖屈从；更加悲惨的是，1894年的甲午一战败于邻邦日本，几乎把我们最后的一点颜面也输得精光。中华民族伟大"旧邦"命运的真正拐点，在我看来是1911年的辛亥革命。此革命一举结束了2131年的帝制，建立了亚洲第一个民主共和国。

可以说，正是1911年的辛亥革命使中华民族第一次接近了世界文明的大道。但令世人痛惜的是，虽然共和思想、民主精神在当时已经为大多数中国知识分子和精英群众所接受，但在那些掌权者的眼中，权力如皇帝般至高无上；不受约束的权力，才是最可爱的，才是最值得他们追求的。因此，为了追求梦中的皇权、特权，战争、谋杀、复辟、倒戈与伪装进步——夺权的戏码不断，主题却永远不变。当然中国民众的苦难，也就不断了，而且苦难一次比一次深重。

中国人对于自己文明传统的第一次真正反思，发生于20世纪初叶，即1919年前后的五四运动。反思当然首先是由知识分子领导并参与的，代表人物为胡适、陈独秀、李大钊和鲁迅等。五四时期最著名的一句口号是"打倒孔家店"。尽管五四一代知识分子几乎都对中国传统文化有着极深入的研究，并且通晓西方文化——所谓"学贯中西"的鸿儒硕学，他们留给世人的成果也都是与我们的"国学"相关，如胡适最重要的学术著作是《中国哲学史大纲》；鲁迅最重要的学术著作是《中国小说史略》。但他们一致、鲜明的立场都是对以儒家文化为代表的中国传统文化（文明）持完全否定与批判的态度。这实在是很耐人寻味。

今天我们回过头来观察五四一代知识分子对于中国传统文化的"愤青"立场，其实并不奇怪。正如当代著名思想家李泽厚先生所指出的，由于五四运动"救亡压倒了启蒙"，所以真正启蒙的任务事实上到21世纪的今天依然没有完成。以胡适、陈独秀和鲁迅等为代表的五四知识分子，身处中华民族"图存救亡"的严峻历史关头，首先需要他们做的工作就是寻找医治"国病"的"药方"。"药方"，他们肯定不会不想到老祖宗的"修齐治平"那一套，但1840年以降的悲惨历史事实证明了老祖宗的东西在面对"船坚炮利"的西方文化时根本不堪一击。况且当时多数中国民众及政治人物还死抱着传统不撒手——坚持着所谓的"技术（器物）西方优于中国，而文化中国优于西方"的陈腐观念。因此，要让西方的"德、赛"二先生在中国土壤里生根，不把传统来一次彻底大扫除又怎么可能呢？不要以为中国传统文化倡导"中庸哲学"，我们中国人就真的会中庸处事。事实上我们从来都是矫枉过正、走极端的，也从来都是说一套做一套的：当一个王朝推翻另一个王朝的时候,对于旧朝皇室常常是"斩草""除根"的;秦始皇为了统一思想,竟然搞出了"焚书坑儒",连记载文明的书籍都要统统烧掉。

经过了近代百年(辛亥革命已过百年)的艰难探索,中华民族今天又一次走到了新的历史转折点。中华文化、中华文明的鲜活且顽强的生命力再一次迸发。然而这一次的迸发,很显然不是一次传统的回归,而更多是向世界文明大道的主动靠拢。"周邦虽旧,其命维新。"今天的中国,依然还是那个延续着3000年文明传统的"旧邦"吗?当然是。但从迸发的鲜活且顽强的生命力来看,分明已经是一个焕然一新的现代国度。谜底是:旧邦有新命,新命在维新。按照今天官方的说法则是:改革只有进行时,没有完成时。

2013年10月25日

爱不爱读书与家庭环境有关系吗

中国一向是一个重视读书的民族。"忠厚传家久,诗书继世长",曾经几乎是每一个传统中国家庭的理想信念。"万般皆下品,唯有读书高",更是旧时代中国读书人的价值观。尽管对于这样的文化传统,今天的我们并不能够完全认同,但无可否认的是,中华文明几千年之所以绵延不绝,与我们这个民族深深植下"读书"的种子并不断地发芽、开花、结果密不可分。

帝制时代以前,中国人读书当然只是读圣贤书,以"修身、齐家、治国和平天下"为理想目标。尽管那时候并不是所有人都有读书机会,也不是所有人都愿意献身学问,但制度安排(科举)仍然为那些佼佼者和精英分子提供了"公开、公平与公正"的报效国家的机会与可能,即所谓"朝为田舍郎,暮登天子堂"。

读圣贤书,固然可以造就一个好人或者贤人,甚至也可以成功应对农业社会的所有疑难课题,但无法为后来出现的瞬息万变的工业文明、现代社会提供技术支撑与理论支持。因此,晚清以降,中国人一旦真正遇到了"3000年未有之大变局",便只能从西方的"德先生"(民主)、"赛先生"(科学)那里寻求医病的良方。

人同此心、世同此理。凡人类,莫不如此。所谓东方文化与西洋文化,尽管表达方式不同,但本质上都以追求真善美为终极要义，以追求人的幸福、尊严、自由与和谐为根本目标。正是基于此，才使得20世纪中期以后的文明大交融、全球化时代的到来。悲哀的是，我们竟走了一段弯路，甚至妄想与自己的悠久文明传统切割。

所幸历史并不完全由个人主宰，黄河九曲最终也要奔向大海的。20世纪80年代开始，我们再一次回归与世界潮流并行的正确道路。曾经几乎被当作破烂一样的读书的种子，重新在我们民族的心田生根、发芽、开花，这一次轮回虽还没有结出果实，却已经燃起了我们对收获的希望。读书、学历、知识、知识分子、自由、科学、尊严等，这些与文化、与书相关的字眼儿，今天似已经为普罗大众所耳熟能详。

现代出版家张元济先生曾有云："数百年旧家无非积德，第一件好事还是读书。"早些时间，俞晓群老师也提出了"书香社会"的倡议。

2016年7月

你热爱的诗歌黄金时代

　　微博、微信的勃兴,带热了一种文体,那就是诗歌。现在我每天都会在各个微信群里,看到诗人们在晒自己的诗,也有不少朋友满怀深情地朗诵自己或者别人的诗。在互联网电台节目(喜马拉雅、荔枝等)中、在各地开展的全民阅读活动中,诗歌诵读活动总是最受欢迎的。
　　难道,你所热爱的诗歌黄金时代又回来了吗?
　　我是经历过20世纪80年代诗歌黄金时代的,80年代的高校校园真是名副其实的诗歌天堂。留长头发的学生诗人,常常是女孩子们心目中的最佳情侣。各种诗社、诗歌小组、诗歌讲座,充斥着校园。有人开玩笑说:"在校园里扔块石头,说不准就会砸中一个诗人的脑袋。"
　　印象最深刻的一次诗歌精神洗礼,是1983年夏天的某个晚上,顾城来学校做讲座。对,就是那个写出了"黑夜给了我黑色的眼睛,我却用它寻找光明"的那位朦胧诗歌代表人物。他的讲座安排在一个大教室里,当晚爆棚,连过道都被挤得水泄不通。顾城那时应该还不到30岁(实际27岁),个子不高,白白静静,像个羞涩的大男孩。他的声音柔软却有力量,两个眼睛炯炯有神,发射着坚定的光芒。那一晚,在场的我们几乎人手一册《舒婷顾城抒情诗选》,而他也将诗集中他的每一首诗都朗诵了一遍。
　　20世纪80年代更是诗人的黄金时代。那时的诗人,可以像唐代李白、杜甫一样云游四方，到全国每所高校都会有诗友免费食宿接待。当年诗人海子，也曾经游历一些地方，受到当地诗友的接待。直到20世纪80年代末期（1988、1989年），我已经工作了，还经常有相熟的大学生带着外地诗人同学来造访我，让我做东请他们喝酒（因为我挣工资）。

转年，中国诗歌同中国所有的思想文化一样进入沉寂的90年代。没有人再关心诗歌、关心文学了，人们争先追逐的是地位与"钱途"。

中国诗歌的再次兴起，已经到了新世纪。这要感谢伟大的互联网，互联网在20世纪90年代末期由美国传入中国，很快催生了一个叫"网络文学"的东西。这自然不是新东西，只不过由于过去文学刊物和出版机构都是官办的，发表作品总要经过严格审批才能与读者见面（以北岛、顾城为代表的朦胧诗人一代以及海子一代，诗人最初发表作品都是通过自费油印诗集的形式传播的）；而互联网，则彻底颠覆了文学以及所有思想表达方式，在网上不仅可以自由发表，而且可以短时间传播全世界。

在网络文学繁荣的年代（2000—2010）里，最活跃的当然是小说，而不是诗歌。特别是在博客写作兴起后，时评、杂文等创作也成为网络写作的重要组成部分。而诗歌之火的再次燃起，则应当归功于微博、微信等社交工具的诞生与流行——这又是与移动互联时代的到来密不可分的。

有人说，我们今天已经彻底被碎片化阅读潮流所裹挟，我们56个民族也将被"低头族"一个"民族"所代替。这样的说法实在有些"耸人听闻"，可的确也是我们不得不必须面对的一个事实。我是历史进步论者，我相信伟大的互联网正引导人类走向更幸福、更美好的未来。其中，最让我欣喜的是，我热爱的诗歌黄金时代似乎又回来了。

我们中国本来就是一个诗歌的国度。从《诗经》《离骚》

开始，中文诗歌已经走过了 2000 多年的时光。中国的白话诗即新诗（胡适创作第一首白话诗时间为 1917 年）也将于明年（2017 年）迎来百岁生日。

　　长路奉献给远方，玫瑰奉献给爱情。我拿什么奉献给你？我的诗歌。作为诗歌的爱好者，一个以出版为志业的人，现在真的需要我好好思考一下了。

2016 年 7 月

我为什么对阅读推广一往情深

我微信账号上的个性签名是"职业读者"。我十分喜欢这个签名,是因为我喜欢这个"职业读者"的身份。20多年来做编辑出版,几乎没有一天不看书稿,正可谓名副其实的"职业读者"——以阅读为职业是也。除了自己的工作阅读(编辑审稿)与兴趣阅读之外,我还有一大爱好,就是做与阅读推广有关的事情。

从20世纪80年代末期开始,我便尝试写一点书评类的文字,将自己读过的好书、看过的好文章、思考的体会分享给认识与不认识的朋友们。那时自己主要的园地是一家高校的校报,通过编校报的副刊,竟然团结了校园里一批喜欢读诗、写诗的年轻大学生。那时,我除了将他们创作的诗歌作品发表在校报上之外,还专门编发过几期优秀作者的个人专辑,我特别撰写了评论文字予以推荐。这样的做法,毫无疑问地在大学生中间掀起了一股不小的读诗、写诗的热潮。期间,我邀请过校外的诗人来学校举办讲座,并向某专业文学刊物推荐发表本校大学生的优秀诗歌作品。以今天眼光看来,如此种种举动,不就是今天所谓的"阅读推广"活动吗?

进入20世纪90年代中期后,我从出版"票友"(业余编书)转身为一名出版社专职图书编辑,自然更要把阅读推广视为自己分内工作来做了。大约是1997年夏的一天,第一次有机会为电台录制节目推荐自己编辑的图书。当从广播中听到自己既陌生又熟悉的声音时，激动的心情简直难以言表。那段时间里，尽管工作繁忙、家事缠身，自己还是在夜深人静的时候，伏案读书写作，辛勤笔耕。当时所写文章大部分可以归入读书随笔或者思想评论一类。10年之后，其中多数文字被收入到了自己出版的《从愤青到思想家》一书里。

新世纪已经过去了14年。自己也早已经从一个激情浪漫的青年，变成一个虽怀理想但更具现实与理性的中年人了。但是对自己所从事的出版工作，虽然起起落落、坎坷不断，却依然爱恋如初；而对于阅读推广，也照旧是一往情深。在这十几年间，我的阅读推广平台，也从传统的媒体，如报刊、电台、电视台，跨越到了新媒体时代。近年来，我将更多精力投放到了互联网上。我或可能是出版业界最早接触网络的从业者之一。在单位还没有电脑的时候，我便从中关村电子市场购买了第一台PC机，从DOS命令学起，之后学会用WPS写作。互联网刚刚兴起博客的时候，我就开通了自己的个人博客。我还自己投资尝试建立过一个图书信息发布网站，亲自去采访业界专家写成文章后发布到网站上。新浪微博上线不久，我也是较早开微博的出版人之一。通过上央视"百家讲坛"而走红的名师鲍鹏山、郦波，开通新浪微博，也是我推荐的结果。我通过自己的博客、微博、豆瓣、微信来推荐本社出版的好书，同时也经常推荐喜欢的兄弟出版机构的好书。有一些同行知道我喜欢在网上荐书，便会时常寄一些他们出版的好书希望获得我的推荐——这可能是我做阅读推广的一点意外收获了。

更值得一提的是，我作为北京市政协新闻出版界的一名政协委员，于前年（2014年）初北京"两会"期间，以界别召集人的身份联合新闻出版界委员提交了一份《关于设立北京全民阅读公益基金的提案》。"提案"建议北京积极响应中央开展全民阅读工程的号召,率全国之先,建立一个由政府支持的全民阅读公益基金,来推动、扶持北京的全民阅读活动。"提案"内容经新闻媒体发布后,在社会上引起了很好反响,同时也受到北京市相关部门的高度重视。另外,我还通过自己的影响力,帮助促成了"首届全国民间读书会发展交流大会"的顺利召开。当然,我也以一名普通的阅读推广人的名义,参加过一些社会上的读书会活动,亲身感受到了北京作为全国政治文化中心所洋溢的全民阅读的书香氛围。另外,今年,我率领我所服务的机构人员积极参与了"北京阅读季"的一些重要活动的组织工作。同时,也受邀作为专家评委参与了多项阅读季的评奖活动。

对于自己花那么多的精力、时间去做一些阅读推广工作,我认为是完全值得的,更是有意义的。首先是对我们的出版工作、出版产业大有益处。读书人多了,可以直接带动图书销量的增加,进而拉动出版产业,这是不言自明的道理。作为一个出版从业者,我从不把阅读推广工作看作是分外之事,而完全是分内之事,是自己职责所在。当然,如果仅从现实利益考量做事是不够的。我个人做一点阅读推广工作,其实更多是出于喜欢、热爱。因为我相信,这个世界还没有一种方法比读书更能够提升人的素质、提高人的境界的。我不讳言,自己心中有着一股浓浓的传统家国情怀;我同意有学者认为中国的未来光明抑或暗淡,将取决于我们拥有理性阅读的人口数量的看法。因此,政府将开展全民阅读活动作为国家工程来实施,我以为实在是高明之举、兴国之策。当然,我也承认,阅读不仅是一件关乎国家、民族的大事,阅读同时更是一件私人事情。我们不能够因为重视了阅读的公共性,而忽略了阅读的私人性。毕竟读书这件事是需要通过每一个生命个体去实现的。所以,我十分赞成"让读书成为一种生活方式"的说法。可喜的是,读书这一新的生活方式,已经走向越来越多的中国人。这不正是广大阅读推广者,还有自己所期待的吗?

2016 年

互联网，也会风水轮流转吗

作为一名职业编辑和写作者，我是很早写博客的作者之一。记得我的第一篇博文是发表在"博客中国"上的，时间是2004年8月17日。后来，我又在当时最火爆的天涯社区上开了自己的博客，时间是2008年2月14日。当然，我不是一个勤奋的写作者，时断时续，一直属于玩票性质。再后来，玩微博、微信，自己也都没有落下。尽管自己从未靠写作谋生，但对于互联网写作的热情，直到今天似乎都没有真正衰退过。我把是否能够保持对互联网的关注，看作是检验自己有没有与时代脱节的一个重要指标。

还好，尽管自己早已不再年轻，但总算没有被时代的列车抛下。以我个人对于今天互联网的观察，最大的一个感受就是，互联网可能同样也存在着风水轮流转的现象。

互联网最早的功能是看新闻（以门户网站为代表）与通讯（电子邮件），今天这些功能都还在发挥着。微博兴起的时候，就有人预言，新闻门户网站会衰落下去，但直到今天，几大新闻门户网站都还活着，而且活得并不差。特别是他们又及时在移动互联时代来临之后，先后发布了新闻客户端，重新找回自己。

互联网最激动人心的功能是社交，是人与人的交流。所以十几年前，最具有人气的网站往往都是以论坛（BBS）、社区为主打产品，比如，天涯、西祠、西陆、网易等。那时，我也是混迹"天涯"的常客,"闲闲书话""关天茶舍"都留下过我的足迹。我还在"博客中国"的一个论坛上混上了一个"版主"的称号。当然,牛人们都集中在天涯上,据闻那时,知名出版家沈公昌文先生,也是成天泡天涯的"老炮儿"。今天一些成名的网络作家、写手,许多都崛起于"天涯",如十年砍柴、五岳散人、当年明月、孔二狗、天下霸唱等。他们也堪称当年的"网红"啊,只是他们拼的是才气,而不是颜值。

后来专攻社交的网站风起云涌起来,人人网、同学网、陌陌等,风头一下子似乎盖过了论坛、社区。但随着其他社交工具的兴起,如QQ(最早的社交工具,以及网易泡泡、飞信等)、微博、微信等,专门的社交网站也就很快沉沦了。

当然,我个人最看重、最感兴趣的还是网络写作。网络写作者舞台的变幻,大概经历了论坛(BBS)、专业文学网站(榕树下、晋江等)、博客,与微信公号(新闻客户端)这几个阶段。很显然,今天网络写作的主战场已经转战到微信公号上了。特别是,由于微信公号已经具有了商业运营能力,不仅吸引了网络写手,也将大批专业作者、评论人和专家学者吸引至旗下。我注意到,知名学者张鸣教授发表在他公号中的文章,都有一些赞赏收入,有的甚至很高,可能远超过传统平面媒体所能给付的稿费。那么是不是说,风水就永远停在微信这边而不再转动了呢?

当然不是。

近来,相信很多朋友也观察到,新浪微博有段时间似乎被微信挤压得喘不过气了,很多人甚至不更新微博了。但情况从去年(2015年)起,却在悄然变化着,微博开始复活了。人们玩微信的同时,也在重拾微博,甚至不乏只玩微博而不动微信的青年人。

博客也是一样。我曾经也有大概一年的时间懒于更新博客。但我发现，真正思考的人、写作的人，还是将自己思考性的文字、文章发到博客上。2014年，我与孟波兄联合主编了一套"新浪博客八年精选集"，其中的作者群几乎囊括了国内大部分一流人文学者。从上个月开始，我又重新打理自己在凤凰网的博客。我注意到，那里的博文阅读数量仍然是蛮高的。

至于专业文学网站，我十几年前就在"榕树下"发过几篇文章，并有幸结识该网站的一个青年编辑。十几年风云变幻，今天的文学网站绝大部分已经被强大资本并购了。前景光明抑或暗淡？现在仍然还不好下结论。

有一个结论倒是明确的：互联网的风水，也是轮流转的。虽然徐志摩说"不知道风向哪边吹"，但我们都知道，风是吹着的。

2016年7月

礼法之殇

近日翻阅齐如山先生的《北平怀旧》一书，其中讲到一个故事，是关于西太后慈禧对于修铁路的态度。谨转述如下：

在全国还没有修铁路之前，是先在北京东西苑修了一条小铁路，由中海瀛秀园到北海，专供慈禧游玩乘坐。这段小铁路是英国人修的，为的是引起慈禧兴趣，好准许他们包修中国各省铁路。慈禧乘此，果然觉得很新鲜。一日慈禧问英国人：你们国家的铁路也是这样子吗？英国人回答：是。慈禧又问：民人（老百姓）也可以乘坐吗？英国人回答：都一样。慈禧默然，乃环顾左右说：都是一样，那太没有高下等级了，足见外国没有礼法。就因为慈禧一句话，全国铁路的兴修，又晚了不少年。

从上述故事可以看出，在慈禧的眼中，高下等级、规矩礼法的重要性远远高于百姓的需要（经济发展）。也许有人以为慈禧长年身居深宫，不了解外面的世事，头发长见识短。其实非也。她坐小火车游玩，已经了解到了铁路的好处，自然知道铁路对于老百姓也是有好处的。她所不能容忍的是，老百姓怎么能够享受与她一样的好处呢？

在中国人的传统里，根本就缺少所谓的"人与人权利平等"的观念，将人分成三六九等，上下尊卑，是一个常态。历代统治者，如慈禧之类缺少"平等"观念，固然不奇怪，奇怪的是被统治者——历代平民百姓也往往将"不平等"视作理所应当，他们最高的要求也不过就是能够吃饱饭不饿肚子，因为中国老百姓几千年都是吃不饱饭的。老百姓即使有冤情去控告，还是要向当官的下跪求情的。对于所谓的尊严、权利之类，他们似乎从没有奢望过。

时光斗转，已经是21世纪了，仍然把人分为三六九等的封建观念，是不是已经从我们的观念中驱逐掉了？对此，我是很怀疑的。

电视中曾经播放过审判薄熙来的画面。我注意到薄冷眼看王立军、徐明等昔日下属和朋友的目光，是那么鄙夷与不屑；王立军、徐明见到薄时惶恐不安的眼神。在他们那里根本不是什么上下级与朋友的关系，完全是主子与奴才的关系。

近些年来，我们看到很多人行贿并不是为了争取上位或者其他法外利益，而只是怕自己现有的权力与利益被剥夺。也就是说，在很多人的心目中，能够平安度日、不被法外加害就已经是阿弥陀佛了。

眼下，值得让我们关注的不平等现象仍然不少……

2016年

【第二辑】
阅读的省思

为什么越来越信服"英雄史观"了

尽管我自己接受的是"奴隶史观",即"奴隶创造历史"的教育,但随着见识的提高与岁月的流转,我却越来越信服"英雄史观"——"英雄创造历史"了。

意大利文艺复兴时期的著名政治家马基雅维利曾经说过:"一位君主如果能够征服并保持那个国家,他所采取的手段总是被人们认为是光荣的,并且将受到每一个人的赞扬。因为群氓总是被外表和事物的结果所吸引,而这个世界尽是群氓。"

尽管我不能够完全同意马氏对君王的歌颂,但他所认为的君王在历史进程中起决定作用的观点,我是认同的。因为,从古希腊、罗马开始,我们所能够看到的西方重要历史的每一个关口,无不是君王、领袖、政治人物、军事人物发挥了重要作用。

宋儒朱熹说:"天不生仲尼,万古如长夜。"这句话,同样渗透了满满的"英雄史观"。其实对于"谁创造了历史"这样的问题,中国人一向是一边倒地偏向"英雄创造历史"的。虽然也有过陈胜、吴广发出的"王侯将相宁有种乎"之类的稀少哀鸣声,但整体上,中国人普遍相信权威、迷信权力。

我们推行所谓"奴隶创造历史"的宣传教育,是近世(五四时期)一些左翼知识分子从苏俄那里学来的。李大钊便将苏俄十月革命胜利称为"庶民的胜利"。

到了"文革"时代后期,则将所谓的"奴隶史观"教育推向极致。我个人鲜明的记忆,就是在"批林批孔"当中,官方编辑出版的批林批孔资料,对以孔子为代表的历代知识分子与大人物,用《论语》中的"四体不勤,五谷不分"那句话来加以嘲讽;并大肆宣扬所谓"高贵者最愚蠢,卑贱者最聪明"之类的观点。

今天回顾起来,会发现过去我们所接受的一些观点,其实是很值得推敲的。"奴隶史观"教育是否亦如此呢?

我信服"英雄创造历史",并不是意味着我对于历代暴君、专制皇帝与统治者持肯定的态度。相反,我不仅反对,而且十分反感那种一方面大力提倡"奴隶史观",另一方面又对残暴的"秦皇""汉武"加以歌颂赞美的史学教育。

2016 年

如何摆脱掉作为"乌合之众"成员的命运

美国政治家本杰明·富兰克林说:"一群乌合之众(群体)就像一个怪物,头长得很多就是没有头脑。"

法国著名社会心理学家古斯塔夫·勒庞说:"群体只知道简单而极端的感情;提供给他们的各种意见、想法和信念,他们或者全盘接受,或者一概拒绝,将其视为绝对真理或者谬论。"

过去,我们所认为的群众是真正的英雄的说法其实是不靠谱的。群众可以成为英雄,但更多的时候,不过是乌合之众。

法国大革命时期的暴民政治,都是工农群众参与的;中国的义和团运动,也是劳苦大众发挥的作用。

因此,对于群众运动、群体行为,政治家和理性学者们,如本杰明·富兰克林、古斯塔夫·勒庞都是极清楚的。

我不太相信慈禧完全不知道、不清楚义和团的真本事,只不过她想利用义和团来增加与洋人谈判的筹码罢了。

如何才能在群众运动的洪流中保持清醒的头脑,如何让自己摆脱作为乌合之众成员的命运,如何掌握自己的命运,这确实是一个严峻的历史课程,也是一个严峻的现实课题。

在我看来,最好的办法当然是读书了,读中外圣贤之书——比如,本杰明·富兰克林、古斯塔夫·勒庞。

2016 年

官迷与相信鬼神

春秋战国时期，百家争鸣。百家中最重要、最有影响的是四家：儒、墨、道、法。

在政治参与方面，儒、墨与法三家是最积极的。

儒家创始人孔子，周游列国，向各诸侯国君推销他的政治主张，让国君们施"仁政"，受到的总是冷遇，可谓四处碰壁。

墨家创始人墨翟，曾经做过宋国大夫，也是政治的积极参与者。他为了他的和平（非攻）理念，甚至率领弟子介入了楚国与宋国的战争。

法家代表人物基本都是做大官的，如管仲做齐国丞相，子产做郑国执政，商鞅在秦国主持变法。法家信奉"王霸之术"，多掌握权柄。

道家是远离政治的。老子弃官出走函谷关。庄子只做过地方小吏，一生退隐；甚至楚威王邀请他做官，都被他拒绝掉了。

也就是说，儒家最官迷，但总不受重用；墨家最想做好官；道家最无官瘾；法家最会做官。

最近，闲翻《墨子》，又发现了一个有趣现象：墨家原来是信鬼神的。

这与儒家（孔子）的"敬鬼神，而远之"形成了鲜明对比。不过，我倒是觉得，孔子对于鬼神也不是绝对不相信，只不过是将信将疑，"敬"而信，"远"而疑。

墨家对于鬼神是坚定相信的。《墨子》卷八专门有"明鬼"篇。"明鬼"就是阐述鬼神之存在。

在墨子生活的时代（在孔孟之间，春秋战国之交），对于鬼神有无的争论也是很激烈的。

《墨子》为了证明鬼神的存在，专门讲到一个历史典故：

周宣王的小妾女鸠想私通大臣杜伯，杜伯不肯。于是女鸠便向宣王诬告杜伯勾引她。宣王怒将杜伯囚禁，并欲杀掉。杜伯说："我君杀无辜，如果死者无知就算了，如果死者有知，不出三年，必让我君知道厉害。"杀害杜伯三年后，宣王会合诸侯打猎，车子几百辆，随从数千人，漫山遍野。到了中午，化为鬼的杜伯乘坐着白马素车，身着红色衣帽，手握红色的弓，搭上红色的箭，追赶宣王，一箭射中了宣王前心，折断了脊骨，倒在车上，宣王伏在弓袋上死去。

当时跟随宣王来打猎的人没有谁没看见，远处的人没有谁没听说。此事被记载在周朝的史书上。墨家之所以肯定鬼神的存在，是与其"兼爱"的社会政治理想相一致的。身处"春秋无义战"的乱世，以墨子为代表的墨家，胸怀天下，怜悯万民。他们请出鬼神，其实是想借鬼以治人，目的是想让人们敬畏神明，改邪归正，心有所依，心有所惧。

说话回来，也有学人以春秋战国时期的"礼崩乐坏"一词来形容今天的世风日下与人心不古。

有次与老爸聊天。他便讲道，他小时候的家乡，几乎村村有庙。老百姓定期会到庙里烧香祭拜，所以那个时候，人们都很善良，极少有所谓坑蒙拐骗、不孝敬父母的事情发生。当然那个时候，人们多数都是信鬼神的，相信因果报应。

2016年8月

知识人如何救赎自己

我一向以为,人既不是天使,也不是魔鬼。多好的人,哪怕是所谓的"完人",也会有毛病;再坏的人,也不可能对所有人都坏。

我们常常之所以对社会失望,就是因为或把人都想得太好,或干脆把所有人都想得一无是处。

其实,社会上的人,绝大多数都可以称为"半好的人"(罗曼·罗兰语,出自《约翰·克利斯朵夫》)。我也称自己是半好的人,这倒也符合西方人讲的"原罪说"。

我多年来一直对观察知识分子的私人与公共生活感兴趣,尤其对于他们在自传(或者自传性文章)中是否讲真心话,是否敢于自揭其短,更感兴趣。

近日偶翻红学大家周汝昌先生的《北斗京华:北京生活五十年漫忆》一书,读到一些有趣的事情。

周先生1954年从四川大学外文系调到人民文学出版社任古典部编辑。从书中得知,力主调他进京的是大名鼎鼎的聂绀弩先生。聂先生搬动的是社长冯雪峰——由冯向中宣部申请特调。"特调"应该就是今天的"特殊人才引进"了。因为周汝昌先生在调京之前的1953年9月以一部《红楼梦新证》而名震学界,一下子成为国家急需的"特殊人才"。人民文学出版社的聂绀弩先生、冯雪峰先生识才惜才,才有了周先生的全家返京(周毕业于燕京大学研究院)。

周先生在人民文学出版社工作了20年。他自认为引为工作上知音的只有两个人：一位是聂绀弩（上面已经提到）；另一位是王士菁先生（鲁迅研究专家）。王先生作为周的主管领导（时任副总编辑），让贫病交加的周先生（加之被扣上"胡适唯心主义考据派"的红学家之一而挨整）在家看稿，而不用坐班。王先生尽管在周先生看来"是非常谨慎的人，政治上、业务上绝不敢妄行一步"，却斗胆支持周先生著述《曹雪芹传》。王先生还介绍周先生加入中国作家协会。这让周先生多年后都还感念于心。

从书中可知，周先生对于在人民文学出版社工作的20年，怀有深深的不平之意。他认为那20年，"也就是我倒霉走背运的20年——我最好的年龄与精力时期，完全断送在那个社"。他还写道："旧人民文学出版社待人之凉薄，某些人的劣品恶态，令人想起来就心灰意冷……"由此，我又联想起，今天的南开大学将诗人穆旦视为骄傲，而对于穆旦而言，过去的南开实在是亏欠太多太多了。

周汝昌先生也在书中坦承了自己的"罪错"。在"文革"当中，周先生在有人"点拨"下，竟然贴出了一张揭发恩人王士菁的"革命作品"（大字报）。周先生痛心疾首地回忆起此事，认为自己"纯属忘恩负义"，并向王先生勇敢"告罪"。

以文字（书、文章）的形式悔过、悔罪，可以说是知识人最常用的方式。他们将自己有心或无心犯过的过错、罪过予以公开，为的是求得他人与社会的原谅。在我看来，也是一种求得自我的原谅，自我的心灵救赎。

2016年8月

理想与乡愁：一个理想主义者的省思与夙愿

谁有资格被写入历史

人有"当世名"与"身后名"的说法，而最高的"名"就是被写入历史。一般的"名人"自然是没有资格被写进历史的。

很多当世的名人，特别是一些暴得大名的人，出名来得太容易、太突然了，自己便不知自己几斤几两，一瓶水不满、半瓶水晃荡，牛气哄哄，目空一切。这样的所谓"名人"，最讨人嫌却不自知，真还以为自己能被写进历史呢，其实不过是像流行感冒一样，很快就会被人忘记这样的伪名人，演艺界最多，次之是文学界，政界、学界似也有不少。

当世出名的"名人"有资格被写进历史的，是最不容易的，但也是最荣耀的。

一些伟大的政治人物，自不必说，如林肯、邓小平、曼德拉、李光耀等。他们其实生前就知道自己在书写着历史，他们的人民甚至仇敌也知道他们在书写历史。

而一些学者、思想家、艺术家，即知识分子、读书人当世即被写入史册。他们中的多数人，未必早有预谋、早有预料。像作家莫言，真正是从草根写作开始，无论如何他也想不到自己会成为诺贝尔文学奖得主，就此永久载入世界文学史册。

当然也有的学者，当世的成就事实上就已经有资格被写进历史了，却不为同行、社会或官方所认可。我记得有次与著名翻译家叶廷芳先生聊天，他讲起一件往事：若干年前，作为全国政协委员的叶老师有机会与某位高层领导见面。叶老师建议那位高层领导发挥作用将在海外生活多年的一位知名学者请回来主持国内的研究机构。叶对领导讲，他是要被写进文学史的（指那位知名学者），你帮助他将有历史意义。我问叶老师领导采纳了建议没有？叶说没有。听了叶老师的谈话，我真是为那位领导感到遗憾，遗憾他放弃了参与书写历史的机会。

想来，一个学者有没有资格被写入历史，与领导喜欢与否没有关系，也与社会大众认可与否没有关系；而只与他的研究、创作有没有历史价值有关系。

大量的历史人物所获"名声"是所谓的"身后名"——死后才被写入历史。

被认为代表美国精神的女诗人狄金森，生前籍籍无名，一生都在美国马萨诸塞州一个叫艾默斯特的小镇上，过着足不出户的乡村生活。她生前只有10首短诗公开发表过，而她死后的30年里，陆续由其亲友整理、结集出版了她创作的诗作，不仅轰动了美国和英语文学界，而且对世界文学（包括中国）的进步产生了深远影响。

荷兰著名后印象派画家梵高，一生穷困潦倒，尽管他才华卓著，创作了大量油画作品，据说生前只卖出过一幅价格为400法郎的画作，而且总受同行的白眼与歧视。2014年11月5日，世界知名的苏富比拍卖行发布消息：梵高的画作《雏菊与罂粟花》，包含佣金以6180万美元（合人民币3.77亿元）的价格拍出，被亚洲一位私人藏家收藏。消息传出，很快被人揭秘买家是中国的著名上市公司华谊兄弟的董事长王中军。试想，如果梵高在天有灵，知道生前创作油画连自己都养活不了（梵高一生靠弟弟提奥接济生活），会多么悲哀、委屈。

今天中国几乎所有的文学青年都知道的诗人海子，同样是一位生前默默无闻而死后被载入当代中国文学史的著名诗人——其作品《面向大海，春暖花开》，在20世纪末被收入中学语文课本。海子活着的时候，发表作品都很困难，到处投稿却只有几家偏远的地方刊物（内蒙古、云南等）登载过他的几首诗作，他只能从自己微薄的工资（工资大部分要寄给安徽老家父母）中省出一点钱来油印自己的诗集，送给喜爱诗歌的朋友、同学欣赏。我相信，海子生前尽管对于自己的诗歌创作有很高的期许，他也以自己心目中伟大的诗人但丁、里尔克等为榜样，却还是不可能会将自己与中国当代文学史联系在一起的。

被写入历史的"名声"，当世名也好，身后名也好，既有好名声——上面谈到的都是好名声，当然也有坏名声（所谓"骂名"）。

政治人物中的暴君、独裁者、叛国者、窃国者，当世时会因其淫威在，大部分可能都获得虚假的"美名"，但他们死后身背"骂名"的命运却是无法逃脱掉的。也许正是因为他们自己都清楚死后会被"骂"，所以生前常常要拼命往自己的脸上贴金，不惜把世间最廉价、最无耻的赞美、荣誉加于自己身上。

而那些被写入历史"坏名声"的知识分子、读书人，据我的观察，学问、学养有问题好像从不是主要原因，更主要的原因还是品格、人品。比如，明嘉靖皇帝首辅严嵩，学问、书法都是当世一流，但其专于阿谀奉承，打击异己，陷害忠良，现世即遭报应，死后更是身背历史骂名。

不过，我个人最想说明的是另外一种情况：那些真正的精英，当世时遭迫害污辱——好像是"坏名声"，身后名不仅不是坏名声，而是最终获得了历史好的评价，名垂青史。

这样的一些曾经被当世伤害、迫害与误解，但令我们尊重的历史伟人,古今中外都普遍存在。《圣经》上说:"没有先知在自己家乡被悦纳的。"

耶稣就是这样的先知。他在加利利传道,拿撒勒人拒绝了他,说:"这不是木匠的儿子吗?"他最终被罗马人钉在十字架上,是他的门徒犹大告的密。

苏格拉底作为古希腊最伟大的青年导师,被法庭宣判死刑的罪名居然是"毒害希腊青年人"。

中国当代最有才华的诗人、翻译家之一的穆旦,1953年从美国辗转回国,准备用平生所学报效祖国,工作不到三年时间便被打成了"历史反革命",受尽迫害与屈辱,仅59岁就含冤逝世。我曾经听一位著名诗人、翻译家讲,前些年,有人视穆旦在他们单位工作过为很高的荣耀;而实际上,恰恰是那个单位对不起穆旦——当然这也是那个时代的罪过。

滚滚长江东逝水,浪花淘尽英雄。

对于那些被写入历史的英雄,历史不会忘记;而对于那些被钉在历史耻辱柱上的坏蛋,历史同样也不会忘记。

2016年8月

你认的不是人，是价值观

吴晓波在他的自媒体节目中，曾经抨击"屌丝文化"，得罪了大批屌丝，屌丝、粉丝纷纷弃吴而去。然而，吴却牢牢捕获了忠实白领们的心。因为吴晓波的节目就是为中小老板和想发财的白领们服务的。

罗胖（振宇）在他的节目中，也曾经公开反对中医，同样得罪了大批中医与国学信徒。殊不知，罗作为一个自由市场经济的信奉者，他在乎的是那些相信新经济、网络潮流的青年男女们的热捧，才不在乎那些国学派的夫子们的理睬呢。

作家们也有自己的定位。

郭敬明一向更招高中以下且做着不切实际"浮华梦"的女孩子们的喜欢。

韩寒作品的拥趸，可能更多的是高中，特别是大学以上的"叛逆青年"们，当然也不泛一些自由知识分子的支持。

学者们也各自有不同的拥护者。

知名左派学者汪晖尽管在自由派读书人群体中不受待见，但在左派愤青读者中，还是很有市场号召力的。

经济学家陈志武，常常被左派人士指斥为"汉奸"；可是在自由派读书人中间，却有着启蒙思想家的崇高地位。

其实，无论什么人，只要你的价值观与他不同，你们就做不了知心的朋友，做不了长久的朋友。这就是中国人所讲的"道不同不相为谋"。相反，只要价值观一致或者接近，无论出身、背景、阶层、学养如何不同，都不影响友谊的存在，甚至为价值观一致的朋友、同胞献身也在所不辞。

所谓价值观，也就是人们对于是非、善恶的判断。例如，你认为民主是好的，他认为民主是坏的，这就是价值观的不同；再比如，你认为为了集体荣誉可以牺牲个人利益，而他认为不能为了集体利益而践踏个人利益，这也是价值观的不同；又比如，你认为为了升迁而说些假话、做些违心事是正常的，而他则不愿意，这还是价值观的不同；还比如，你认为如果能够赚钱，适当突破些法律底线也是可以的，而他认为绝对不可以，这当然也是价值观的不同……

价值观看似是空的东西、想象的东西、理念的东西，实则不然。一旦交往、一旦做事，就马上可以体现出来。有的人善于伪装，一起工作、一起共事抑或一起生活，时间久了、关键时刻，仍然会露馅儿，会表现出来的。

中国古人有一句至理名言："路遥知马力，日久见人心。""知马力"，知的是一个人的价值观怎么样；"见人心"，见的是一个人的是非善恶、美丑荣辱——这仍然是价值观的问题。

朋友们也都听过"不是一家人，不进一家门"这句俗语，说的是家庭成员间价值观的相似性、相同性。即使在家庭内部，夫妻、父子儿女之间，如果价值观不一致，也会有反目成仇的情况出现。

在政治层面，一个团体、一个政党，一定需要相同、相近价值观的维系。这是古今中外都不能忽视的法则。

价值观的冲突，常常是社会矛盾、问题发生的深层原因之一。这是需要我们警醒的。可惜人们往往会被表面现象所迷惑。

不过，今天的社会已经是一个开放的社会，今天的时代也已经是一个开放的时代；所以思想多元、意识多样、价值观多彩，是一个极正常的事情，我们根本没有必要大惊小怪。

另外，也似乎没有必要过于强调价值观的一致性、统一性了。

只有法治才是社会的底线。只要有真正的法治管着，人们价值观的冲突根本是无须担心的，都是小 case。

2016 年

那么多读不懂的书,为什么还要买

人生有涯,知识无涯。越是有知识的人,越是喜欢买书读书;相反越是没有知识的人,越舍不得买书。

买不买书,读不读书,是区分一个人有没有修养、有没有前途的重要标志。

从民族层面说,一个民族的命运前途,光明抑或暗淡,就是看她的坚持理性阅读人群的比例是高还是低。(你是其中之一吗?)

从家族层面说,一个家庭兴旺与否,子女出息与否,主要取决于家庭男女主人有没有买书的习惯,有没有藏书的习惯,有没有读书的习惯。

中国古人说的"忠厚传家久,诗书继世长"讲的就是这个道理。中外都有调查数据支持,一个家庭的藏书量是与子女的受教育程度成正比的。

我在高校工作了很多年。我观察到,教授的孩子天资未必就都聪明,而教授的孩子一般都会上大学,读硕士、博士也很普遍;而食堂师傅的孩子、司机师傅的孩子,天资未必不聪明,但他们的子女上大学的却不多。这一现象的背后,就是家庭藏书与阅读氛围不同导致的结果。

事实上,买书与藏书、读书并不完全是一回事。

有的人,爱读书却舍不得花钱买书。这样的人,一般而言,读书量不会很多。

有的人，爱读书也爱买书，甚至爱藏书，这样的人，往往都是学富五车、饱学之士。我没有听说过哪一个藏书家没有学问的。

当然也有人喜爱买书、藏书，但并不喜欢深入读书。这样的人，也是蛮可爱的，因为沉湎于书香的人，修养是不会差的。

不过，买书总归是为了阅读的——尽管无论是历史还是今天，收藏好书都会有很高的投资回报（远超黄金）。但是，如果一般人读不懂的书，还需要买吗？

换一种说法，世上那些让人读不懂的"天书"，为什么还值得买、还值得收藏呢？

霍金的《时间简史》可是一本世界级的畅销书，仅中国的发行量就达上百万册。但真正可以读懂这本书的人，可能连1%都不到。也就是说该书其实是被大部分读不懂的读者买走了。

罗曼·罗兰的著名长篇小说《约翰·克利斯朵夫》，我曾经在朋友中做过小范围调查，大部分买了书的人都没有全部读完。因为小说太长了，四卷本，有耐心读完的总是少数人。

一向被看作世界文学"天书"的、爱尔兰大作家乔伊斯的著名意识流小说《尤利西斯》，经由中国两位大翻译家萧乾与文洁若夫妇长达4年翻译成优美中文。该书在全世界和中国都有大量的"乔粉"（乔伊斯粉丝）。我在网上看到有网友这样吐槽："每翻几页，如受内伤，得过几天才有勇气继续阅读。"说明这部天书，也是被大量读不懂的朋友买走了。

在我看来，买读不懂的书，完全是高明之举。

其一，你不必懊悔，因为大部分读者都和你一样看不懂。但也许你慢慢看下去，就入迷了，甚至有了莫名的感动与伤感。这是多么美妙的读书境界！

其二，正好激发起你的研读兴趣，因为毕竟你已经是一个成年理性的阅读者了。如果就此把难懂之书攻克下来，那又是多么有成就感的一件事。

其三，买回干脆束之高阁。当你的儿子（女儿），某天无意间看到老爸老妈的书架上竟然有西方意识流开山之作《尤利西斯》时，一定大为惊讶，并对你们的审美格调暗挑大拇指。这将是多么牛、多么有面子的一件乐事！

其四，这样的名家名作名译，印量总不会很多，你如果花一点小钱买下来收藏，如果还是毛边签名本，那必会大赚一票了（如果买得多）。照如今通货膨胀的速度，高品质的传统纸质书会越来越贵的。所以有人讲，藏金不如藏书——这可是在理的。

毋庸讳言，如今越来越多的人，忘记了甚至不屑于再把美好时光浪费在读书上面。你如果还能够死心塌地、一门心思读书，功成名就、光宗耀祖、福泽子孙等诸多好处还不追着你跑啊？！

2016 年 8 月

人性善恶与人的底色

中国很早的时候（春秋时期）就有性善与性恶的争论。

一般而言，中国人相信性善的人更多些，特别是读书人，因此，有"人之初，性本善"之说。而西方人则更倾向于性恶说，特别是基督教更是有所谓"原罪"之说。

那么，以五四时期两位文化巨匠鲁迅与胡适为例：很明显，胡适先生似乎更倾向于"性善"主张；而鲁迅先生则是一向持"性恶"论的。

胡适先生一生敌人不多，对所有人他都真诚相待，且平等相待，即使对自己的学生也常以"先生"相称。民国时期，北大师生中流行一句话曰"我的朋友胡适之"。由此可知适之先生之宽厚、谦逊为人。

鲁迅先生则一生都在与他的"敌人"论战（笔墨）。他对与自己论战一方的态度，即使用"尖酸刻薄"一词来形容也不为过。他骂梁实秋先生（其实也曾经是他的朋友）为"丧家的资本家的乏走狗"。最表现他人生态度的一句话就是："我向来是不惮以最坏的恶意，来推测中国人的。"这是说段祺瑞执政府的。

由于对人性善恶的不同看法，也导致两位先生对于社会看法的不同。胡适先生一向对激烈的社会革命持否定态度，他虽然也对蒋先生的国民党政府经常批评，但从不主张革命推翻之，而是愿意与其合作来改良改造之。而鲁迅先生基本上是不与蒋先生的政府合作的，他不仅批评、批判，而且也支持暴力推翻之。鲁迅交往更多、更亲密的是左翼文学青年，甚至与瞿秋白等中共高级领导者都有很深的交往。

再比较一下两个我喜欢的女作家，也会发现在人生善恶上的不同认识，同样影响到了她们的不同命运。一个是张爱玲，另一个是萧红。当然，也许有朋友会觉得我有点牵强附会。确实，似乎两位也没有在她们的文章、作品中明确表达过什么关于人性善恶的直接说法，但通过对她们处事为文的分析，还是可以得出一点结论的。

张爱玲虽然出身豪门，却从小尝尽世间人情冷暖，只有姑姑一人爱护她。所以她对于人性丑恶与冷漠，不仅认识深刻，而且从不掩饰她的看法。张爱玲似一向站在性恶主张一边的，这一点我们从其名篇《金锁记》中就可以感知到。张爱玲对人性揭示最彻底的作品是《色戒》，这篇小说在我个人看来也是张爱玲的爱恨情仇心理自传。

当然，张爱玲的坎坷不平命运若与萧红的悲惨痛苦命运相比，又不是一个重量级别了。后者更让我们痛惜万分。可萧红即使在人生走投无路、衣食无着的时候，也似乎没有对人性、对人生失望过。她对于爱她的人、伤她的人，都不曾怨恨，她热爱世界、热爱生命、热爱文学。在我看来，她是有着极其善良与高尚悲悯情怀的作家。

由于张爱玲是彻底看透了人性的阴暗面，因此，她从来对于中国社会的改造、社会革命没有过任何的参与热情。

而萧红虽然相信人性的美好，却还是在那么短暂的人生道路中主动或者被动地参与到社会革命的洪流中。当然她最终还是远离了（到香港），没有摆脱时代命运与人生命运对她的摧毁。

2016 年

当你不再相信"天道酬勤"的时候

"天道酬勤"在任何时候、任何年代,都是社会小人物、普罗大众、青年们向上奋斗的信心来源。因为只要你还相信天道酬勤,还相信功夫不负苦心人、好人有好报,你就不会自甘沉沦,就不会自暴自弃,就不会轻易向自己的命运低头。

记得自己还在青年时代时(20世纪80年代),曾经有幸与著名人类学者潘蛟教授同居一间高校的集体宿舍。那时候年轻,"力必多"过剩,于是大晚上不睡觉,喜欢与一帮青年同类"侃大山"。而老潘(潘蛟)很少介入,一人躲在角落里看书。早上,他也常常很早起来,在食堂吃过早饭,便泡上一杯茶,或看书,或笔耕。而今,老潘不仅是知名人类学家,而且著述颇丰,桃李满天下。潘老兄的功成名就,自然是他青年时代刻苦的结果。

大约7年前,自己的一本小册子出版,邀刘苏里兄一同到和讯网的读书频道做节目,给新书做宣传。其时,苏里的万圣书店早已经名扬海内外。知道苏里上午一般在家里睡觉,所以活动就安排在下午。我对苏里说,真羡慕他每天可以睡到自然醒。可他说,你光知道贼吃肉,没见到贼挨打。事实上,他晚上都是工作的,通宵工作也是经常的事情。那时尽管他的书店业务已经很有规模了,但采购书目都还是他亲自确定的。他一年当中的读书数量,一定远超过以读书为业的教授们和编辑们。他讲,他看书,有时会看到几乎呕吐的程度。

刘苏里兄一向被读书界、出版界誉为最有学问的人,毫无疑问这是他勤奋苦读的福报。

当然,我也接触过一些极聪明的人,按照他们的天分本可以有更大的成就、更好的学问、更高的地位。可惜的是,由于他们实在不够勤奋,甚或讲有些懒惰,因此,人生平平也就在情理之中了。

我自己从来不认为幸福的人生一定要出多大名、发多大财、做多大官。平凡、平淡的生活,也很好。

问题是,今天有更多的人,既不想付出努力与辛苦,也不想委屈自己,却想出大名、发大财、做大官。这是因为,他们或许根本就不相信世上有"天道酬勤"的道理。

为什么会有越来越多的人怀疑、不相信"天道酬勤"了呢?

我想,一方面可能与以互联网为代表的虚拟经济的繁荣有密切关系。你经常会听到某些"网红"一夜成名的传奇;也会听到某些互联网创业者短时间暴富的神话;还会听到炒房、炒地、炒股、炒汇等"炒家"发大财的故事。尽管上述都是听到的多、见到的少之又少,还是会让那些辛苦做实业的人、辛苦做生意的人、辛苦做学问的人、辛苦工作的人,为之惊愕,为之不平,为之羡慕,为之向往,也为之动摇——动摇了"天道酬勤"这千百年来的传统信念。

另一方面,毋庸讳言,也与层出不穷的腐败现象有关。由于经济与政治改革的不完善,就为腐败分子的权钱交易、投机钻营提供了便利机会。试想,权力(官位)可以花钱买来,权力可以赚更多的钱,更多的钱还可以买更大的权力;如此,让那些勤勤恳恳、埋头努力的人做何想法呢?事实上,现实当中很多天性善良、品质纯洁之士,在这种环境下,反而成了"不合时宜者",成了被孤立、被打击的对象。

说一件我自己亲身经历的事。记得当年法律专业毕业后，就有同学和亲友非常惋惜我去做了穷"教书匠"，而没有选择去公检法司部门做个公务员（当年是有机会的），甚至有个别人认为我书呆子一个，"冒傻气"。我心里当然清楚得很，教书匠没有权、没有势、没有贪腐机会。直到今天，我依然为自己当初的人生选择而沾沾自喜，喜的是自己一直凭本事吃饭、凭工作生活，远离了权力的诱惑。

最近看到有学者分析，有成就者多相信"天道酬勤"的道理。恰恰是一些无所造就者，总喜欢做"天下掉馅饼"的美梦。由此，是不是可得出这样一个结论：如果普罗大众，也都能相信，而不是怀疑"天道酬勤"，那么我们的社会就真地在进步了。

2016年6月26日

奥运飓风刮过，会留下什么

任何事物都会有一个酝酿、高潮、退潮、平淡的过程。中国人的奥运情结，自然也不例外。

1990年的北京亚运会，就是一个最重要的酝酿；如果说是中国奥运的"前戏"也未尝不可。今天参加里约奥运赛场的选手们，多是1990年以后出生的。那场亚运会，留给我们记忆的就是北四环边上的"亚运村"了，一个代表繁华与喧嚣的地名。不过，我还有一个特别的记忆，就是昌平的自行车比赛场馆，青年时代常坐公交车从那里经过。辉煌气派的自行车馆，似乎只是为了那个亚运会建设的，今天已经破败不堪、杂草丛生了。

2008年的北京奥运会，无疑是中国人奥运情结达到巅峰的时刻，民族情感宣泄的高潮。我的奥运记忆是参加了一次鸟巢开幕式的彩排预演。场面如何宏大、人数如何众多、情景如何壮美，而今都已经记忆模糊了，但入退场时排队手续之烦琐、等待时间之长久、乘车位置之遥远，现在想来，都不是一个很愉悦的享受。

今年的里约奥运会，开闭幕式我都没有看，除了看一会儿女排冠亚军争夺赛之外，一场比赛的节目视频也没看。当然不是没时间，无聊的时间，发呆的时间，做梦的时间，都会有一些的。只是奥运不再勾起我的麻木神经了。

当然，我还是极愿意对郎平率领的中国女排美言一番。

这世界上当然总有值得称赞之人，郎平教练当之无愧；这世界上当然也总有值得赞美的好姑娘，女排姑娘们当之无愧。

美言女排，个人看来最重要的是，可以破除中国人"个人是英雄，团队成狗熊"的魔咒。在体育上的表现就是，发挥个人才能的项目，体操、游泳、乒乓球、羽毛球，包括棋类等都还不错，但团队作战的项目则基本上提不起来。然而，中国女排则是可以的，12年前可以，12年后的今天一样可以。

之所以有"个人是英雄，团队成狗熊"的魔咒，就是因为我们太聪明了，太机灵了，太会玩花招儿了。聪明人单兵作战，一般不会吃亏，但团队作战都想抖机灵，那就非歇菜不可了。女排姑娘们在郎平率领下，没有被我们习以为常的"聪明"所污染，依靠的是刻苦打拼、团结一心与专业精神，从而打破了魔咒。

想想，我们今天的经济发展与社会进步，是靠我们的聪明与机灵获得的吗？投机能够创新吗？钻营能够进步吗？造假能够发展吗？欺骗能够成功吗？还不是要老老实实地埋头苦干，卧薪尝胆，用辛勤与汗水，甚至生命来搞建设、搞发展。

奥运飓风过去了，一切又将归于平静。我们中国人已经越来越理性了，几乎绝大多数人都不会再将得多少金（奖）牌，来作为荣耀与谈资了。大家都明白，其实那和你的生活、你的健康没有多大关系，你一个月该挣多少钱还挣多少钱，你一顿饭吃几个包子还是几个包子。

不过飓风过去了，也不可能横扫一切、带走一切，总要留下些什么。那么会留下什么呢？女排姑娘们的风采，当然会留下；还有就是说出"洪荒之力"的杭州姑娘傅园慧了，她所发明的新词汇，带给我们的欢乐可与女排夺金媲美。

媲美的，还有我的一位年轻的老朋友、资深媒体人小武。他与几个小伙伴前几日创作了一首以《洪荒之力》为名的神曲，仅几天工夫就在互联网上传开了——这应该也算是奥运飓风刮过之后，留下的一枚漂亮的叶子吧。

《洪荒之力》

词 / 良朋 尹武进
曲 / 冯云飞
演唱 / 王芳 许鹤缤 冯云飞 周珊珊

摘下了面具 丢掉了压力
快乐从来都不需要什么道理
虚伪的附和 太多的心机
统统都扔它个十万八千里
跟我一起 用尽洪荒之力
赢得漂亮 输得也要帅气
这世界需要一点真实的东西
最简单 最明白 快乐做自己
跟我一起 用尽洪荒之力
拿得起来 放下也别在意
这世界需要一点真心的东西
最痛快 最简单 闪亮做自己

2016 年 8 月 23 日

政治婚姻的看客

平民百姓的婚姻自然与政治无涉。

但政治人物则不同了,他们的婚姻想和政治撇开都不成。利用婚姻谋取政治利益,几乎是古今中外政治人物玩不腻的戏码。

且不表洋人,单说我们中国历史上的著名政治婚姻故事就不少。

上古时代,唐尧将两个女儿(娥皇和女英)许配给虞舜做媳妇,让自己成为接班人的岳父(太上皇)。虞舜做了君王的乘龙快婿,并成为接班人的不二人选。这堪称中国最早政治婚姻的范本。

春秋战国时期,各诸侯国君之间为了政治结盟,更是经常通过联姻手段。最精彩的故事就是鲁国君桓公为与齐国联姻,娶了齐襄公的妹妹文姜为夫人,未曾想齐襄公竟然与妹妹文姜私通,桓公最终为自己引来杀身之祸。

强大的汉王朝皇帝(汉元帝)为了笼络匈奴单于,同样玩出了"昭君出塞"的政治婚姻把戏,逼得良家女子(宫女)先后嫁给匈奴呼韩邪单于父子。

东汉丞相曹操虽为一代枭雄,拥有"挟天子以令诸侯"之权势,仍然要通过将女儿嫁给汉献帝来帮助实现自己的政治宏图。

盛唐开国皇帝(太宗李世民)的军队,在战场上做了吐蕃王松赞干布的手下败军，被逼无奈，只好通过将文成公主下嫁给松赞干布来达到屈辱和平的目的（所谓的"和亲"之策）。

清朝一代虽为满族统治，但照样娴熟于政治婚姻的玩法。顺治皇帝为了笼络汉人降将，居然将年仅13岁的幼妹和硕公主下嫁给平西王吴三桂之子吴应熊。

在结束清朝帝制的历史洪流中，真正扭转中国乾坤的大人物，非袁世凯莫属。而袁公更是一位将政治婚姻发挥到极致的高手。请看他儿女们的婚姻状况：长子袁克定娶湖南巡抚吴大澂之女；三子袁克良娶邮传部尚书张百熙之女；四子袁克瑞娶盐商何仲瑾之女；五子袁克权娶两江总督端方之女；六子袁克桓娶江苏巡抚陈启泰之女；七子袁克齐娶民国内阁总理孙宝琦之女；八子袁克轸娶直隶总督周馥之女；九子袁克久娶民国大总统黎元洪之女；十子袁克坚娶陕西督军陆建章之女；十一子袁克安娶天津富豪李士铭之女。总之袁家子女所娶嫁非富即贵。

至民国时代，孙总理中山先生、蒋公介石先生，尽管二位与宋家的婚姻经常被视为真挚爱情的楷模，但也一向被学界、政界人士认为是"政治婚姻"。

也许，在一些所谓的正直人士的眼中，似乎政治婚姻不那么高尚、不那么纯粹、不那么纯洁，甚至有人将政治婚姻与商业婚姻等同起来看待。我个人是不敢苟同的。

婚姻作为人类社会生活的一种基本存在形式，本质即经济等利益的产物；而政治也不过是经济的一种特殊表现方式而已。婚姻固然有极其重要的精神因素（情感、爱情）在其中，但婚姻绝不仅是精神的结合。

我不敢说这世间没有纯粹的爱情、没有纯粹的爱情婚姻，但婚姻一定是，至少大部分婚姻是婚姻男女双方审慎权衡利益的结果；婚姻关系的成立与解除，绝大部分也都与利益相关。

毫无疑问，有资格操纵、操作政治利益的当然只会是政治棋局中的少数人（政治人物），所以政治婚姻也就只会是少数政治人物玩的游戏了。

至于普罗大众、芸芸众生，就只好做政治婚姻的看客了。

2016 年

平等诚可贵，尊严价更高

平等的观念来源于西方。

1776年7月4日，美国十三州议会通过的《独立宣言》中载明：人人生而平等，造物主赋予他们若干不可让与的权利。其中包括生存权、自由权和追求幸福的权利。

1789年8月26日，法国颁布的《人权宣言》，也将"人生而自由平等"明确加以规定。

而我们中国的古代，是没有平等观念的。

"三纲五常"中的"三纲"，即"君为臣纲、父为子纲、夫为妻纲"，实质就是强调人的不平等。

今天，我相信在大多数中国人的心目中，平等并不是一个非有不可、非要不可的东西。

当然，读书人、知识分子常常会对社会不平等现象持批评态度，这是很自然的事情。本来知识分子就应当是社会的"良心"，而不应当只满足于做歌唱的"百灵鸟"。

不过，对于今天的80后、90后年轻人而言，由于他们自小接受了改革开放的教育，所以骨子里就是具有"平等"观念的。他们中的大部分对于封建等级、尊卑贵贱那一套是不认可的，甚至是不屑的。

近来有个段子就讲到，公司老板中午散会，让一个90后员工代他订一份外卖快餐。90后员工竟然对老板讲："我是来上班的，不是来替你订餐的。"

我也常听一些领导讲，现在职场上，80后、90后青年员工"不懂事""没规矩""没有眼力见儿"。其实年轻人不过是缺少我们传统习以为常的等级尊卑观念。因为在他们的头脑里，人就是应该平等的。

在我个人看来，平等无疑是一个文明社会所必须具备的观念。不过，对于平等，近代以来也是有认识误区与沉痛教训的。

我们曾经以所谓"推翻一切剥削制度"的名义，将正常社会所必须具备的管理与被管理、由于分工与能力的不同而导致的贫穷与富有、维系家庭与社会和谐的纲常人伦，都欲扫除掉。造成的结果，当然不是什么社会平等，而是普遍的贫穷与封闭，人民温饱都成了问题。

文明的、理性的与合理的"平等"，是强调机会的平等，而不可能是结果的平等；是强调利权及人格的平等，而不可能是待遇与享受的平等。

如果能够将平等视为"机会的平等而不是结果的平等"，就会理解一个文明社会，"拖油瓶"的穷小子（克林顿）也可以当选总统；如果能够将平等视为"权利与人格的平等而不是待遇享受的平等"，就会理解一个现代社会，老百姓也可以通过法律手段告政府、告官员。

当然有了正确的平等观念，也就不应当对社会正常的贫富差距、正常的不同待遇、正常的工作分工、正常的管理与被管理等看作"不平等"现象，抱有任何不满与敌意了。

可以观察到，正是由于历史传统的影响，平等观念在中国一方面没有深入民众观念中去；另外一方面又始终存在一些绝对"平均主义"的错误"平等"观念误导。我个人以为，我们可以在传播正确、理性的平等思想的同时，还应当好好发挥光大中国已有的"尊严"思想传统，或许对我们的进步更有裨益。

按照著名学者张千帆教授的说法，"尊严"一词虽然没有在中国传统经典中明确提出过，但"尊严"二字却最准确地把握了中国儒家道德哲学的基本命脉。千帆先生特别提到，中国传统的"面子"与"廉耻"，其实就是现代"尊严"概念的传统表述。

事实上，我们都知道，无论是个体的中国人，还是整体的中国人，都将尊严（自尊）看作一件神圣不可侵犯的事情。当然盲目的自尊自大是不好的，但一个人如果有尊严观念，有维护"自尊"的自觉，他就不大会允许伤害自己的尊严与他人尊严的事情发生。而这不正是维护了社会成员的权利人格平等吗？

我注意到，即使是社会的一些精英分子，他们可能对于某些不平等现象，也会囿于国情而采取宽容态度；但对于人的尊严的侵犯必是反对的。

我们社会成员中的大多数，其实也不大会在意平等机会的多寡，但对于每个个体的尊严，则一定是在意的。

那么，我就不揣冒昧，仿裴多菲的一句诗做结束语："平等诚可贵，尊严价更高。"

2016 年

理想与乡愁：一个理想主义者的省思与夙愿

为什么君王也会怕臣子

按常理，君王一言九鼎，对于臣子具有生杀予夺大权，是不应该惧怕臣子的。但其实也不尽然。先秦典籍《晏子春秋》中，记录了大量臣子（晏婴）与君王（齐君）据理力争、斗智斗勇的精彩故事。

晏子，名婴（前578—前500），为春秋晚期齐国著名政治家，前后历事灵公、庄公与景公三位齐国君主，在齐国政坛服务长达50多年。可谓真正的"三朝元老"。

晏子进入政坛（23岁）的第一年，便敢于向君王发表不同意见。那一年（前556），晋国伐齐。齐军战败，齐灵公逃进临淄城。晏子想阻止灵公，灵公不听。晏子说："我们国君太没有勇气了。"如此挖苦自己的君王，年轻的晏子真是"胆够肥的"。

晏子在庄公时代，照样敢于对"奋乎勇力，不顾于行义"的骄横之君齐庄公进行规谏。晏子特别向庄公阐述了他对于"勇力"的看法："轻死以行礼谓之勇，诛暴不避强谓之力。"他甚至直接批评庄公：君王你夸耀勇力，不顾及推行仁义。庄公认为晏子与自己对抗，竟将其赶出朝廷。晏子辞官不久，庄公便被崔杼（齐大臣）所杀，下场可悲。

在晏子的政治生涯中，辅佐齐景公时间最久，长达40余年。尽管晏子深得景公信任，仍然不改其耿介、忠诚性格。

齐景公是一个嗜酒如命的超级"酒鬼"，因酒误事误政误国。按照我们的生活经验，酒鬼一般是脾气暴虐、不通情理的——尤其是其醉酒之时。但是宴子毫无所惧。我想特别引述《晏子春秋》中的一段故事，让我们了解不畏君王、体恤百姓的政治家风范。

齐景公时代，有次连续下雨十七天。而景公却夜以继日地饮酒作乐。晏子向景公请求发放粮食救济灾民，可多次请求都没有得到景公的批准。景公反而命近臣柏遽巡视全国，寻找能歌善舞之人。晏子闻知此事，非常不高兴，于是将自己家里的粮食分发给灾民，并把装载粮食的器具放在路边，自己步行去见景公。他讲道："下了17天雨，一乡就有数十家房屋损坏，一里有数家饥饿之民。年老体弱者，没有御寒布衣，饥饿之民没有糟糠充饥……君王不怜悯百姓，日夜饮酒，还命令全国选送歌舞能手；宫中的马匹吃着府库粮食，猎狗厌吃牛羊，后宫妻妾都美食充足。你对犬马妻妾是不是太丰厚了？对待百姓是不是太刻薄了？……"晏子情绪悲愤，当面向景公请求辞职，疾步走出宫门。

景公步行紧跟晏子，被泥泞道路所阻。于是景公命驾车追赶晏子，到晏子家，也没有追上。但见晏子家里粮食已全部分给了灾民，只有装载粮食的器具放在路边。景公又驱车到大路上，赶上晏子，下车向晏子赔罪说："我有罪过，先生抛弃我不辅佐我，我是不配请先生的，难道先生不考虑国家和百姓吗？希望先生保全我，我要求拿出国家的粮食财物，分发给百姓，给多给少，只听先生一人意见。"景公就这样在路上向晏子躬身恳求，晏子才同意重新主持政局、救济百姓……

看到晏子的故事，相信读者都会有一个疑问：为何晏子不怕君王，敢于公开与老板叫板？君王怕臣子，而臣子不怕君王，分析起来，是有这样一些条件（原因）。

第一，是与大时代背景有关。

秦之前的社会，君王与臣子，特别是相国（丞相）之间，虽系主从（不是主仆，相国不是君王家臣）关系，但更像是一种工作聘用关系，即老板与职业经理人的关系；有时也像亦师亦友的关系（如晏子与景公）。孟子就讲过："君视臣如手足，则臣视君如腹心；君视臣如犬马，则臣视君如国人；君视臣如土芥，则臣视君如寇仇。"

特别是在春秋战国时代，各诸侯国君为了各自的利益，争先延揽治国安邦人才，客观上形成了一个拥有才能的士大夫施展政治、军事与外交才华的舞台与交流机制（此处不留爷，自有留爷处）。假若景公不用晏子，一定有他国乘机委以重任。

因此，有人认为春秋战国时代，尽管战争不断，却是中华历史上政治最宽松、思想最自由、学术最繁荣（百家争鸣）的时代。

即使是秦之后的历朝历代，皇权尽管至高无上，也不是所有时候、所有朝代都是君王为所欲为的。钱穆先生就认为，相权对于皇权有制约作用。他特别以汉代为例说明，实际的事权在相府而非在皇室。当然钱先生这样的看法，是颇受争议的。

第二，是与君王的胸怀有关。

今天观之，齐国灵公、庄公、景公三位君主，特别是齐景公，可谓具有比较宽广的胸怀。尽管各有各的诸多毛病，但都有容人雅量，容忍臣子发表不同于自己乃至反对、批评自己的意见。这应当说是不容易的。楚怀王就不能容忍屈原批评自己。齐景公不仅能够诚心接受晏子批评，而且还当面向晏子赔罪，最终通过晏子纠正自己的过错：开仓救济灾民、惩罚怠政官员、遣散喜爱的姬妾舞女；他自己也减少食用，不弹琴瑟，不击钟鼓。

想想当代那些富可敌国的贪官污吏们，就是与齐景公的思想境界相比也得相差十万八千里。

第三，是与臣子的无私胆识有关。

臣子敢于向君王表达真实意见，敢于规谏批评君王，一定是出于公心，出于江山社稷，出于百姓利益，这就是"心底无私天地宽""无私无畏""无欲则刚"。晏子敢于请求景公开放府库之粮救济百姓，是他把自己家里的粮食也都分给了灾民。为了实现他的愿望，不惜辞去官职，去做一介普通老百姓。

我是相信历史进步论的，但这是基于经济与科技发展而讲的；若从道德修养方面讲，历史进步论就很值得怀疑了。今天我们的道德水准就一定超过古人了吗？晏子的为政道德高度，今天有多少人愿意心向往之？恐怕是很难讲的。

历史的确是一面镜子，它可以照出我们是高尚还是卑鄙来。

2016 年

生命长度与道德高度成正比吗

"知者乐,仁者寿",这是孔夫子的一句名言。其意是说,有知识(知)的人快乐,有道德(仁)的人长寿。知识与快乐是不是有着什么必然的联系,我不曾注意,自己倒是一向认同"人生识字忧患始"那句古训的。至于有"道德的人长寿"的看法,我却是相信的,而且确实有很多的事例可以证明这一点。

就孔夫子本身而言,他不仅是儒家学说的创立者,更是中国传统道德文化的启蒙者。老人家一生周游列国,奔波劳碌,虽然也做过几天大官(在52岁时做过鲁国的司寇),享过几天清福;可大部分时间都是在穷困潦倒中度过的,有段时间甚至忍饥挨饿。然而孔子却是个长寿的老人,他活了73岁高龄,在他生活的那个时代可谓高寿矣。据史料记载,春秋时期鲁国人的平均寿命不过35岁(孔子最得意的学生颜回只活了31岁),他老人家竟活过了平均寿命的2倍!

古人中,"仁者长寿"的例子还有很多,例如亚圣孟子,活了84岁,即使在今天的时代,也应作为长寿的呢!西汉鸿儒董仲舒活了79岁,同样大大超过了古稀之年。

尽管21世纪的今天,由于时代的进步,国人的平均寿命已达到了72岁,但是"仁者长寿",仍然是一个正确的命题。

2004年11月25日,现代文学巨匠巴金先生在上海度过他101岁的生日成为新闻事件。我记得当时社会各界都用了

"仁者长寿"这句话来颂扬巴老。我们知道,巴老确实不愧为当代中国知识分子中最有"道德感"的"仁者"之一。我曾经看过他晚年撰写的《随想录》一书,不仅深受感动,而且以为那是一本真正的中国式的《忏悔录》。

2005年1月7日,当代国学大师张中行先生在他北京的家中平静地度过了96岁生日。张先生在海内外虽然没有巴老那样显赫的声名,但其人品和文品同样堪称世人楷模。他在80岁以后写下的《顺生论》一书,被有识之士喻为中国当代的《论语》。

前年(2003年11月19日),在上海逝世的著名现代作家、翻译家施蛰存先生,享年99岁。施先生一生默默耕耘,淡泊名利,与世无争,是一名真正的仁厚君子、读书人。他无疑也是一个当今"仁者寿"的典范。

还有戏剧大师吴祖光先生,一个一生敢于仗义执言、不畏权势、只向真理低头的名士和斗士,活了86岁才告别了他所热爱的世界(2003年4月10日)。吴先生最令人钦佩的除了他的戏剧成就之外,就是他的铮铮铁骨与道德人品。让我记得最清楚的一件事是1993年,吴先生因为在报纸上直言批评北京国贸大厦,为被"国贸"侮辱的女顾客鸣不平,竟然被"国贸"告上了法庭。令人感到悲哀的是,法庭没有支持吴先生的正义行为,而判吴先生败诉。在那场诉讼中,吴先生虽然败诉了,却赢得了海内外广大民众的尊重。我就是从那个时候起,心中对吴先生充满了敬意的。

"仁者寿"也印证了中国民间一句传统的谚语,即"好人有好报"。"仁者爱人",有"仁爱之心"的"好人"是前提,"长寿"也就是"好报",当然就是结果了。

2016年

怎样防止小人如鱼得水、兴风作浪的社会出现

无论是在中国传统社会还是在现代社会,"君子"都是一个褒义词。与君子对应的当然就是"小人"了。孔子云"君子喻于义,小人喻于利",这恐怕也是几千年我们中国人区别君子与小人的一个首要标准。很显然,对于何为君子,何为小人,我们常常习惯于做道德区分和判断,而不是做事实判断。中国几千年来的文明史明白地告诉我们,那些真正的正人君子,并不愿意特别标榜自己为"君子";恰恰是那些非正人君子的小人,却总喜欢标榜自己道德高尚,以君子自居。结果便是,在我们的现实社会中,君子总是属于"稀有动物",而伪君子则充斥社会,泛滥成灾。

由此,我联想到了一个亘古以来便存在的问题:君子是天生的,还是后天教育出来的呢?这个问题的实质又牵扯到了人性善恶的问题。中国传统蒙学读物《三字经》开篇就阐述了人性,即"人之初,性本善"。《三字经》自宋代问世至今已经有了上千年的历史。也就是说,中国人上千年的启蒙教育都是"人之初,性本善"的。其实何止宋代以后,自从"亚圣"孟子提出了人"无恻隐之心,非人也;无羞恶之心,非人也;无辞让之心,非人也;无是非之心,非人也"的观点以后,"性善论"便进入中国人的思想意识。既然我们愿意相信人性善,那么我们当然也就相信君子是天生,抑或人人都可以成为君子、"人皆可以为尧舜"了。

但是，我们又知道，即使在孟子的时代，也并不是所有的中国人都相信"人性善"的。比如，在诸子百家当中同样具有重大影响的法家就持"人性恶"的立场，其代表人物韩非曾经鲜明地指出"夫安利者就之，危害者去之，此人之情也"。在韩非看来，人之为善为恶全是利害的驱使。

尽管从我个人的感情出发，对于韩非为暴秦专制提供理论基础的"君王术"一向深恶痛绝，但我还是不得不相信"人性恶"的观点。对于从孟子到《三字经》直至今天的人性向善学说，我可以表达无限尊敬之意，却是完全地不能够同意的。每当我读中国历史的时候，总有一种悲愤油然而生。儒家学说自汉代以来，虽然为历朝历代所尊崇，甚至蒙元、清朝等少数民族建立的王朝也把孔孟儒家思想视为正统思想，但是，从历朝历代统治者的血腥暴政来看，却实行的是彻头彻尾的法家"王霸之术"。既然封建统治者骨子里真正相信的是法家的"王霸之术"，而不是儒家的"修、齐、治、平"学说，为什么还要在百姓中推广、传播儒家思想，以至于自隋以后的科举制度都将其作为必修课程呢？在我看来，根本的道理在于，儒家学说有助于统治百姓。或者说只要百姓接受了儒家学说，便会心甘情愿去做顺民、良民。

我们谈的君子，当然是好人无疑了。如果一个社会是君子遍地，而不是小人遍地，那一定是一个稳定的社会、和谐的社会。至于是不是富裕的社会、幸福的社会却未必。按照孔子描述的君子标准，君子是不应该逐利的，而应当追求"义"和"道"，即所谓"朝闻道，夕死可矣"；而"不义而富，于我如浮云"。现实社会，守君子之道的正人君子，常常会到处碰壁；而不守君子之道的小人，却总能青云直上，升官发财。比如，晚清红顶商人胡雪岩，曾经富可敌国，但是其发财招数和手段无非是贿赂官员、官商勾结而已，与我们今天许多富豪的发迹路径没什么两样。由此看来，我们的传统社会里，官方虽极力提倡君子，却实质是小人遍地。

　　我心目中的理想，既不是君子社会（也不可能），更不是小人当道的社会，而应该是一个法治的社会。因为只有在法治的社会里，虽然社会的大多数成员未必真心向往君子之道——毕竟人的本质是自私自利的，但守君子之道的人，却可能成为社会大多数成员的理性选择——所谓"君子爱财取之有道"。至于小人在法治的社会里是不可能吃得开的——公权力受到监督为法治的真义，没有公权力的支持，小人又怎么可能兴风作浪呢？没有或者说少了小人如鱼得水、兴风作浪的社会，该是多么美好啊！

2016 年 9 月 26 日

为什么他可以把"奴隶的语言"抛到九霄云外

知名学者、德语文学家叶廷芳先生曾经撰文高度评价作家史铁生最后阶段的创作。叶先生这样写道：他（史铁生）拒绝用只有我们而没有我的"奴隶的语言"写作，让我成为主宰；他反对把别人当魔鬼，而自己是天使；他一旦发现自己的渺小处，就忏悔，就"记愧"；他常常把自己推入某种绝境，进行换位思考；他认为人可走向天堂，却不可走到天堂；他常常以悖谬逻辑思考。

当我看到这段话的时候，深深感觉到这分明也是叶先生自己治学创作的写照。同史铁生青年时代便与不幸的人生抗争（与轮椅为伴）一样，叶廷芳先生少年时代就失去了一条胳膊，独臂支撑走过了80年困难坎坷的人生道路。当然他们两位都是一样的优秀、杰出。史铁生的文学成就远远超过了好多他的同时代作家；而叶廷芳先生除了在他的德语文学专业领域之外，在文学创作、建筑美学、艺术鉴赏等方面同样饮誉海内外。不过，在我看来，他们最重要也是最闪光的共同点，就是都在创作当中彻底摆脱了"奴隶的语言"，以真正独立、自由的思想，来观察世界、研究问题、反省人生。

著名学者俞可平教授曾经将中国的古代社会概括总结为"官本主义"社会。社会的一切运转都是围绕着"官"，而不是"民"进行的。社会通行的语言、正式的语言，其实都是"官话",而"官话"多是"空话""套话"与"假话"。

另一方面,"官话"又都表现为两种形态:对上的"官话"一定是刻意主动或者被迫被动地放低自己、降低自己、贬低自己的"奴隶的语言"。这是因为传统中国是森严的等级社会(其严格程度一点不逊于印度的种姓制度),统治者之间、统治者与被统治者之间,以及被统治者之间,都没有"平等"的观念;甚至家庭内部也没有。在上级的眼中,下级与奴隶无异;下级也自觉地将自己放在上级的奴隶的地位。因此,大家最熟悉的语言就是"愿效犬马之劳""君让臣死,臣不敢不死"等。"官话"的另一种形态是对下的,我管其叫作"主子的语言",其特性便是盛气凌人、装腔作势。大家最熟悉的便是皇帝诏书、官方文告。

中国的知识分子(读书人),古代自然也多是做官的,而近世则以从事各种脑力职业为多。但不管怎样,从古至今,中国知识分子都习惯于讲"奴隶的语言"。只有那些个别觉醒者、那些个别保持有独立思想、人格的翘楚,才有可能摆脱"奴隶的语言",成为灵魂与行动的"自由人"。毫无疑问,叶廷芳先生(包括史铁史等)就是令我尊敬与羡慕的"自由人"。

叶廷芳是最早把欧洲两位重要现代派作家卡夫卡和迪伦马特引进中国的学者。他翻译的《卡夫卡全集》《变形记》《卡夫卡短篇小说经典》等作品给曾经封闭的中国带来了新鲜的空气,引起中国文学界的震动,使得许多中国作家去竞相学习、模仿。他翻译的德语作家、剧作家迪伦马特的4部剧作《物理学家》《老妇还乡》《罗慕路斯大帝》《天使来到巴比伦》皆被搬上中国戏剧舞台,影响遍及海内外。此外,他还有专著《现代艺术的探险者》《美学操练》《建筑门外谈》等,在音乐、建筑、美学领域都有所成就。2008年,叶廷芳先生获得欧洲名牌大学之一苏黎世大学的"荣誉博士"

学衔,这是德语国家最高的学术荣誉,在全世界范围内只有13位学者获得。苏黎世大学的颁奖词中说:他推动了中国的日耳曼语言文学乃至中国当代文学的发展,并在诸多社会、文化热点学术争论中,发表独到见解,观点新锐,表现了"勇敢精神、先锋精神和正直品格"。

2016年9月18日下午,北京的朋友们为叶廷芳先生举行了八十寿辰庆祝活动。那个下午,高朋满座、群贤毕至。在庆祝活动现场,由海天出版社出版的叶先生的新书《西风故道》,带着墨香送到各位嘉宾手上。该书系叶廷芳先生的随笔自选集,主要包括作者怀人和追溯自己一生治学之路的精彩篇章。我作为叶先生这本书的最早读者之一,几乎书中每一篇文章都十分喜欢。我喜欢的根本理由,当然就是叶先生的文字。文字中渗透着他80年的人生智慧、他的独立思考、他的前沿时尚的审美、他的悲天悯人的情怀、他的拳拳赤子心。

总之,他把几千年来中国知识分子、读书人所习以为常的"奴隶的语言",彻底抛到九霄云外了。

2016年9月

可爱、可敬的"书生气"为什么如此稀缺

"书生气",在我们的传统里似乎并不是个褒义词,而更像个贬义词。此词的出处,来源于南宋诗人范成大《次韵宋佛阅番乐》中"洗净书生味酸"一句,似暗有讥讽之意也。

今天,人们在讲到书生气的时候,往往是指读书人(知识分子)把问题看得简单,甚至幼稚。如果换一种说法,也叫"不成熟"。自然,在那些明事理、懂世故的官场人士(或所谓的"成熟者")眼中,谁思想单纯,谁天真,谁较真,谁坚持原则,谁坚持真理,谁似乎就满身"书生气"。

相反,我倒是一向以为,书生气是知识分子身上最宝贵的一种东西。如果我们知识分子不以气节为傲,不敢讲真话,不愿坚持真理,也去追求什么"圆融通达""精于世故""进退分寸",以至于"见风使舵""奴颜媚骨",则真就是社会之大不幸了。

知识分子、读书人本就应当做社会的良心,本就应当做社会文明进步的推动者。让我们能够有所安慰的是,在不少老一代知识分子身上,他们的"书生气"不仅是天生的,更是可爱的。

近日,翻阅著名学者、德语文学大家叶廷芳先生的新著《西风故道》一书,受教良多。书中,叶老师有多篇文章回忆自己的老师、朋友,记录了他们的闪光点,特别是他们身上洋溢着的浓浓的、可爱的书生气。

冯至先生是叶老师的大学恩师,也是他在科学院(社科院前身)外文所的直接领导。叶老师在书中,讲到了冯至先生一件感人之事。

那是1958年"大跃进"年代里,当时北大在"要用党校标准办大学"的口号下,在西语系掀起了一股"批判西方资产阶级文学"的热潮。西语系各专业都忙着拟定自己的重点批判对象,而冯至先生主持的德语专业,100多名师生集中在一间大教室里,大家几乎一致提出要以歌德为批判重点,因为歌德在年轻时就去朝廷做大官,不惜与王公贵族为伍。而此时在讲台上主持会议的冯至先生则表现出难言的苦衷。在大家都眼睁睁地等他决定的时候,他最后却以深沉而诚恳的语调说:"同学们,你们现在还不知道,歌德在德国人民的心目中具有多么崇高的威望!我们批了歌德,会伤害德国人的民族感情的。"冯至先生关于"伤害德国人民族感情"的话语,让大家的心灵受到极大震动。当然,这个由冯至亲自主持的大批判动员会以不了了之而结束。叶老师作为德语专业学生参加了这个会议,目睹了冯至先生的那次带有"书生气"的"勇敢正义"言行。叶老师如此评价自己的老师冯至先生:他在大会上的这一勇敢行为,在他力所能及的范围内,给当时甚嚣尘上的"左"倾思潮一个有力阻击,不仅维护了德国古典文学的尊严,保护了德国人民的民族感情,而且也维护了北大在德国人民面前的形象,尤其重要的是给我们这些根基还很浅的青年学子上了一堂"什么是科学态度"的深刻一课。

冯至先生不仅是中国德语文学研究与翻译领域的开创者,也是中国20世纪最有影响力的大诗人。我记得屠岸老师也曾经讲到,他最钦佩的中国诗人就是冯至。诗人一定具有"赤子之心",当然诗人身上可爱的"书生气"一般也是最突出的。

叶廷芳在书中，还讲到了另一位他尊敬的，同时也是书生气十足的翻译大师杨宪益先生。大家知道，杨先生与其英籍夫人戴乃迭（也是杨牛津同学），比翼齐飞、举案齐眉，合作翻译（英译）了大量中国古代经典文献，最精彩、最让世界震撼的是他们将《红楼梦》翻译成了英文出版，在整个英语世界传为佳话。然而杨宪益夫妇的命运可谓多灾多难。据叶老师介绍，杨先生之所以蒙受牢狱之灾，当然主要还是那个荒谬时代的罪错，但同时也与杨先生单纯善良、心无城府、对任何人都不设防的"书生气"有关。杨先生在抗日期间的重庆与一位英国外交官结识并成为好朋友，但后来这位外交官随国民政府撤往台湾了。虽然我们今天已经理解，这完全是政治选择不同，与政治品格和道德人品无关，但在当时便成为杨先生作为"外国特务"的"罪证"。事实上，杨先生夫妇才是真正的伟大爱国者，名副其实的优秀知识分子。

论书生气，叶廷芳老师本人其实一点也不比他书中讲到的其他先生少，甚至更多些。叶老师作为继冯至先生之后最有成就的德语文学大家，学术贡献与社会贡献远超过了他的专业。在文学创作、建筑美学研究、音乐美术鉴赏与社会公共事务等多个领域，叶老师都有自己独到的思考与观点。他所经历的人生苦难与坎坷，一点儿不比他的师辈少，反而更多。我曾经听到叶老师讲过两件他经历的事情，让我印象深刻。

一是，他在北大上学期间，本来是有机会入党的。但由于他满腔热忱地向组织交心，将自己家里被错误划定"富农"的情况如实向党支部书记讲了，结果可想而知——本来书记也认为他更优秀的。试想，如果叶老师不那么书生气，不那么单纯幼稚，将自己的那点家庭情况隐瞒不说，说不准他也是高级领导干部了。不过，叶老师对自己一生无党无派的政治选择是十分满意与自豪的，因为这让他拥有了更多的思想与学术研究的自由。

二是，叶老师做了全国政协委员之后，就有机会接触到高级领导干部。别人接触高级领导干部往往是为拉近关系，或出于为自己的"进身"考量，而叶老师则是为正义与学术发声。他讲到某年全国"两会"期间，他直接向一位社科界大人物进言，建议将漂泊海外多年的著名学者某先生延聘回国，他说："某一定是要被写进当代文学史的，如果你请他回来也将被文学历史记下。"听到叶老师讲这件事情的时候，自己心中被他正义、坦荡的"书生之气"所深深感动。

书生气，说到底其实是一种正义之气、正直之气、正当之气。环顾今天，书生气不是多了，实在是太稀缺了；不是廉价了，而是太珍贵了。

2016 年 9 月

"坑男"说

近年来"坑爹"一词流行起来。不过我个人以为这还算不上是最"深"的坑、最"狠"的坑、最坏的"坑"。

在我看来,"坑"之最是"坑男"。当然,这个词之前没有,纯粹是自己异想天开的发明。"坑男"者,其中的"坑"自然是"伤害"的别称;但"坑男"不是男被坑,是坑之男——这与"坑爹"之"爹"被坑不同。换句话说,"坑男"就是坑人的男人。当然坑男人的男人,还够不上"坑男"的等次;"坑男"专指坑自己的女人的男人。

那么,也许有朋友会觉得已经有"渣男"这个词了,何必再搞出个"坑男"新词出来?个人觉得,渣男可能坏,但还不是彻底的坏;渣男一眼可以看出来,至少是容易识破的。而坑男,则是彻底的坏,而且非常难以识别。坑男善于伪装,更善于包装,常将自己包装成有魅力的成功人士,高富帅、学问大、地位高等标签的背后,包藏的是祸心、害人之心。聪明的女人,往往躲得开"渣男"的"明枪"攻势,却难防"坑男"的"暗箭"伤害。

既然"坑男"的迷惑性极强,因此,就需要对"坑男"进行"剥画皮"式的戳穿。古今中外,"坑男"虽不像天上的星星一样多,但也还是数不胜数的。本文拟专挑一个我们熟悉的民国历史上著名的"坑男"说一说,充分曝光一下他的"坑男"真面目。

这个人就是胡兰成。作为近世"坑男"之魁首，可谓当之无愧。其一向首鼠两端、四处投机的卑劣品性，自不必说；单讲被他"坑"的女性就有8位之多。按胡兰成的《今生今世》一书所述，与他有肌肤之亲，并且"爱"他的女性分别有发妻唐玉凤（28岁病逝）、全慧文（第二个太太）、应英娣、张爱玲、范秀美、周训德（小周）、一枝（日本女子）与佘爱珍。另外，他还与张爱玲的好友苏青也有过密会。

当然，最让我们惋惜的是临水照花的民国才女作家张爱玲，她私订终身嫁给胡兰成时仅22岁，而胡已经是经历过两场婚姻，并有6个孩子的中年男人了（37岁）。尽管张爱玲冰雪般聪明，却根本招架不住情场老手，用今天话说是"老司机"的胡兰成的爱情攻势。二人相识不到4个月的时间，便在张爱玲的好友炎樱（印度人）的见证下，没有任何仪式，胡兰成继续保持原婚姻，只以一张写有"胡兰成与张爱玲签订终身，结为夫妇。愿岁月静好，现世安稳"的字条，结成了夫妻。

张爱玲对于胡兰成自然是倾注了全身心的情感。其时，胡已经在汪伪政权失势，全凭一张嘴、一支笔来养家糊口；而张爱玲则文名天下，风头正健。因此，在经济上，张爱玲完全是倒贴胡兰成的。随着日本的战败，汪伪政权也很快覆灭，胡兰成便彻底沦为丧家之犬。他于1950年逃亡香港之前，一直藏匿在杭州、金华、诸暨与温州等地，虽断续教书为业，但生活全凭张爱玲接济。

就是这个让张爱玲爱得"低到尘埃里"的男人，虽然靠着张爱玲的接济活命，但又先后背着张与小周、范秀美（胡高中同学斯颂德的小娘）玩起了秦晋之好的游戏。甚至范秀美打胎，都是带着胡的字条到上海找张爱玲借钱，而她竟也爽快地将自己的金镯子交给范秀美去换钱。不过张爱玲毕竟是张爱玲，她的眼里是不能够揉沙子的，更不可能委屈自己与别的女人分享自己的男人。

张爱玲于 1947 年 6 月给胡兰成写了分手信。她如此决绝地写道:"我已经不喜欢你了,你是早已经不喜欢我了。这次的决心,是我经过一年半长时间的考虑的。彼惟时以小吉故,不欲增加你的困难。你不要来寻我,即或写信来,我亦是不看的了。"另外,张爱玲知道胡兰成生活艰难,所以随信附上了她 30 万元的稿费。我们都知道,情侣分手,都是男人给女人分手费,可奇女子张爱玲却付给令她心痛一生的"坑男"分手费。

作为"坑男"典型的胡兰成,当然也不是一无是处的。比如,他很会写文章,直到今天海内外仍然有不少他作品的拥趸;他也很会说漂亮话讨女人欢心,否则大才女张爱玲怎么会看上他呢?!事实上,张爱玲从她与胡分手那天起,就彻底认清了胡的真面目,只不过在她心目中,对于自己爱过的男人是恨不起来的。

2016 年 9 月

【第三辑】
人性的观察

谁的真爱没有受伤过

俄国文豪列夫·托尔斯泰有句名言：幸福的家庭都是相似的，不幸的家庭却各有各的不幸。

笔者套用托翁的话来说爱情这个东西：真情都是一样的，而爱的表现形式却各不相同。

晚上，闲读翻译大家文洁若先生的新书《岁月流金》（海天出版社），让我得到了上述关于爱情的一点看法。

文老师在书中，用相当篇幅的文字回忆了自己与当代著名作家、翻译家萧乾先生充满幸福，同时更充满了苦难的45年的婚姻与爱情。

早在1945年，18岁的高中生文洁若，第一次读到了萧乾的长篇小说《梦之谷》，便对大她17岁的萧乾有了深刻的印象。

直到1953年，这对神仙眷侣才因为一起在人民文学出版社工作而得以相识相恋，并于1954年结成一生的姻缘。他们相恋时，文洁若26岁，正值青春、花样年华；而萧乾，虽名满文坛，却已经历了三段婚史，且人到中年（43岁），带着幼子铁柱生活。因此，文、萧的结合，放到今天都不能不说是一段大胆的、冲破俗见的爱情。

文洁若老师在该书《忆萧乾》一文中这样写道："1953年夏咱们初识后，出于好心对我进行忠告的人的声音一度占了上风。于是我提出暂时不再跟你见面，以便清理一下自己的心绪。然而我发现,再也没法过结识你之前的那样一潭死水般单调的生活了。"

也就是说,他们的爱情也曾经在社会世俗的压力下,有过动摇,甚至短暂分手。不过很快爱情的力量战胜了世俗的力量。

文老师追忆道:"我们分手的8个月期间,你的音容笑貌不断地浮现在我眼前。我意识到:我对你的这腔挚情,一生中只能有一次。不论将来遇到多大的风险,吃多大的苦头,我也豁出去了,决定与你携手。"

同中国几乎所有这一代的知识分子一样,他们的生活果然经历了生与死的考验(萧被打成右派后曾经尝试自杀),工作被剥夺、受迫害,所有的苦难,他们都没有逃脱。

幸运的是,他们最终熬过了人生最严酷的冬天,并在晚年获得事业与爱情的辉煌成果。

萧乾先生活到了90岁(1999年4月2日逝世)。他生前不仅看到了自己10卷文集的出版,并且在九旬生日的头一天,收到了他钦佩的朱镕基总理的亲笔信。

而文洁若老师并没有因为萧乾先生的逝去而心灰意冷,反而更加勤奋地投入工作中。今天,很快也将迎来她的九秩华诞,仍然身体康健,笔耕不辍。前段时间,我与同事去拜望文老师,她思维之敏捷不亚于青年人。她不仅为我们深情朗诵了英文版《尤利西斯》中的一段精彩篇章,并且聊了不少她对于时下文学翻译现状的看法。

在我看来,文洁若、萧乾这对文坛伉俪的爱情,必将同他们的作品一样载入中国当代文学史。

文洁若老师在书中,不仅讲述了自己的爱情故事,而且也写到了她所了解的梁思成、金岳霖与林徽因之间的爱情故事。

梁、金加上徐志摩与林徽因的多角爱情故事,相信今天的读书人都不陌生。但大家都是从书本上读来的、从影视剧中看来的,而文洁若老师却是曾经有幸目睹过他们本人的当代作家,并且文老师还用她的传神妙笔记录下来了。

文老师虽然总谦虚地讲她自己既不聪明,也不漂亮,只是比别人勤奋一些(事实上她年轻时同样也是"集才华与美貌于一身的女子");但她却认为"才貌是可以双全的"。当然文洁若眼中才貌双全的女子就是著名的林徽因了。

文洁若1946年考入清华外语系。读书的时候,她曾经有两次一睹林徽因教授风采的机会。

第一次(1947年),是她有一天到清华图书馆阅览室去翻看旧校刊,当看到校刊上有林的照片时,林教授竟出现在阅览室。文老师如此记述:

"按说经过抗日期间岁月的磨难,她的健康已受严重损害,但她那俊秀端丽的面容,姣好苗条的身材,尤其是那双深邃明亮的大眼睛,依然充满了美感。至今我还是认为,林徽因是我平生见过的最令人神往的东方美人。"

文老师第二次见到林徽因,是1948年的一个晚上,在清华大礼堂看由学生剧团用英语演出《守望莱茵河》。文老师在现场看到林徽因与梁思成、金岳霖三人一起来看演出。演出开始前,林、梁之子梁从诫也来了。文洁若用文字记录了这一时刻:

"开演前,梁从诫过来了,为了避免挡住后面观众的视线,他单膝跪在妈妈面前,低声和她说话。林徽因伸出一只纤柔的手,亲热地抚摸爱子的头。林徽因的一举一动都充满了美感。"

试想,如文洁若这样的知识女性都对林徽因有如此美好甚至近乎完美的印象,梁思成、金岳霖、徐志摩等学界大咖、风流才子如何不拜倒在她的石榴裙下?

梁、林结秦晋之好，是一桩门当户对的最佳婚姻，本在情理之中。但金、徐在梁、林结婚之后，仍然一往情深，则更让人惊叹。金为了林竟一生未婚；徐虽娶了陆小曼，可对林还是痴心不改，为了赴京听林讲座竟命殒蓝天。

对同时爱着林徽因的3个男人，文洁若有如此看法：

"我十分崇敬金教授这种完全无私的、柏拉图式的爱，也佩服梁思成那开阔的胸襟。他们两人都摆脱了凡夫俗子那种占有欲，共同爱护一位卓绝的才女。"

文洁若在书中还专门写到了金岳霖与梁思成、林徽因一对儿女梁再冰、梁从诫的深厚感情。文老师亲眼在校车上看到金岳霖带着两个孩子游玩的情形。

至于那位大诗人徐志摩，文洁若老师虽没有机会亲眼见识过其风采，但她通过与徐的同时代作家冰心先生有了不一样的了解。文洁若曾经在1990年8月陪萧乾去看望冰心，在冰心处看到徐志摩两行十字的绝笔诗：

说什么已往，

骷髅的磷光。

依冰心的说法，诗写于1931年11月11日，是徐志摩因事从北平去上海前看望冰心时写下的。19日，徐志摩为赶来北平听林徽因用英文做有关中国古建筑的报告，当天没有班机，他设法搭乘了一架邮政飞机，因雾大，在山东境内失事，不幸遇难身亡。

徐诗中有"骷髅""磷光"等字眼，是不是已经说明了他对人生、对爱情的心灰意冷？甚至于不祥的预兆？

爱情这个东西，其实更多的属于精神层面。人的精神境界是不一样的，爱情的表现形式当然也是不一样的，但本质都是精神活动。这便是不同的爱，一样的情。

2016年10月12日

读书人的月亮情结

古今中外，地球人似乎都有一个月亮情结。

尤其是中国的读书人，月亮情结之浓郁之深厚之幽美，堪称举世无双。

著名比较文学家乐黛云教授就是极富才情的一位月神歌者。她最近出炉的新著名称为《天际月长明》，书中收录了两篇以月亮为主题的文章：一篇是《故乡的月》；另一篇是《关于月亮的传说与欣赏》。

我做编辑 20 余载，看过的好文字可以说不少了，但如乐黛云老师那般意境悠远、诗意盎然、干净漂亮的文字是不多的。

品读乐老师笔下的月亮，不仅是文学的享受，也是美学的熏陶，还是精神的洗礼。

乐老师在《故乡的月》中，讲到她年幼时在家乡贵阳的一次"救"月亮的经历。"那年我才五岁，正值中秋佳节前后，我的家乡可以看到月全食。我和大家一样，都相信月食就是月亮受难，如果没有人帮助，美丽的月亮就会被天狗吞没。为了救月亮，大家都不肯睡觉，一直等到深夜，月亮从天狗的口中逃脱。记得那天碧蓝幽深的晴空，星星很少，满月悠然地在空中漫步。突然皓月明显地被吃掉了一块，千家万户的锣声震耳欲聋地响起来。我当时很害怕，拼命敲锣，真的相信可怜的月亮正在被天狗吞噬，要依靠我们大家伸出救助的手……"

看到乐老师童年参与救月亮的故事，我们当然不会认为那时的人们愚蠢，不懂得月食的科学道理；相反，我们反而羡慕那时人们的纯朴、天真与善良，羡慕乐黛云老师拥有那样一种幸福浪漫的童年记忆。这不就是文学的魅力吗？这不就是乐老师文字的魅力吗？

好的文学、好的文章，首先可以让我们对自然对社会有更多的了解与认识，并且让我们的心情随之愉悦或者感伤。无疑，乐黛云老师的文章显然有这样的效应。

不过，好的文学、好的文章不应该止于此，还应当有助于提升我们的美学鉴赏眼光与能力。作为比较文学大家，乐老师更是这方面的高手。

她的《关于月亮的传说和欣赏》一文，特别将中外一些文学大师关于月亮的诗文进行了梳理。

她从李白那首最著名的咏月诗《把酒问月》中，概括总结出这样一条令我们醒脑的结论："在中国诗歌中，月亮总是被作为永恒和孤独的象征，而与人世的烦扰和生命的短暂相映照。"

她也从日本的道元禅师、明惠上人，特别是川端康成的诗文中，发现了日本人的"月亮观"："但日本人好像很少把月亮看作超越和永恒的象征，相反，他们往往倾向于把月亮看作和自己一样的、亲密的伴侣，有时甚至把月亮置于自己的保护之下，而对它充满爱怜。"

乐老师还分析了希腊神话中的月神塞勒涅的形象，以及法国现代派诗人波特莱尔的《月之愁》，认为西方人对于月亮的看法与东方人有着明显的不同，西方人（以波特莱尔为例）似乎更倾向于月亮是独立的客体，同时也是文学（诗）中行动的主体。

我之所以将乐黛云老师的文字归入最好的文学之列，还有另外的一个重要理由：读其文字具有精神洗礼的作用。文学层次固然以真、善、美为标尺,但背后是有无哲学一样深度的思考。

我以为,乐黛云老师不仅是文学家、诗人,也是一位勇于追究天地精神的哲人。

她在文章中写道:"今天的人们不可能看到古时的月亮,相对于宇宙来说,人生只是一个微不足道的瞬间,然而月亮却因它的永恒,可以照耀过去的、现在的和未来的人们。千百年来,人类对于这一人生短暂和宇宙的矛盾完全无能为力。"

当你读到这样具有穿透时空力量文字的时候,相信一定会引起如你一样爱思想、爱思考人士的深思与精神共鸣。

去年春天,我主持出版了乐黛云老师的大作《涅槃与再生——在多元重构中复兴》,期间还就"中西文化未来走向"方面的问题请教于她。以我十分肤浅的理解,深切感受到了乐老师更像是一位思想者。记得我向身边同事讲过,乐黛云老师其实是一位人生哲学家。

昨天是丙申年重阳节,我从办公室回家的时候,已经是傍晚时分。当我走上昆玉河过街天桥,抬头一望,发现明亮的半月高悬天空。皎洁的月光,映照着清澈的昆玉河闪闪发亮。天上一个月亮,水中一个月亮。还没走到家中楼前,浪漫的诗意便在我心中涌动了。谨将自己的一首小诗作为结束,也算是抒发一下我个人的月亮情结吧。

重阳日向晚遇月神

月神姐姐只在向晚以后现身
今年的重阳日向晚
她的出现似乎很神秘很情愿
虽以一半明亮示人
却让天空更加寂寥更加孤单
冰凉秋水有她影子

理想与乡愁：一个理想主义者的省思与夙愿

她还躲藏在柳枝舞动的后面
楼上人开窗来打探
使劲喊话不知姐姐可否听见
听不见真是听不见
坐地日行八万里距离太遥远
相见容易相知太难
只好招招手表达无尽的眷恋

2016年10月11日

凭什么安身立命

汤一介先生系学界公认的当代鸿儒，他生前的道德文章堪称学人楷模。但先生对于儒家思想在当代中国的命运，似乎并不很乐观，甚至是悲观的。近日，我从先生新著《寻找溪水的源头》（由其夫人乐黛云老师整理、海天出版社出版）一书中，读到《为自己找个安身立命处》一文，深切感受到汤先生对于儒家思想之于当代中国命运的忧虑。

汤先生说：当然，如果用儒家思想能够做到"救世""救人"是再好不过，可是今日之世界、今日之人心是否可以用儒家思想拯救呢？这点颇可怀疑。但儒家思想是否已无用处？我想不是的，它仍有大用处。它的用处在于儒者可以用以"自救"，为自己找个安身立命处。

从汤先生的上述文字中，我想我们至少可以得出两个结论。

一、汤先生虽然自己是儒家思想研究者与信奉者，但他并不相信儒家思想可以"救世""救人"。

二、汤先生认为儒家思想有用处，可以为儒者，也就是信奉儒家思想的人提供安身立命的精神去处。

很显然，汤先生的看法与今天一些新儒家朋友的看法截然不同。我们知道，今天有一些新儒家学者，也包括一些海外知名汉学家、新儒家代表人物，都将拯救中国世道人心甚至收拾世界秩序的希望寄托在中国儒家思想文化的恢复与振兴上面了。特别是在官方大力倡导弘扬中国传统文化，社会层面"国学热"的背景之下，新儒家学者们备受鼓舞，大有"尧舜"时代即将来临之欢欣。

而汤先生却是有着哲学家的理性与冷静。他十分明确地指出，儒家思想根本无法左右"社会的治乱、兴衰"；中国历史上，"理想的和谐社会从来没有出现过，这虽然非常遗憾，而它不仅是事实，且必然如此"。

事实恰如先生所言，孔孟生活的时代同样也是一个"礼崩乐坏"的时代，他们的思想与政治主张不仅不被当时各诸侯国统治者（君主）所接受，甚至受到社会庸众的嘲笑。照汤先生文章的说法，孔子是被人称为"知其不可为而为之"的空想家，孟子是被人视为"愚论"的幻想家。也就是说，儒家思想从它诞生的那天起，就没有发挥过"救世""救人"的作用。

历史上不能，今天恐怕也不能。

当然，我知道汤先生还是相信有可以"救世""救民"思想资源的。我记得，早在20世纪80年代，先生就写文章呼吁在中国施行"民主"与"法制"。我想，直到先生走到人生终点的时候，都应该没有改变过他的初衷吧。

我忆起2013年12月21日，汤先生抱病参加我们为他举办的"汤一介先生学术思想研讨会暨《瞩望新轴心时代》发布会"时，曾经满怀深情地讲道，他一生最好的时光都被时代荒废了，他期盼一个学者研究没有禁区、"自由地研究问题、发表观点"的时候早日到来。毫无疑问，先生所期盼的，肯定与今天新儒家学者们所渴望的"王道"时代是不一样的。

现在，我们再讨论一下汤先生的第二个结论。对于汤先生所认为的儒家思想可以为儒者提供"安身立命处"的看法，我个人只能表示一半的赞同。

汤先生作为鸿儒，他的底色无疑是一位具有中国传统士大夫精神的儒者。儒家所倡导的"修齐治平"理想，尽管不现实，却是作为儒者的汤先生所向往的。汤先生讲得很对，儒家思想也就是只对儒者管用，只适宜儒者自救，只是为自己找个安身立命处。这便是我一半赞同汤先生看法的理由。

我的另一半不赞同。毕竟世界从来不是儒者的世界，天下也从来不是儒者的天下。在个人看来，无论历史上还是今天，儒者都只是社会中极少数优秀分子（精英），且不说普罗大众，单说那些执掌权力的人，绝大部分都可能是嘴上的儒家、骨子里迷信"王霸之术"的法家（按照思想家顾准的说法就是"阳儒阴法"）。当然，汤先生是完全清楚中国这一套传统政治逻辑的。只不过，先生太绅士，"毕竟是书生"，他也许不愿意将事情说破罢了。

之所以另一半不赞同，是因为我对于单靠儒家思想，是不是能够为生民立命，哪怕是为儒者找个安身立命处，其实是将信将疑的，甚至疑多于信。

上面我谈到，汤先生除了有儒者的底色之外，从不缺少对于自由民主思想的欣赏与向往。因此，我就窃想，在汤先生的安身立命处，除了孔、孟、老、庄之外，或还应当有苏格拉底、柏拉图、亚里士多德，甚至尼采、韦伯……

2016年10月

理想与乡愁：一个理想主义者的省思与夙愿

白银时代作家们的苦难命运

欧洲的文艺复兴运动发生于14世纪中叶，首先在意大利各城市兴起，之后逐渐扩展到西欧各国。至16世纪，文艺复兴运动达到高潮，带来了一段科学与艺术革命时期，揭开了近代欧洲历史的序幕。

俄罗斯尽管地理上也属于欧洲，但文艺复兴运动基本上没有波及。如果称得上是"俄罗斯的文艺复兴运动"，则已经到了19世纪末至20世纪初了，即所谓的俄罗斯文化的"白银时代"（之前是以普希金、果戈理为代表的"黄金时代"）。这一时期，俄国发生了一场堪比欧洲文艺复兴运动的文化复兴运动。运动的先导是一股新的诗歌潮流，紧随其后便出现了由新诗潮所带动的包括散文创作、戏剧艺术、文学批评、音乐和绘画等在内的整个文学艺术领域的全面创新。同时，西方多种新的社会哲学思潮传入俄罗斯，与俄国哲学传统发生碰撞，造成了哲学的空前繁荣和独特的俄国宗教、哲学的勃兴。艺术和哲学的兴盛又推动了其他人文科学领域的变革与创造。这便是俄罗斯文化史上最辉煌的时期之一，即所谓的"白银时代"。

白银时代的俄罗斯涌现了一大批才华卓著的诗人、作家、学者和艺术家。其中为我们所熟悉的诗人、作家就有安年斯基、安·别雷、勃洛克、古米廖夫、阿赫玛托娃、茨维塔耶娃、蒲宁、叶赛宁、曼德尔施塔姆、马雅可夫斯基、帕斯捷尔纳克、布尔加科夫、谢维里亚宁、奥多耶夫采娃等。

如果用"命运多舛"来形容白银时代的诗人、作家们的命运，应该是非常恰当。

早在十几年前，我就曾经关注过白银时代作家们的坎坷命运。近来，由于我们要出版俄罗斯文学翻译大家高莽（乌兰汗）翻译的有关阿赫玛托娃的作品，让我一下子又沉浸在对他们不平遭遇的感伤之中了。其中最让我相信也让所有朋友们痛心疾首的，或是下面几位。

首先是古米寥夫(1886 — 1921)，他是白银时代最杰出的诗人之一，被誉为继普希金后俄罗斯最有才华的诗人；也是现代主义流派阿克梅派领袖。他还是阿赫玛托娃第一任丈夫。

古米寥夫出身贵族，才华卓越，充满幻想，酷爱冒险和猎奇，曾留学法国，漫游英国、意大利等，并三次深入非洲探险。古米寥夫最著名的作品是组诗《蔚蓝的星》。他的创作名言是："不应该在'可能'的时候写作，而应该在'必须'的时候写作。'可能'这个词应该在诗歌研究里一笔勾销。"

1921年，古米廖夫在彼得堡秘密被警察逮捕，罪名是"参与反革命阴谋活动"。他被逮捕后，苏俄文坛领袖高尔基曾凭着自己的名望奔走营救。扎米亚京（作家）在《回忆高尔基》中曾说："据高尔基说，他已在莫斯科得到保留古米廖夫性命的承诺，但彼得堡当局不知怎么了解到这种情况，就急忙立刻执行了判决。"据说，古米廖夫被枪毙是列宁亲自下的命令。古米廖夫被处死时刚满35岁。

阿赫玛托娃作为古米廖夫的遗孀（其时早已离婚），参加了古米廖夫的葬礼。她于1921年8月17日（或28日），用一首诗表达了对前夫被处极刑的恐惧：

恐惧在黑暗中触摸物件，
月亮的光柱正对着斧头。
墙外可闻不祥的敲击声——

那是耗子、幽灵或者小偷。

另一位是曼德尔施塔姆（1891—1938），他是俄罗斯白银时代卓越的天才诗人。他从很早便显露出诗歌才华，曾热情参与古米廖夫为发起人的"阿克梅"派运动，并成为其重要诗人之一。他早期的作品受法国象征主义影响，后转向新古典主义，并渐渐形成自己特有的风格。评论家将曼德尔施塔姆的诗称为"诗中的诗"。

曼德尔施塔姆一生命运坎坷，长期失业，居无定所。在20世纪30年代创作高峰时，被指控犯有反革命罪，两次被捕，长年流放，多次自杀未遂。1937年12月27日死于远东符拉迪沃斯托克的集中营，至今仍不知葬于何处。他的作品也曾经被苏联政府长期封杀，直到最近二三十年才重新引起文学界的重视。

曼德尔施塔姆也是阿赫玛托娃的朋友（或情人之一）。1936年，阿赫玛托娃曾历经36小时筋疲力尽的旅行到沃罗涅（曼德尔施塔姆流放地）去看望曼德尔施塔姆。

曼德尔施塔姆死后留下大量作品，诚如他自己所说，他的诗是他"最后的武器"。他清醒地认识到自己这一代人的悲剧，在生命的最后几年，曼德尔施塔姆坚定地与丧失理智的时代抗争。在他临死前一年写的诗《不要比较：长存者无与伦比……》中说道：

哪里给我更多的天空，
我就准备在哪里流浪，
而清醒的忧思却抓住我不放。
不让我离开还年轻的沃罗涅山丘，
不让我去托斯卡纳那人类共有明媚峰峦。

再一位是茨维塔耶娃（1892—1941），她是俄罗斯白银时代最著名的诗人、小说家和剧作家。

1939年6月，茨维塔耶娃带着儿子从国外返回苏联。可是，等待着茨维塔耶娃的厄运是她始料不及的。同年8月，先期回国的女儿阿利娅被捕，随即被流放；10月，丈夫艾伏隆被控从事反苏活动而逮捕，后被枪决。这段时期，由于丧失了自己作品的出版可能，她把主要的精力都投入诗歌翻译中。茨维塔耶娃的翻译十分严谨，她的翻译原则就是，一定要使笔下的文学作品里有文学性，否则，宁可不发表。显然，她要以这样严肃的态度来换取口粮实在是勉为其难的事情。因此，她不得不经常兼做一些粗活，如帮厨、打扫卫生等补贴家用。

在她的自传中，茨维塔耶娃这样陈述道："我对生活中的一切都是在诀别时才喜爱，而不是与之相逢时；都是在分离时才喜爱，而不是与之相融时；都是偏爱死，而不是生。"她的一句诗可以作为这段话的注解："她等待刀尖已经太久！"命运似乎也在为她的信念推波助澜。

1941年8月，由于德国纳粹的铁蹄迫近莫斯科，茨维塔耶娃和唯一的亲人——儿子莫尔移居鞑靼自治共和国的小城叶拉堡市。正是在这座小城，诗人经历了一生最不堪承受的精神和物质双重的危机。她期望在即将开设的作协食堂谋求一份洗碗工的工作，但是，这一申请竟然也遭到作协领导的拒绝。

1941年8月31日，绝望中的茨维塔耶娃自缢身亡。她给儿子留下的遗言是："小莫尔，请原谅我，但往后会更糟。我病得很重，这已经不是我了。我狂热地爱你。你要明白，我再也无法生存下去了。请转告爸爸和阿利娅——如果你能见到——我直到最后一刻都爱着他们，请向他们解释，我已陷入了绝境。"

最后一位就是我最欣赏也是我最为她的苦难遭遇而痛心的阿赫玛托娃（1889—1966）。关于阿赫玛托娃，毫无疑问是中国读者最为熟悉的俄罗斯白银时代的大诗人（被誉为俄罗斯诗歌"月亮",与普希金的诗歌"太阳"相对应)。我们应当感谢翻译家高莽先生,是他比较早地将阿赫玛托娃的诗歌介绍到中国来的。对于她苦难命运的了解,也是来自高先生等的介绍。

阿赫玛托娃没有像同时代一些作家在十月革命后流亡海外,所以她的命运便注定充满了苦难:1921年,她的前夫古米廖夫因"塔甘采夫事件"被捕枪决。1924年,因《耶稣纪元》中的一些诗篇而激怒了当时的政府官员,阿赫玛托娃的诗歌被禁。这对一个诗人来说无疑也是被判死刑。然而她没有一蹶不振,没有销声匿迹。在这段"沉默"的时期里,她的研究彼得堡的建筑和普希金的创作,并翻译了许多外国诗歌;普希金给了她无穷的创作灵感和人生启迪。

阿赫玛托娃经历了贫困、监狱和战争的磨难。她唯一的儿子因父母的缘故3次被捕入狱,一生中有20多年是在监狱中度过的。作为一个母亲,阿赫玛托娃把她的这段不平常的血泪史写成了著名的不朽诗篇《安魂曲》。

阿赫玛托娃比她同代知识分子幸运的是,她等来了晚年的辉煌:1964年,阿赫玛托娃在意大利接受了"埃特纳-陶尔米诺"国际诗歌奖。次年英国牛津大学授予她名誉博士学位。其诗歌地位得到了世界的承认。

1966年3月,饱经风霜的阿赫玛托娃因心肌梗死病逝,结束了她77年坎坷的生命历程。

我之所以愿意用文字重述俄罗斯白银时代这几位诗人、作家的苦难遭遇,是因为我不认为仅是他们个人的遭遇,而是人类文明的苦难与屈辱。

2016年11月

荣光与屈辱

叔本华曾经讲过这样一句十分悲凉的话:"世界上许多国家,无不以其拥有大文豪及大艺术家为荣,但在他们生前,却遭到虐待。"

其实,历史上我们曾经就是这样的国度。

在古代暴政下,文豪与艺术家等知识分子生前备受虐待,后世永垂不朽的例子可谓多矣。就拿我们所熟知的那些偶像级大人物如屈原、司马迁、杜甫、陶渊明、李贽等,无不是典型代表。

近现代之后,情况不仅没有变好,反而更加糟糕了。其中最让我为他们所受屈辱而痛心的作家、思想家有那么几位。

首先是萧红。今天看来,萧红的文学才华不仅远超过她的许多同代人与前辈,而且也让现在及未来的许多作家所不能及。仅凭她的那部《呼兰河传》,似完全可以名垂中外现代文学史了。就在日前(11月3日),我闻听著名诗人、俄罗斯文学翻译大家高莽先生盛赞萧红作品"具有西方现代派的味道"。然而就是这样一位绝代才华的女作家,31岁花样年华便香消玉殒,生前受尽人间苦难与屈辱,而加之她身上种种不幸的、伤害她最痛的,除了社会,都是她深爱的亲人与爱人。

另一位是大诗人穆旦。穆旦(原名查良铮)虽然作为翻译家(翻译普希金)远比其诗人名声响亮,可是在今天文学界几乎公认他是中国现代诗歌的标志性人物。本来他在美国与夫人周与良博士是拥有极为光明灿烂的学术前程的。但是作为"海外赤子"的他却毅然抛弃了前程与夫人于1953年年初自美国回到新生的共和国，到天津南开大学外文系任副教授。仅过了4年的平静生活，1958年穆旦就被判定为罪人（历史反革命），被贬到图书馆和洗澡堂，先后十多年受到管制、批判、劳改。1976年3月31日穆旦右腿股骨颈折断，转年2月26日春节期间，于凌晨心脏病突发逝世，享年仅59岁。死前，穆旦在《冥想》一诗中道出了内心独白：

而如今突然面对坟墓，我冷眼向过去稍稍四顾，只见它曲折灌溉的悲喜，都消失在一片亘古的荒漠。这才知道我全部的努力不过完成了普通生活。

前不久，我花了近一个月的时间断续读完了英国传记作家伊莱因·范斯坦的《俄罗斯的安娜：安娜·阿赫玛托娃传》。书中真实描述了阿赫玛托娃以及与她同时代作家所遭受的屈辱：

安娜·阿赫玛托娃一向被誉为俄罗斯文坛最伟大的诗人之一。但是在斯大林恐怖统治时期，她的作品被禁达四分之一世纪。她生前大部分时间里没有固定收入，也没有稳定居所，只能栖身于情人家里，遭受世人嘲讽与白眼。特别是执掌苏共意识形态的日丹诺夫于1946年8月9日在苏联作家协会执委会上向阿赫玛托娃发出的无耻的、带有人格侮辱性质的攻击，今天让我们看来都会让人不寒而栗：

"安娜·阿赫玛托娃是这种缺乏思想反动文学泥沼的代表之一，是空洞的、缺乏思想的、贵族沙龙的旗手之一，与苏联文学格格不入……她的诗歌局限在非常渺小的范围之内。这是奔走于小客厅和祈祷室之间的狂怒贵妇人的诗作。它的基础——就是恋爱与色情的曲调，与悲哀、忧郁、死亡,神秘主义和注定灭亡交织在一起……不完全是修女,不完全是荡妇,更确切地说,是混合着淫秽和祷告的荡妇与修女……阿赫玛托娃的诗作完全自外于人民。"

阿赫玛托娃的第一任丈夫,也是她唯一儿子的父亲,俄罗斯最杰出的诗人、现代主义文学流派阿克梅派宗师古米廖夫是被枪决的,被处死时刚满35岁。

阿赫玛托娃的儿子因父母的缘故3次被捕入狱,一生中有20多年是在监狱中度过的。

作为一个母亲,阿赫玛托娃把她的这段不平常的血泪史写入诗篇《安魂曲》中,同时也以此悼念那些在20世纪30年代肃反扩大化中冤屈而死的所有无辜者,今天读来一样催人泪下。

中国诗人北岛曾有著名诗句:"卑鄙是卑鄙者的通行证,高尚是高尚者的墓志铭。"实在是道尽了人间的残酷真相。

2016年11月7日

关于人文学术出版的几点思考

尽管有越来越多的学者，甚至包括一些出版专业人士，对出版业未来持悲观态度，但我个人却没有那么悲观，特别是对于自己所从事的人文学术出版事业，相反还抱更多的美好期待。出版机构，从其终极使命而言，就是应该为学术而存在的，当然随着产业分工的不断细化，教育出版、科技出版、大众出版、娱乐出版，甚或休闲出版都已经成为出版产业中重要组成部分了。毕竟在一个社会中，从事以学术为职业的人群，总是属于少数的精英分子，大部分人尽管也可以归入知识分子行列，却不一定以学术研究为志业。因此，如果除去科技学术专业人士之外，真正从事人文学术研究的人士自然是很少的。所以为这样少数人士服务的人文学术出版毫无疑问应当归入小众出版的行列。但是，我们必须看到，所谓的小众，在中国大陆来说，绝对数量都会超过西方一些国家的大众人数。比如，中国现在已经是世界上培养博士数量最多的国家。可以想象，中国的人文学术出版尽管是一个小众事业，其本质上也同样是一个市场并不"小众"的"大众"事业。目前，全国500余家国有出版社，其中大部分都有人文学术出版业务。在数量庞大的民营图书公司中，近年来也有相当一批转向人文学术出版。表面看来，中国当下的人文学术出版，似乎呈现出与出版产业大形势逆势而动的某种"繁荣"景象了，恰好也与中国"大跃进"般地成为论文发表数量世界第一的地位相匹配。到底如何评估中国人文学术出版的现状？进而如何看待人文学术出版所面临的问题？本文拟谈几点个人不成熟的看法求教于同行。

第一，我认为当下人文学术出版存在内容"泡沫化"的倾向，整体质量有待提高。在过去相当长一段时间里，国家的科研经费主要投向自然科学和工程技术研究领域，而人文社会科学领域的研究很少有国家研究经费的支持。近些年来，随着国家经济实力不断增强，国家不仅继续在自然科学和工程技术研究领域投入大量研究经费，在人文社会科学研究领域同样投入越来越多的"资金"。人文社会科学研究成果最主要的体现形式就是"出书"。因此，我们看到无论是高校还是各地各级社科研究机构，都有大量的研究经费"要花"，都有大量的著作、成果"需要"出版。同时各高校和研究机构对于学术研究人员也有着各种各样的考核指标来推动他们"报项目""出成果"。另外，人文学术研究人员自身同样有着"写书、出书"的动力，因为他们的职称晋升、待遇提高，都直接或直接地与出成果也就是出书的数量密切相关。于是乎全国上下，人文学术研究似乎呈现"空前"的繁荣景象。事实上，冷静下来思考，只要稍有一定的科学理性与学术素养的人士就知道，做学术研究尤其是做人文学术研究主要靠的是学者个人的天分加勤奋，并不是钱多就可以出成果。最突出的例子就是，抗战时期的西南联合大学（简称"西南联大"），连生存都面临危机的一大批专家、学者、大师，照样有许许多多令世界瞩目的学术成果问世。还有沈从文先生，在"十年动乱"的岁月里，居然创作出令海内外学界震惊的《中国古代服饰史》。当代著名社会学家郑也夫教授就曾经坦言，搞人文学术研究根本就不需要花多少钱。郑先生研究广泛，著述丰富，在多个人文学科领域都取得了不俗成绩，但他从未申请过一分国家研究经费；而且他的著作出版后多具有很好的销量，受到读者的追捧。相反，我们看到近年来靠"项目经费"和"评职称"而繁荣起来的人文学术出版推出的"成果""著作"，又有多少具有创新性、开拓性，具有真正的学术价值？又有多少可以经得起历史的检验？当然我们不能一概认为现在出版的人文学术著作都是垃圾，但有相当数量确实是内容重复、陈旧，质量低劣、粗糙，没有学术价值更没有传播价值不也是一个不争的事实吗？对于学术出版"泡沫化"问题，我相信学者们和出版企业其实也是某种意义上的受害者，尽管参与制造者似乎都获得了眼前的利益，但从长远来说学术界不会尊敬一个没有任何创见的"学者"；读者早晚会对出版学术垃圾的出版机构产生厌倦，进而毁掉了品牌。

第二，我认为当下国内出版机构在执行学术出版规范方面既存在着与国际接轨问题，也存在着继承中国学术出版传统的问题。我们知道，尽管全国大部分出版机构似乎都参与到了人文学术出版当中，而事实上，有相当数量的出版机构不具有学术编辑力量，对于学术出版规范也没有认真加以执行。结果便是出版的所谓学术作品，本应当具有的学术价值和参考价值也都失去了。目前，能够认真执行学术出版规范的出版机构，可谓凤毛麟角。我个人的印象，商务印书馆、三联书店、中央编译出版社和北京大学出版社等知名出版机构拥有很好的人文学术编辑力量，常能出版一些国内一流的学术作品。仅以我服务的中央编译出版社为例，我们专门成立了社科学术分社和中央编译局文库编辑中心两个学术编辑部门。我们出版的每部学术作品，都会严格执行编辑流程和规范。去年我们出版的《吴敬琏文集》，由于所收作者文章时间跨度大、初始发表媒体不同、体例风格不统一，我们专门对所有文章补充完善了注释，并且邀请专业人士编撰了全书索引（包括中国人名、外国人名、专有名词等）。本书出版后受到了海内外学术界的好评。我以为，我们在执行学术出版规定时，既要考虑与国际接轨的问题，如"匿名评审制度"便是国际上通行的保证高水平学术著作出版的重要制度保障；同时也应当注意学习继承中国学术出版传统。民国时期的商务、中华书局都探索出自己的一套保证高水平学术著作出版的传统做法。比如，商务印书馆最早创建了自己的编译所，所聘编辑许多都是国内响当当的一流大学者，而且编辑同时也是自己的作者和译者。总经理张元济先生为商务主编了《百衲本二十四史》；陶希圣先生作为商务的编辑也为商务写了多部学术著作，这都是中国出版史上的佳话。而今天我们的出版机构，几乎没有一家具有这样的创造能力。试想，没有一流的作者，何来一流的成果？没有一流的编辑，何来一流的图书？由此看来，我们人文学术出版的未来道路还很遥远。

第三，我认为当下的市场渠道的不足，也制约了人文学术出版的持续发展。现在许多人愿意回顾20世纪80年代。的确，20世纪80代年不仅是思想解放的年代，而且也是学术繁荣、学术出版繁荣的年代。最有影响力的出版物便是金观涛、包遵信先生主编的"走向未来"丛书。那时人文学术出版繁荣，很重要的一个有利条件便是图书发行市场的放开，民营书店、民营图书批发市场如雨后春笋般地涌现，尽管那时以风入松书店为代表的民营学术书店还没有创办，但西方人文学术著作、国内原创学术著作仍然可以在北京、上海等大城市的新华书店和街头的小书摊上淘到。我清楚地记得20世纪八九十年代不少好书是在北京美术馆、甘家口的书摊上购买的。当然今天已经有了发达的网络书店，购买各类书籍十分便捷。但随着实体书店的衰落，我们还是发现那些高水平的人文学术著作，在许多书店难觅足迹。各类书店都是在追逐热门的大众图书、商业图书、休闲图书，而严肃的学术作品越来越不受欢迎。我的发行同事告诉我，我们中央编译出版社一些高水平的学术著作甚至连在书店上架的机会都难以争取到。固然在当下中国经济增速下降的大背景下，所有零售业都面临着不景气的现实困境，图书零售业自然无法幸免。可是由于我们的城市管理过于强调统一规划，同时又实行行业准入政策，几乎扼制了我们所有的小微商业服务业，包括以书摊为代表的商业摊点。我个人曾经设想过，如果允许书摊经营，允许杂货店卖图书，我们的图书零售业或许还会出现新一轮繁荣景象。依此逻辑，出版，甚至学术出版也可能会迎来新的黄金时代。

最后，我个人认为解决人文学术出版困境最根本的出路是营造宽松、自由、民主的学术研究氛围和制度环境。国学大师汤一介先生曾讲过这样一段话："学术研究是没有止境的，一个真正的学术问题，往往可以不断地探讨下去。然而，学术问题必须是在自由的气氛中进行探讨，才可能真正取得进展。当前，我们的学术研究条件与理想的学术研究环境还有一定距离，还不能做到什么都可以拿来讨论，这对学术的发展并非有利，希望能有所改进。"（汤一介：《瞩望新轴心时代》，中央编译出版社，2014年）。显然，汤先生讲话很委婉、很客气，却指出了中国学术研究背后最根本的问题所在。人文学术出版何时重现繁荣，何时能推出真正为世界所认可的一流学术著作，恐怕也有赖于这一根本问题的逐步解决。

人类历史的经验表明，民族的崛起首先是经济的崛起，最终离不开文化的崛起。而文化崛起中，人文学术崛起、人文学术出版崛起是应有之义。作为出版业界中人，我们没有理由不报以乐观的期待。

2014年8月3日

文人天生是穷命吗

孔子率学生周游列国之时，在陈国之地断了粮，跟随的人都饿病了，不能起身行路。子路（孔子学生）愤愤不平地对老师孔子说："难道君子也有穷困的时候吗？（君子亦有穷乎？）"孔子说："君子安守穷困，小人穷困便会胡作非为。（君子固穷，小人穷斯滥矣。）"

从这个故事中，今天很多人就断定，儒家（孔子）是主张文人（今语"知识人"）要"安贫乐道"的。特别是孔子还说过"君子喻于义，小人喻于利"，就更认为儒家视财富为粪土了。

事实上，这样的看法是有问题的。我不太相信具有高远理想的圣哲孔子会迂腐到那样的地步。我们知道，孔子虽然出身贫贱（"吾少也贱，故多能鄙事"），但也不至于丧失对幸福（高贵）生活的向往啊，否则也就不会一生奋斗、传道授业、周游列国来实现自己的政治抱负了。

私以为至少从以下几点可以证明，孔子对于富裕、财富有渴望和追求。

其一，他对于百姓的贫苦生活寄予了极大的同情。他理想的政治是富民而不可能是穷民。他批评当时的执政者为"苛政猛于虎也"。

其二，孔子的得意学生中，子贡是最具有经商才能并通过经商致富的。孔子有言："颜回在道德上差不多完善了，却穷得叮当响,连吃饭都成问题;而子贡(端沐赐,复姓端木,字子贡)不安本分,去囤积投机,估测行情,且每每估对。(回也其庶乎,屡空。赐不受命,而货殖焉,臆则屡中。)"显然,孔子虽对穷学生颜回在道德上的进取有肯定,但对于子贡的商业本领更不乏欣赏之意。

其三,孔子有名言"君子爱财,取之有道"。从这句话我们可以清晰地知道老先生对财富的态度。他支持的是有道之财,反对的是无道之财。用今天的说法就是,支持合理合法地致富发财。

其四,孔子一生追求实现其政治抱负,且也曾经在晚年得到鲁君(鲁定公)赏识并做过相当于今天司法部部长(司寇)地位的高官,说明其享受过荣华富贵。当然我们不能认为,孔子做官是为了享受荣华富贵,但是他不拒绝荣华富贵也是事实。

上面我花笔墨来讲孔子对待财富的态度,其实是为了说明中国文人的"受穷"是不合理的,也不是命中注定的。传统上关于文人常冠以"穷酸"、教书匠必冠以"穷",是不成立的。

帝制时代以前(清以前),只要是和平时期,有知识的文人一般都是不会受穷的,至少是享受衣食无忧的乡绅地位;如果取得功名,还会出仕做官,更不可能受穷。"朝为田舍郎,暮登天子堂",可以说是古典中国知识分子的"梦想",而且这个梦想是有制度保障的(科举制)。

民国以降,中国文人地位不降反升,知识分子除了出仕为官为政府服务之外,也有了更多的职业选择,如教师、工程师、律师、作家、艺术家、编辑、记者、银行职员等。可以说,知识分子的收入远远高于社会平均水平,甚至高于公务员收入。

民国时期,小学教师一个月80块大洋,大学教授拿到

100~600块大洋。陈独秀任北大教授时，工资为300块大洋。一块大洋折合现在人民币为100~200元，而当时一个县长的工资才20块大洋。也就是说小学教师的收入超过县长的收入（当然县长或许会有灰色收入）。

关键是那时物价水平极低。当时在北京，一块大洋可以买45斤大米、30斤食用油、20张公园门票。一个四口之家，一个月12块大洋，可以达到很好的生活水准。再看住房：在北京租一个四合院，每月20块大洋；一间20平方米的单身公寓，每月月租4~5块大洋；鲁迅买了一套500平方米的四合院，花了1000块大洋。

1946年，国民政府法律明确规定：中央的教育投入不少于预算总额的15%，省里不少于25%，县里不少于35%。张作霖则规定当时东北的教育投入为预算的40%。在财政的高投入下，教师们的工资自然水涨船高，教授们的腰杆子自然也是挺直的。

其他行业的知识分子也不差。鲁迅先生在上海时作为职业作家，仅靠稿费收入就过着很优越的生活（住洋房、坐包车、雇保姆）；而且还有财力办刊物、资助青年作家（萧红、萧军）等。林语堂先生靠给开明书店编写英文教材。版税竟然每年有6000块大洋之巨，成了民国时期著名的"教科书之王"。

当然，民国时代确有一些文人度日艰难，经济窘迫。不过，梁实秋先生对此倒有一套自己的看法，他说："文人有一种毛病，即以为社会的待遇太菲薄。总以为我能作诗，我能写小说，我能做批评，而何以社会不使我生活得舒服一点。其实文人也不过是人群中之一部分，凭什么他应该要求生活得舒适？他不反躬问问自己究竟贡献了多少？"

梁实秋先生还特别提到郁达夫，他说："譬如郁达夫先生一类的文人，报酬并不太薄，终日花天酒地，过的是中级的颓废生活,而提起笔来辄拈酸叫苦,一似遭了社会的最不公的待遇,不得已才沦落似的。这是最令人看不起的地方。"

梁先生的说法,不能说没有道理。民国时期的文人,只要安于工作,勤于创作,是不会过得差的。过得差,一般总有一些特别缘由。他讲到,郁达夫花天酒地。我们知道,大诗人徐志摩收入是相当高的,不过在他娶了陆小曼之后,日子骤然紧张起来,那是因为陆是一个花钱如流水的女人,奢华过分。

至于近世以后,中国知识分子斯文扫地,沦为"臭老九",那就不独是他们的悲苦命运了。在那个特殊的年代里,没有哪一个阶层好过,而且最悲苦的还不是他们。

今天当然是一个好时代,知识不仅可以改变命运,也可以获得财富了。不过,我们还是可以寄予更多的期待:社会不要太娱乐化,财富也不要太集中到娱乐行业去。应该让科学家、学者、专家、作家、教授等专业知识人成为社会真正富有人群中的一部分。

如果一个诺奖科学家、作家,所获得报酬还追不上一个三流影视明星的收入,显然是有问题的。

文人固穷否?这不仅是文人的问题,也是社会的问题、制度安排的问题。

2016年10月

有一种勇敢叫"沉默"

在你遇到困境的时候,在从事一件你自己认为"是"而别人(大众)认为"非"的事情的时候,如果有人在口头上或者行动上给予你声援、支持,那无疑是非常宝贵的。

孟子云:"道之所在,虽千万人吾往矣。"孟子有这样的勇气,是因为他所处的时代,即使批评君王也没有生命之虞,何况还有学生、门徒、同道者的追随。

知识分子、读书人,古今中外都是一个不安分的群体。对知识、对真理、对理想的追求,是他们的天生使命所在。特别是他们中的一些精英分子,由于其思想领先于社会,行动大胆、超前,往往会受到权力的压制与社会大众的不理解。

因此,知识分子受迫害、受误解,中外历史上都是很普遍的。

其实离我们很近的一个时期,从20世纪50年代至80年代,或者说直到改革开放,中国的知识分子都处于一个比较尴尬的地位。

尽管过去了三十几年的时间,但由于人类社会代际更替的原因,亲历过并有能力记录我们那段伤痛历史的知识分子,都已经进入老年。

我所了解的杰出人士当中,有的近一两年陆续离开了我们,如汤一介先生;有的虽然在世,也到了80岁,甚至90岁。前不久,我们刚刚为德语文学大师叶廷芳先生举办了80寿辰庆祝活动；明年，我们将迎来文学翻译大家文洁若先生的90华诞。

最近，由我们策划出版了一套"大家文丛"（海天出版社出版），收录的就是汤一介、乐黛云、叶廷芳、文洁若与柳鸣九等几位文学大家回忆自己学术生涯与人生经历的随笔。

前几天，我陆续写了几篇读后感。

今天，继续不揣冒昧，想谈一下读我国法语文学大师柳鸣九先生的新著《后甲子余墨》的体会。

令我关注的是，同叶廷芳先生一样（毕业于北京大学外文系，后在社会科学院外文所工作），柳先生也是当代大诗人、翻译家冯至先生的学生。所以，他们二位都在书中撰写了回忆冯先生的文章。

柳先生文章的题目是《这位恩师是圣徒——写于冯至先生诞110周年》。文章中除了讲到冯至先生对柳先生的教导、帮助与风范的影响之外，特别提到了一些特别的事情：

"文化大革命"后期，我邀同道开办地下工厂，编写《法国文学史》，他是知情的、默许的、支持的。改革开放初期，我酝酿对日丹诺夫论断的揭竿而起，他也是知情的、默许的、支持的，并且主动援手，给我提供一个再理想不过的平台，让我在1978年全国外国文学工作规划会议这个隆重的、高规格的、高层次的场合，做了一个长达五六小时的反日丹诺夫发言，成为我揭竿而起的一发重炮。揭竿而起的另一个重要行动，是在《外国文学研究集刊》上组织西方现当代文学重新评论的笔谈，当时我是集刊的实际负责人，凡事均由我提出方案，向冯至先生汇报，由他点头后，我再去执行经办。今天，如果说可以对日丹诺夫的清算还算中国思想解放过程中的一件好事，那么也应该说，此事的后台老板就是冯至，其功当居首位。

柳先生还写道：

稍后，《萨特研究》一书的经历更使我难忘，该书作为精神污染受到了批判并被禁止出版，因其他工作我去他家汇报请示时，不止一次看见他的书桌上一直放着《萨特研究》这本书，而且是放在显著的位置上。这一辈子，冯至先生从没有就《萨特研究》一书甚至萨特其人跟我交谈过一句话，在这个问题上，他与我一直处于无言状态。但在批判的高潮中，这本书放在他桌子上，放了一个阶段，个中心迹、心意，我是感觉得到的……

这里，我想特别说明几点。

（一）"文化大革命"当中即使是后期，撰写研究外国文学的文章或书籍，都是禁区，都是要受批判的；除非是以伟大领袖思想为指导，对外国文学理论与作品进行批判，这也需要得到组织批准，才可以为之。而柳鸣九竟敢"邀同道开办地下工厂，编写《法国文学史》"，这自然是大逆不道之举。作为柳上级领导与老师的冯至先生，"他是知情的、默许的、支持的"——他本有责任去揭发、制止、反对柳的大逆不道之举；设想柳的大逆不道之举如果被革命干部、群众知道，而冯至先生作为柳的上级领导一定会脱不掉干系的。

（二）改革开放初期，学术界同其他领域一样都依然是"左"的思想占据绝对统治地位。而柳鸣九先生率先揭竿而起，对日丹诺夫（系斯大林的得力助手，其思想被称为日丹诺夫主义）思想进行清算，这无疑需要巨大的政治勇气与学术勇气。对柳鸣九的思想解放举动，冯至先生给予了决定性的支持。按柳先生的说法，"此事后台老板就是冯至，其功当居首位"。这说明，冯至先生在中国思想解放的过程中，其贡献虽是幕后的（台前是柳），却是值得历史记住的。令我们感动的是，今天柳先生记录下了恩师冯至先生的特殊贡献。

（三）关于《萨特研究》一书的遭遇。我作为经历者，有着十分深刻的印象。20世纪80年代初期，西方存在主义思潮来袭中国，受到知识界和青年人的欢迎，柳鸣九先生主编的《萨特研究》可谓国人接受存在主义思想启蒙的权威读本。当时，我正在上大学，《萨特研究》在青年教师和学生中极为流行。至今，我还记得初读那本书时，尽管似懂非懂，但仍然受到了强烈的思想震撼。然而，紧接着发生的清除精神污染的运动，一下子使刚刚行驶上思想解放航程的巨轮搁浅下来（好在不久又重新起航）。作为介绍西方现代思潮（存在主义）的《萨特研究》，便"被作为精神污染受到批判并被禁止出版"（实际已经出版，被禁止发行）。显然，那段时间，作为该书主编的柳先生的日子一定不好过。但是，冯至先生照例没有参加到可悲地"在伤口撒盐"的批判队伍中（有多少所谓的大家、名家转向批判队伍），却用在书桌上摆放《萨特研究》的方式，来表明自己不苟合潮流的立场，给予自己的学生最大的精神鼓励。

在我们这个世界上，对于正义、对于真理的支持，除了以宝贵的"口头"或者行动的支持以外，其实一些特别的时候，沉默、不反对、不表态，同样是支持、声援，是勇者、智者的正确选择。有一种勇敢叫"沉默"。

2016年10月14日

爱在心头口难开

还有几小时,我们就将告别2016年了。缅怀2016年,还真的有一点点心痛。

当然我的心痛源于爱。

在2016年里,我对亲人、朋友、同事,许多认识的和不认识的人都充满了爱意。他们都是世界上最好的人。即便如此,我还是不能将爱撒向所有人。因为在2016年里,我还是看到了、听到了不少人的丑行;也见识了一些人的人心不古、道德沦丧。

当然,作为一个有一定阅历的理性中年人,我是不相信坏人天生是坏的,就像我不相信好人天生是好的一样。环境、家庭、社会都会影响人的好坏。

尽管我不愿意将爱撒向所有人,但我没有仇恨,我只是爱得不那么坚实、不那么坚定、不那么完全而已。

在2016年里,我对于从事了大半生的出版事业,仍然保持着满腔的热情、满腔的爱恋。2016年对于自己的职业生涯具有标志性的意义:义无反顾地离开了主持了三年半的某中央出版机构,与地处改革开放前沿的国有大型文化企业——深圳出版发行集团合作创办了"大道行思传媒",以职业经理人的身份继续在文化出版领域里辛勤耕耘着。

但是,正像中国经济处于转型期一样,自己所从事的出版也同样面临十分痛苦的转型。统计数据表明，尽管在国家文化大发展大繁荣的背景之下，文化出版虽呈现了增长态势，而实质上纸质图书、报纸等都有进入寒冬之迹象。不仅时有报纸关张消息，而且图书销售实际册数也在不断下降。

这不能不让我与我的同事们有了更多的压力。尽管自己从来没有对出版的前景悲观过，但是迫于现实的压力，也必须在传统出版的困境中寻求一些新的突破，寻找新的路径。因此，对于出版之爱，在过去的一年里，颇有点"苦恋"的味道。

在2016年里，对于自己长期生活的城市北京而言，除了一如往昔的热爱之外，确实也在一点点增添着不满意。这些不满意，坦白而言，大部分是因为北京的雾霾而生的。北京有蓝天白云的日子，越来越像节日了，节日虽然喜庆，但毕竟不是那么多。所以，有霾的日子倒是成为正常日子了。这不能不让我心痛，不能不让我对她的爱越来越有所保留了。

本来自己生活的范围是很狭小的，除了有会议或者其他重要活动，我一般是不会进城的，即使进城也都乘地铁前往——我已经十分害怕北京堵车的情形了。可是地铁也并不轻松，尤其是上下班高峰时节，乘地铁也像"上战场"一样紧张。由此，想到年轻的同事们每天上下班的情景，真是为他们而感动。

我喜欢在寂静的昆玉河畔散步，我更喜欢在阳光明媚的办公室工作。不知不觉间，天便黑下来，夜行回家是自己的常规行动。就像今天，窗外又是万家灯火了，而这篇短文仍没有写完。

每当雾霾天来临，都会让我有一种心情压抑的感受。特别是连续严重的雾霾天气里，我甚至会产生一种逃离的愿望。我知道，已经有不少朋友逃离了"霾都"，到山清水秀、蓝天白云的大理、三亚，甚至到异国他乡去过他们热爱的生活了。而自己则是不能的，已经开创的新事业在这里，沉甸甸的责任在这里，以及各种不能割舍的爱在这里——自然也包括对这个城市的爱恋。

事实上，坚持、坚守早就成为自己的一种信念。这种信念是不会轻易改变的。

在2016年里，对于自己承担了责任与义务的社会而言，不仅有了更多爱的机会，而且有了更多忧的理由。一向自认为是一个无可救药的理想主义者。当然这也并不表明，我没有灰心过、沮丧过、伤心过、难过过。特别是对于今天的时代、社会来讲，一方面我有着无比的满足感，因为我知道，我们中华民族的历史上，还没有一个时代比今天更接近民族伟大复兴的目标；还没有一个社会比今天的社会更平等、更繁荣、更文明。另一方面，我也有着极大的忧虑：贫富差距在拉大，贪腐现象还没有从根本上加以遏制，教育权利不平等、司法不公、营商环境恶劣、社会信仰危机，等等，每天都在消磨着我的理想与信心。

由于自己除了出版人的职业之外，还兼任着一些社会职务，因此，容不得懈怠，只管"躲进小楼成一统"；何况还念过几天法律，也常以一名法政知识分子为荣，就不能不关心家事、国事与天下事了。

我参与社会的方式，不过是写提案（政协提案）、写文章或者公开演讲等。其实，我完全知道，可能自己的提案、文章或者发言绝大部分是不会发挥作用的，也不会有什么影响力。然而，"明知不可为而之"，自孔夫子起，几千年来的中国士大夫不就是这个样子的吗？

大诗人艾青曾经说："为什么我的眼里常含泪水？因为我对这片土地爱得深沉。"

看来，渺小的自己也不过就是爱的一分子而已。

2016年12月31日

有什么人生厄运不可以穿越

我记得有一句老话，叫作"除死无大难"。

是啊，人生之大难莫过于死了。

我甚至认为，一个人如果没有见识过死亡，是没有成熟的资格的。

死亡，是每一个人都无法逃避的课程。

我们的父母，往往都会先我们而去。这可能是我们最无奈的事情。

人生最后的无奈，就是我们自己的离世了。这一天或早或晚，但一定会到来的。

迄今为止，最伤心的一次面对死亡的体验是1993年母亲的因病去世。入院前还行动自如、谈笑风生的母亲，在医院经过放、化疗医治，不过两个月的时间就痛苦离世。

从那时起，我对于生命的无常就有了特别的感受。大约有3年时间，我对于自己的人生价值产生了怀疑，有时甚至也不想苟活于世间了。

改变发生在时间的洗礼之后。渐渐地，每日强烈的伤痛，变得不再强烈。尤其是理性又慢慢重回到心间，"人死不能复生"，这句伤痛至极的话，总算被自己接受了。当然，不接受又能怎么样？自己可以随母亲而去，但父亲呢？夫人呢？儿子呢？还有许许多多的至爱亲人，又如何能够决绝地割舍掉呢？

世间，大部分人是怕死的。怕的原因，大体有两点：一是怕赴死过程中的痛苦；二是怕死后下地狱。前者是真怕，某些时候怕的程度超过后者。例如，某些身体的病痛与心灵的伤痛不能忍受之时，就会有"生不如死"的感受，求死便会成为一种解脱。我相信，那些自杀者，一定是以为"死比活着更好"的。至于死后下地狱，那不过是我们的宗教（信仰）想象。

有没有地狱，就像有没有天堂一样，是无法验证的。

关于地狱与天堂、出世与转世，这样一些属于宗教范畴的问题，对于我们是有意义的。尽管这些问题是解决我们死后的疑问，但对于我们生前的意义其实更重要。宗教就是要让我们有所惧，有所约束，有所安慰。世间，最可怕的不是有所惧，而是无所惧。那些信奉无所畏惧、"大无畏"理念的人，生前是什么事都敢做的，什么恶都敢为的。

那些所谓的无神论者，其中的大部分人都会在行将告别世界的时候有所悔悟，有所反省，有所敬畏，并且愿意接受神明的启示与安排。所谓"人之将死，其言也善"，死神的召唤，会让人变"善"起来。

当然也会有一些"死不悔改"的坏蛋（撒旦）。生前坏事做绝，死后也不管"洪水滔天"。人类社会的大部分悲剧，都是被这些坏蛋所操纵的、主导的、谋划的。今天，尽管人类已经发明了制约坏蛋的制度办法，却难以在世界普遍施行。

好在，今天的时代已经今非昔比了。中国的芸芸众生、普罗大众，活在世间虽不至于有冻饿之虞了（远离中国人并没有多少年），但也并不是件多么轻松容易的事。体面的生活、有尊严的生活、幸福的生活似乎还没有成为多数人的权利。升学、就业、看病、交通、住房等，对于黎民百姓而言哪一个不是难过的坎儿呢？

有什么人生厄运不可以穿越啊？只要你经历过生离死别，体验过亲人死亡的伤痛，或者你将面对死神的来临，就一切都没有问题了。

2016年12月

幸运与不幸

我不太相信这世间有所谓完全一帆风顺的"幸运者"存在。

也许有人会一出生就含着金勺子,但也不一定就保障他一生锦衣玉食。即使是一生锦衣玉食,就一定健康吗?就一定快乐吗?就一定幸福吗?从古至今,在中国,富不过三代,基本是常态。我不知道,今后是不是可以打破这个历史魔咒?

也许有人出身于官宦世家,从小到大有人宠着、有人护着、有人保着,但就能保证他一生飞黄腾达吗?也很难说。即使一段时间飞黄腾达了,但阴沟里翻船、中途落马更是常有的事。即使平安着陆、顺利退休,被追究、被找后账也不稀奇。还绝的是,就是盖棺定论了,仍然可能被鞭尸、被批判、被扫进历史垃圾堆。

至于普罗大众、平民百姓,想都不用想会有"一帆风顺"的命运,百分之百地是要与"幸运者"分道扬镳的。

因为,在你人生的每一个关口,都会是难过的"坎"。也许这个"坎"顺利通过了,但下一个或者下下一个,一定会让你难受、难过。

我从不羡慕那些春风得意的朋友。因为我知道要么他刚刚跋涉过苦难的河流,要么下一条苦难的河流正在等待着他。

我也从不庆幸自己的一时好运。因为我知道,一时的好运,只是命运之神怜悯自己,下一个关口却可能是真正的厄运。

如果我们明白了一条条苦难的河流，是我们人生注定无法超越的过程，我们就不会怨天尤人了，也不会自怨自艾了。

我观察到，在今天的社会中，弥漫着一种糟糕的、失望的空气。

许多为官者由于反腐行动的深入，对于为官的风险与不"自由"产生了越来越严重的抵触情绪。结果便是消极怠政现象出现了。尽管不断有官员抱怨当官不容易，可是没有出现大面积的官员下海潮。一方面，反映的是时下官员虽比以往"难过"一些，却仍然比平民百姓"舒服"得多。另一方面，也说明时下创业环境并不好，市场打拼远比官场打拼更难、更残酷。

我个人是极希望并且赞成出现官员下海潮的。中国的各级官员实在是太多了。"黄宗羲定律"还在顽强地发挥着作用。邓小平时代出现了官员下海潮，不正是中国市场经济蓬勃向上的最好时期吗？

从某种意义上讲，我也算是做过"官"的。对于为官的痛苦与苦恼，自然是有着极深切的体会。

除非你是混日子，或者视做官为人生最大乐趣，那样为官还是很享受的。可是，如果你是要做事，做有价值有意义的事业，那么为官必是一件远比做平民百姓更痛苦、更煎熬的苦差事。

另外，我也注意到当下有不少年轻人，特别是80后、90后的年轻人，抱怨命运对他们的不公。

特别是在毕业求职的时候，有可能要拼爹；在留学的时候，亟须经济帮助；在结婚的时候，想着要买房，诸如此类，于是，便自认为他们是苦逼的一代。

而事实上，他们的父辈，远比他们的苦难深重。那时有国家分配工作，却没有任何择业的自由，而且事实上离开了分配的工作，几乎就断了生路；尽管那时他们也有可能走出国门留学，但那要靠自己打工挣学费、挣生活费的，完全没有可能依靠他们父辈的经济支持；尽管那时公家免费分配住房，但那完全是以权力、职位、资历为标准的，享受免费分配住房的机会，堪比"范进中举"。

事实上，一代人有一代人的苦难；每个人有每个人的苦恼。

2016年12月

爱读书的女人危险可怕又可爱

在中国传统的男权社会里，"女子无才便是德"。当然这是一句彻底的混账话，是为男人无能无知找遮羞布的。

在当代中国，女人的才能才智得到了极大的解放。放眼我们周围，到处都是女强人、女精英、女企业家、女博士、女领导，着实让身为男人的我们汗颜，自惭。

女同胞地位的跃升，我以为最根本的原因在教育。自从中国让女人与男人一样享有平等的受教育权利、读书的权利，她们美好"春天"的到来就成为必然的趋势了。

当然，趋势成为现实还是托了改革开放的福。没有改革开放，即使受教育，也还是那么回事。

不过，今天我想聊的是女人与读书的关系。固然，今天的绝大多数中国人，无论是女人还是男人都应该是读过书的，因为我们有了基本的义务教育。但受教育与我所谈的读书还不是完全一回事。

我所谓的读书是指人的精神阅读、兴趣阅读，与人的生活、工作没有太大联系的阅读（读书）。这么看，中国的读书人群占总人口比例就不是高了，而是低得可怜。每年，都会有官方机构发布国民阅读指数调查数据，每年一本书都不读的人是十分普遍的。我就常常感受到，保持阅读习惯的读书人（读者）越来越成为社会的稀有动物了。

令我注意的一点是，当下中国，虽然我还没有看到相关的统计，但我亲身感受到的是，女人的读书比率远高于男人。尤其在企业界、文化界，我观察到的情况似更为突出。

证据呢？讲话需要证据。我的新证据可以从一本我们最近出品的图书《黄昏亮起一盏灯》中拎出来。这本书是知名企业家文经风先生编著的。此兄常年游走于京城各个文化讲堂、读书沙龙，与众多企业家、名流、学者相熟。他不仅是看客、听客，更是写客——国内最著名的读书会组织，由王巍等发起的中国金融博物馆书院创办5年，共举办了上百场读书会，他是少有的几个全部参与倾听的"大神"级人物。按他的说法，他"不敢吃独食，于是拿起笔来，把讲座中最精彩的部分整理成书，并以自己的视角写出台上那些名人台下鲜为人知的故事"。

就是这本书里，除曝光了马云、俞敏洪、李彦宏、王强、熊培云、周国平等一干男企业家、学者的读书趣味（书单）；同时也披露了杨澜、左小蕾、张欣、洪晃、刘瑜、敬一丹、李亦非、蒋方舟和毕淑敏等杰出女性的书单。

从最简单的对比就可以发现女人与男人读书的不同特点。

比如，张欣、潘石屹这对夫妻档。张欣向读者推荐的书有《乔布斯传》《亚历山大·麦昆：野性之美》《没有什么可羡慕》《国家为什么失败》《林肯传》《明天更年轻》。比她出名的先生潘石屹，自然也是个酷爱读书的人（否则他和张欣走不到一起），他推荐的书是《平凡的世界》《平面国》《卓有成效的管理》以及经书。

我从他们二人的书单猜测，张欣显然更文艺、更大气，也更具济世情怀。虽然她也看《乔布斯传》，但乔是艺术气质的企业家；她读《林肯传》，林肯是美国最伟大的总统之一，说明她有政治嗅觉——一般女性是不太关心政治的。另外她读《国家为什么失败》，我记得著名经济学家吴敬琏老师也曾经特别推荐过此书，说明张欣对于经国大事、家国未来有特别的关注。潘为典型的崇尚自我奋斗的商人,这与《平凡的世界》所提示的主题相一致;另外他读管理书、读经,也是大多数成功后的企业家的路数。

对比张欣、潘石屹夫妇,是女人读书更多还是男人读书更多,结论不是很容易下吗?

说心里话,如果纯粹从男人的角度出发,其实是很怕女人读太多书的。女人读多了会让她身边的男人,尤其是伴侣感到危险可怕。

女人读书多了会变得越来越聪明。本来读书的女人智商就高,如果读书更多,岂不让那些也自以聪明的男人自卑得抬不起头来呀。本来现在高学历的女生就比男生多,就以我自己从业的出版界为例,几乎是杰出女性们的天下了。

女人通过读书可以产生自信,有了自信就能够培养出独立思考的勇气。然而男性未必喜欢独立思考的女性。德国诗人戈特弗里德·贝恩说:"男人不喜欢女人探触他们的大脑,只喜欢其他的身体部位遭到探触。"自信的女人是不会依附男人而生活的,她们会自主选择喜欢的生活。

《黄昏亮起一盏灯》中所记述的读书会女嘉宾,几乎都有社会地位,而且她们也会很乐观地对待人生的变故。比如,主持人杨澜经历过两次婚姻;而"名门痞女"洪晃,按张欣的说法,"这么多年下来,她的趣味也没有降低,又嫁了一个,又离了一个,她做过很多工作,卖过金属,当过猎头,然后做咨询,写过小说,拍过电影,当过主持人,办过杂志,现在又开时装店了。当然洪晃还有一个最专注的工作,就是一个好妈妈"。

当然女人读书多了,也会有钱,至少不会像死读书的男人一样成为穷鬼。女人有钱,经济独立,她的品位、格调、审美自然也会随着读书的增多而水涨船高。想想,如果你身边是这样的女人:每天都在提升,都在进步,你不害怕才怪呢?

当然，我的结论是读书的女人最可爱。个人判断，无论"白富美"也好，或者"傻白甜"也好，其实不过是某些不自信男人的白日幻想，真正读书的女性是不屑去做的。就仿佛《黄昏亮起一盏灯》中所记述的女性，哪一个不是最可爱的女神啊？！

2016年12月

理想与乡愁：一个理想主义者的省思与夙愿

以书观人：读书的品位与人的品位

我们得承认，这世间，人的品位是不一样的。人有好坏，品有高低。尽管我从不认为用二分法来分析人是正确的，但这并不妨碍我们对一个人做基本的判断。

那么，凭什么对一个人的品位做基本判断呢？固然，从一个人的为人、处世是可以做判断的；但对身边的人、熟悉的人、认识的人而言是可行的。但对于陌生人、古人、名人则是不适用的。因为我们无法亲身了解他们的为人、处世。不过，对于古人，我们可以通过阅读历史来间接了解到，如孔子、司马迁、曹操、袁世凯、孙中山、柏拉图、拿破仑、华盛顿、斯大林等，都可以通过历史材料来了解；而对于所谓的名人，同样可以通过对他们自己的材料，或者别人的评价，获得大致的了解。

就我的经验，常常喜欢通过了解一个人读什么书，来对他的品位高低做一些判断；甚至通过分析他读什么书，来分析他的思想境界乃至其人生态度。

近日，我翻阅由知名企业家文经风先生编著的《黄昏亮起一盏灯》（海天出版社）一书，又给了我一次难得的实践机会。当然这个实践就是上面讲的，通过分析一个人读什么书来判断这个人的品位和格调。文经风兄这本书的主要内容都是与读书有关。书中收入了中国金融博物馆书院所举办的上百场读书会中最精彩的12场读书会的实录，共有包括马云、李彦宏、柳传志、潘石屹、张维迎、周国平、俞敏洪、刘瑜、徐小平、朱云来、冯仑、王巍等36位嘉宾的对话或演讲内容。让我特别欣喜的是,书中披露了上述几乎全部嘉宾的读书兴趣方向(包括书单)。

下面,我就依据嘉宾个人的读书兴趣(书单),来尝试分析一下他们的品位(格调),就权做我们茶余饭后的"谈资"吧(名人本来就是供社会大众来消费的)。

首先说说中国最著名的教师俞敏洪俞老师。俞老师的书单有《三国演义》《百年孤独》《西方哲学史》《唐诗三百首》《激荡三十年》《跌宕一百年》《明朝那些事》《一个村庄里的中国》,以及"中国近现代诗"。

从俞老师的书单可以看出:一、他是个诗人,有着浪漫主义情怀。因此,他在北大读书时,会追着女孩子跑(诗人才会如此发疯)。二、他有英雄主义情结。他自己讲,他对《三国演义》中的曹操、刘备有极正面的评价。他甚至希望自己的个性像刘备,可以依靠大度和眼泪来获得别人的支持。三、他的底层平民情怀。他推荐熊培云的《一个村庄里的中国》,表明他对于中国农村、农民的命运保持着关注。这固然与他出身有关,但我个人觉得这是他心底不变的情感。四、他是精明的商人。从他阅读《激荡三十年》,可以知道他善于总结中国企业的成功与失败的教训。

若干年前,我曾经近距离接触过俞老师。那是一次中央电视台王利芬老师在人民大学主持的电视节目录制现场。由于那天正值下班高峰,车堵得厉害,俞敏洪开车走到半路走不动,为了赶时间,他就将车子扔下,跑步几公里来到现场。当时看到他满头大汗、气喘吁吁的样子,现场所有的人都非常感动。我看到他,没有任何的怨言与不快,相反非常高兴地与现场认识和不认识的人打招呼。谦逊、低调、斯文、和气是那次他给我留下的深刻印象。

结合俞老师的书单,如果用一个词来概括他,我想可以用"书生"来表达。无论他的企业做多大,无论他的名声有多大,他都是一个纯粹的"书生"。

再下来,说一下全世界知名度最高的中国企业家马云。马云有一句名言:"不读书人生也精彩。"他自谦"真的没看很多书",而且讲"拿一本书在手上一分钟就睡着了"。当然马云不是真的不看书,而是喜欢看一些特别的书。《黄昏亮起一盏灯》里介绍,马云在读书会中提到的书(推荐)有《道德经》《基业长青》《人生》《亮剑》《胡雪岩》。

从马云的书单来看,我觉得他是一个天生企业家的材料。《道德经》是老子的一部哲学著作,充斥的是中国人的智慧,尤其是做人智慧,马云一向很会做人。另一方面,马云是一个有着顽强意志力与竞争精神的企业家,我们可以从他读《人生》——这更是一本励志小说,从他读《亮剑》这部战争作品,来观察他的性格爱好。同时马云还是一个对中国商业规则甚至潜规则洞悉的精明商人,这可以从他对《胡雪岩》(他自称看了两遍)的阅读兴趣有所了解。马云对于胡雪岩的评价是,既觉得了不起,同时也认为胡所走的"官商勾结""红顶商人"路子今天是一条死路。马云有如此认识,正可谓高明也。

对于马云,我虽然也有幸参与过与他有关图书的出版工作,但并没有亲身接触过;不过,通过对他读书兴趣的观察,以及从作为他产品(天猫、淘宝)用户的体验出发,我以为马云与其说他是一个伟大的理想主义者,不如说他是一个伟大的现实主义商人更合适。当然,如马云一样的伟大商人,在中国不是多了,是太少了。

接下来,说说学者刘瑜。在当下读书界,刘瑜是不折不扣的畅销书作家。虽然她写作的内容涉及的都是严肃的政治与社会议题,却丝毫不影响其著作的畅销程度(如《民主的细节》《送你一颗子弹》等）。这位喝洋墨水出身的政治学者（美国哥伦比亚大学政治学博士），有着强烈的现实关怀。我们可以从她在中国金融博物馆书院第36期读书会上推荐的两本书，来体会她的心之所想、情之所系。一本是杨显慧先生的《夹边沟记事》，这是一本描写中国20世纪60年代大饥荒的悲怆作品；另一本是美国学者的《理性选民的神话》，反映的是民主制度的局限性。从这两本书来看，至少我以为，刘瑜老师是一个保持学术良知与坚持真理的学者。按说，保持学术良知与坚持真理应当是每一个学者必须具备的品格，但今天在我们的学术界却是非常稀缺的东西。因此，刘瑜的可贵正在于此。

　　作为刘瑜作品的读者，我一向对她的道德文章充满了敬意，包括有着"学术师哥"之称的她的先生周廉（《你无法叫醒一个装睡的人》作者）。对于一个学者的认识与了解，读他自己的书其实会更直接一些。

　　西谚有云，"闻香识女人"。我想说，"以书观人"其实也是很灵的哟。

2016年11月

理想与乡愁：一个理想主义者的省思与夙愿

奥巴马夫妇的回忆录为什么那么值钱

近日，全球知名的出版集团企鹅兰登书屋宣布，以6000万美元(约合人民币4.14亿元)的价格获得奥巴马夫妇两本新书的全球出版权。如此高的版税收入，难怪有人开玩笑说，美国总统卸任后，只需要出几本回忆录，下半辈子就不用愁了。

事实上奥巴马还未卸任总统时，就曾说过，他可能会在"退休"后写书。当时就有出版经纪人预计，他的版权将可能达到3000万美元(约合人民币2.07亿元)。如今看来，夫妻二人"打包出售"6000万美元，也在预料之中。但有说法认为，奥巴马夫人米歇尔才是抬高版税的重要原因，因为米歇尔之前曾出过一本和园艺有关的书，却从来没就自身经历写过书或回忆录。

不管怎么样说，奥巴马夫妇的回忆录相当值钱则是一个十分确定的事实。美国是一个完全的商业化社会，尽管奥巴马曾经是美国最有权力的人，但他的回忆录不可能有什么公款购书，都会是美国以及全世界读者(自然也会包括中国读者——如果能顺利出版中文版的情况下)自掏腰包来为奥巴马夫妇"凑份子"。至于出版商企鹅兰登书屋，当然也是首先出于商业目的以天价购买奥巴马夫妇作品版权的——认为他们的书可以大卖赚钱。我一向以为，图书这种商品，只有读者自愿购买，才是具有真正出版价值的。

我们知道，在图书出版领域里，并不是所有书的出版都是出于商业目的。比如，学生教材，在出版商那里虽然是包赚不赔的好生意，但那是靠国家政府埋单的，读者是没有选择权的。另一类是宗教读物，如《圣经》《佛经》之类，大部分是免费发放的，是由宗教团体来埋单的。

当然在我们的出版市场上，也有一类图书，并不是挣读者的钱，而是靠公款购买支撑。时下，有相当数量的出版社就是靠出版"学习材料"过日子的，而且日子过得相当舒服。对于这类出版物，我主张既是贯彻学习之必须，其实应该完全免费发放，而不应当让机关团体企事业单位公款购买才合逻辑。

回过头来，接着说奥巴马夫妇的回忆录之所以如此值钱，就是因为他们具有独特、耀眼与辉煌的经历。这些经历是亿万普通大众所仰视、所羡慕、所想知道的。特别是作为政治人物的他们，一举一动都曾经对美国产生过重要影响。美国本来就是世界关注的焦点，因此，其曾经的领导人出书，也就毫无疑问地为世界广大读者所瞩目了。我不敢说奥氏夫妇的自传将来可以创下美国离任领导人自传的销售纪录，但成为热销图书却几乎是没有什么悬念的。

大体上，凡是有特别经历的人，如果他们愿意写书，都是可能畅销的，也就是说都是值钱的。其中，政治家、公众人物、演艺明星只不过显得更突出一些罢了。

2017年3月8日

做独立于鸡群中的一只鹤吗

习惯上,我们似乎是可以接受所谓的"善意的谎言"。

比如,医生会当着已经被确诊为晚期癌症病人的面说:"没有生命危险,休息一段时间就会好的。"

妈妈会对孩子说,帮助他暂时收着压岁钱。

领导也会对下属说:"年轻人好好干,将来升职想着你。"

事实上,只要是谎言,无论善意或者恶意,都迟早会被戳穿的。谎言一旦被戳穿,其结果大体都会倾向坏而不是倾向好。

被确诊为绝症的病人,身体状况总是要一天天变差,他很快会明白医生没有对自己讲实话,以至于胡乱猜疑,或无法配合治疗,或自暴自弃。

被妈妈没收压岁钱的孩子,也同样很快会对妈妈的诚信有所了解,要么对妈妈产生怨气,要么也会学妈妈撒谎。

领导对于下属年轻人提拔的善意谎言,下属多半会是心知肚明的;少数抱有幻想的,用不了一年半载也会明白。糊弄下属的领导,很少有不被下属糊弄的。

对于善意谎言的善意成分,我一向是不敢高估的。因为所谓善意谎言的制造者,之所以不愿意或者不敢讲出事情真相,可能有保护受伤者的善良愿望;但也不能不说,尽量逃避、回避自己责任、减少自己麻烦,也常常是他们考虑的内容之一。

对于那些制造善意谎言的"好心人",我其实没有任何责备、批评的意思,我甚至也同情、理解他们的苦衷。

因为这毕竟也与社会的大环境有关。在我们身处的世界里,不要说善意的谎言,根本就是谎言流行的世界,诚信危机已经成为一个不争的事实。

不过,我倒是倾向于少用、慎用所谓善意的谎言。尽管真言有时会显得冷酷无情,有时会让脆弱的人难以接受,甚至会对接受者造成伤害,但真言的本质却是负责任与信任。

当然,我也不认为说真话就不需要运用和学习表达的艺术。真话同样可穿上温暖的外衣,真话未必就没有甜度、只有辛辣。大家都知道,讲话是人与人之间情感沟通、信息交流最基本的形式,是需要艺术与技巧的。

当世界充满了太多虚假的时候,当"装×"已经成为许多人的生存本领的时候,当讲真话都成为社会良心的时候,做一个拒绝谎言的人是必将孤独的,甚至可能鹤立鸡群,成为社会中的异类 —— 当然在我看来是"高贵的异类"。

你愿意做独立于鸡群中的一只鹤吗?

2017年2月18日

爱的尊严与有尊严的爱

  大体说来，我基本相信拥有爱情的男女双方，应当是人格平等的。虽然不必如古代所谓的"举案齐眉"，但彼此尊重对方，并让双方都有尊严地生活在一起，还是必要的。

  当然，我也不认为婚姻或恋爱中，有一个人处于强势（主导）地位，而另一个人处于弱势（辅助）地位有多么不好。毕竟中国大部分家庭都是男主外、女主内，和谐共处。也不乏一些大男子主义组合与"妻管严"家庭，同样生活美满幸福的案例。

  我熟悉的人中，就有一对夫妻。丈夫喜欢喝酒，似经常喝醉，喝醉便回家收拾老婆。老婆见丈夫发威，便会经常跑到邻居家躲起来。而丈夫呢，也会到处找老婆。平时夫妻恩爱，一起将孩子培养成人，至今仍然和美地生活在一起。我甚至听说，在草原生活的牧民，丈夫打老婆是家常便饭，但绝大部分牧民夫妇都生活得如田园牧歌一样美好。

  我还见过一些"妻管严"家庭，女人在家是彻底的"完全执政"，男人完全处于傀儡地位，并且以被女人管束为荣耀。我有个同学，就是这样的情况，同样生活得其乐融融。

  在情感问题上，是不能够以己之心去度别人的。即使是父母子女间，都是不可以的。所以，我一向很怀疑那些所谓的情感专家的教导，也怀疑流行出版物中所传授的"女人不狠，地位不稳"之类的"驭夫术"或者"驯妻术"。

不过，这倒也并不影响我对于那些令我尊敬的、令我感动的爱情的关注与向往。因为那样的爱情，符合我一贯的"尊重彼此尊严"的价值观。我想说，北京女作家文昕的奇特爱情经历，就令我尊敬和感动。

文昕是一个与癌症病魔抗争了12年的非凡女性。生前，她用整整3年的最后时光，写作了一本带有自传性的纪实作品《生死十二年》。书中，文昕除了讲述她如何与癌症病痛折磨共处12年的传奇故事与思考，也特别披露了她幸福的爱情生活点滴。尤其让我相信也会让所有读者同情感动的是，她在痛苦、最艰难的情况下，与亲爱的丈夫离婚的故事。

2013年年底，文昕原发于乳腺癌的癌细胞转移到脊柱骨骼，不仅有高位截瘫的风险，还伴有剧烈的疼痛。为了止痛，她需要不断服一种叫"氨酚羟考酮"的止痛药，最终又患上了严重的药物依赖。药物依赖的结果是，文昕无法进行正常的排泄，以至发展到"生不如死"的地步。那个时候她想到了"要让自己很有尊严去死"。文昕吞食了300片安眠药自杀，却没有让上帝收走自己的生命，居然奇迹般地重获新生。重获新生后的文昕居然做出了一个令人惊讶的决定：与自己亲爱的丈夫离婚。

文昕这样写道："我要放开我丈夫，彻底放开，让他自由，不能再拖累他，跟我一起在这个事情里边没完没了。我想让他选择自己的生活，去寻找一个可以一起生活的伴侣。"

她是这样想的，也是这么做的。为了劝说丈夫同意离婚，她对丈夫讲了一段话。这段话在我看来，几乎是文昕爱情婚姻观与人生观的真实写照：

"……因为我觉得做人要有尊严，就像人的生死要有尊严是一样的道理。我到了这个时候，还在拖累你，我对自己很看不起，我觉得我在害别人，你如果放了我、你让我自由，我以后活的每一天就不再有压力；我释放了内心的压力，再活一天是为我自己，而不是害人、拖累你，否则我会背着一个沉重的负担。因为拖累你，我就觉得很自责，这是我不能够承受的事情。"

文昕离婚的愿望得到了丈夫的理解。一对深深相爱的人，顺利地办理了离婚手续。当然，离婚手续只是给了他们回到各自自由身份的证明，却没有改变他们仍然继续相互关爱、心心相印的事实。直到文昕告别世界，温暖的爱情都始终伴随着她。

我注意到，文昕在与丈夫办理了离婚手续之后，其实一直是后悔的，不是后悔与丈夫离婚，而是后悔离婚晚了。她这样写道："我一直后悔，我觉悟得有点晚了，我应该早些年放手我们的婚姻。10年，我还是拖累了他，如果早一点放手，他年轻得多，新生活就有可能开始。"

我记得曾经写过一篇文章，题目叫作"可以放手的爱"。在我看来，这世界真正的、伟大的爱情并不是那种"生同宿，死同眠"式的"自私之爱"，而是如文昕爱情一样的可以放手的、让彼此有尊严的"放手之爱"。

2017年2月14日

我怀疑阅读改变人生，但相信读书明理

"阅读改变人生"是近来常说的话。在我看来，这还是一句功利的话，与中国传统所讲的"书中自有黄金屋，书中自有颜如玉"没有什么本质的区别。

阅读真的能够改变人生吗？我很怀疑。的确有大量阅读改变了人生的事例。古代有"朝为田舍郎，暮登天子堂"之说。这样人生的大改变，的确与读书中了科举有关。

但相反的例子也不少，"坑灰未冷山东乱，刘项原来不读书"，成就霸业的君王，一般读书都会很少。

到了21世纪的今天，放眼我们周围，大量的成功人士未必是勤于阅读的人。尤其是以世俗的标准看，阅读（读书）与发财致富有什么必然联系吗？

马云就公开说他读书很少。中国有不少草根出身的民营企业家，没有上过大学，甚至有不少中学都没有念完。

阅读（读书）与做官有什么必然联系吗？好像关系也不大。

如今尽管也强调领导干部"知识化、专业化"，但如果你去仔细研究一下那些落马贪腐官员的简历，就会发现他们的"博士"头衔好多是假的。也许证书是真的，但是不是真的去读了书，就很难说了。其实他们升官的诀窍，肯定与阅读没有关系。

既然"阅读未必改变人生"，那阅读的价值何在？

我以为阅读最根本的作用是"明理"。读书可以明理——明白人生、社会与世界的道理。用中国传统的说法是，明白天、地、人的道理。当然一个人读书再多，也是有限的，因此，明白道理也自然是有限的。不过，读书多，明白的事儿多，确也是一个清楚的事实。我没有看见一个饱读诗书、满腹经纶的人，是不明事理的。

当然，明理也有明的是什么理的问题。因为还有大道理与小道理，深道理与浅道理、正道理与歪理之区别。

这让我想起了周作人先生，周先生的读书和学问，不仅在同代学人中间出类拔萃，恐怕直到今天也难有几人企及。据周先生的学生张中行先生回忆，先生对于无名之辈的学生都是彬彬有礼、客客气气的，无丝毫大教授的架子。可是周作人先生却在民族大是大非上落了水。我们不能说周先生不明理，但在大道理方面，周先生却未必明了——抑或说周先生明的道理与我们不一样。

另一方面，阅读也未必导致幸福。

我不认为读书会提升人的幸福指数。大量生活幸福美满的人是不读书的。相反"人生识字忧患始"。读书常常有助于提高人的思考能力，于是倒有可能增加人对社会、人生的不满意。因此，古代皇帝是怕臣民读书有知识的，所以不仅"焚书"，还会"坑儒"。

现代文明的勃兴与繁荣，当然离不开阅读与读书。但是世俗化、功利化地看待阅读、推动阅读却是不可取的。追求眼前的、现实的利益，往往成为国人做事的动力。就连烧香拜佛，都是祈求升官发财、生儿育女的现实目的。

当越来越多的人发现，阅读未必可以改变人生的时候，他们放弃或者根本不再关心读书，也就没有什么可奇怪的了。

2017年2月

除死无大难

我相信"除死无大难"这句老话。

只有死才是人生的绝境。当然如果从宗教的角度看,也未必是人的绝境,或者认为是人的转世契机。

因此,对待生死这一人生最大的考验,是可以检验人的境界高低与英雄本色的。

近来,有一位杰出的女性,她的故事再一次让我领悟了生与死,领悟了生命的意义。

她就是北京女作家文昕。

在刚刚过去的 2016 年 12 月 31 日,她平静地离开了她热爱的亲人与世界。事实上,早在 12 年前,死神便向她发出了邀请——她被诊断为癌症。与癌症共处了 12 年的光阴。12 年可是一代人成长的时间啊。

所有癌症患者历经的痛苦,文昕一项也没有逃脱掉:手术、化疗、放疗,转移,身体的剧痛、心灵的煎熬,安乐死尝试。

所有这一切都没有击垮这个坚强的、勇敢的、阳光的、美丽的杰出女性。

这几日,我始终在想用一个什么样的词语来形容她。就在前天,当我们为她开了一个小型追思会之后,一个词便在我脑海中盘旋——"阳光女侠"。

她像阳光一样将爱洒向她身边所有的人。

她爱自己的丈夫。丈夫不喜欢开车，她竟然自己开车从西四环的家里到东三环的肿瘤医院去化疗，化疗之后再开车回家。想一想，这是何等的勇气？

她爱丈夫的前妻。她将她视为姐妹（她称为姐），让自己的儿子管姐叫大姨。她亲自送走了那个姐姐，而就是在那一天的晚上，她发现自己得了癌症。她视丈夫与前妻的儿子如同己出。这又是拥有何等胸怀的女子？

她爱朋友，不管是男性的朋友，还是女性的朋友。她让那些朋友以拥有她的友谊为荣耀。

她爱那些为她提供医疗服务的医护人员。她成了医生、护士的好朋友，尤其是几位肿瘤医学专家，他们与文昕的友谊堪称中国当下医患关系普遍紧张背景之下的一道迷人彩虹。

她还爱那些与她一样处于"天塌"困难中的病友。她在放疗的间隙，还去救助那个无助的老人。她会多订几份饭，谎称为探视的朋友订多了，而帮助经济陷入困境而不敢吃饭的病友家属。

文昕的另一方面是她的侠气。

她对社会的丑恶看不惯；她敢于仗义执言，她为朋友两肋插刀，有着"鉴湖女侠"一般的风采。

在她的好朋友顾城、谢烨不幸出事后，她愿意冒天下之大不韪，为顾城辩解、辩护。特别是也曾经是她好朋友的李英向顾城泼脏水的时候，她痛苦地与李英分道扬镳，站在顾城一边。

对于医患纠纷，她冷静地分析，有着自己独立的思考和判断。尤其对于部分无理医闹现象，她坚决地站在医生一边，给予声援。

最让我钦佩的，还是她对于生死的达观态度。

我印象里，她从接收死神的邀请那一天起，就似乎没有害怕过死亡。她想到的都是亲人们如何面对，如何不给他们增加精神的压力。

在她产生对止痛药的依赖之后，她毅然平静地选择安乐死。大难不死之后，她为了不再拖累丈夫，又用她的理智、聪明说服了丈夫与自己离婚。

记得2016年12月13日下午在海淀医院与她聊天时，她十分平静且微笑地说到死亡。她认为上帝让她多活了12年。

她对于生死的最好诠释，都写进了她的绝笔之作《生死十二年》里了。相信有机会看这本书的人，都不会再惧怕死亡，更不会惧怕疾病了，哪怕是癌症。

当然，文昕还有一个重要的贡献是，将她12年如何与癌症共存、和解的痛苦抑或幸福的日子，以及点点滴滴，都毫无保留地分享给了我们和这世界。

你懂得吗？

"阳光女侠"姐姐，你终于穿越了生死难关，从此一马平川了。

那个难关，我们都会要穿越的，或早或晚。

2017年1月14日

理想与乡愁：一个理想主义者的省思与夙愿

生死十二年

  对于文昕的最初印象，还是2014年顾城逝世20周年的时候，我看了由凤凰网文化频道出品的纪录片《流亡的故城》。纪录片中，有采访文昕的视频画面。作为顾城、谢烨夫妇与李英三人的好朋友，文昕在纪录片中首度公开讲述了她所了解的顾城、谢烨、李英三人的感情纠葛，以及顾城、谢烨悲剧始末。特别针对李英在顾城去世后泼给顾城的污水，文昕给予了严词回击。

  尽管文昕的作品我之前没有读过，但通过那个纪录片，文昕在自己的脑海中，留下了一个鲜明的印象：正直、善良、漂亮与心直口快。

  大约一年后，我有次与好朋友、顾城研究专家荣挺进兄聊天，他讲到顾城的密友文昕女士罹患癌症多年，吃300片安眠药自杀未果，出现奇迹，癌症竟然消失，不治而愈。对于这样大起大落的人生悲喜剧，我听得目瞪口呆，因为完全超出了自己的认知经验。记得当时，挺进兄就讲到，文昕准备将自己传奇的人生经历写成一本书。作为出版人的我，当即表示希望有机会出版文昕的作品。

  2016年11月，挺进兄告诉我，文昕书稿已经完成了。不过，她癌症全面转移，已经到了生命的最后阶段。我难以置信，问挺进不是那次已经痊愈了吗？他说，后来又复发了。因为在我的印象里，文昕就是电视纪录片中的那个率真、漂亮的大姐形象。

几天后，挺进兄发来文昕的初稿。书稿题目为《生死十年》，事实上这时离她罹患癌症已经过去12年了，因此，征得文昕同意，最终确定书名为《生死十二年》。我花了两个晚上读完了这本纪实性的散文作品。如同文昕的率真、善良、正直一样，她的文字也像水一般清澈见底，绿草一样秀丽朴素。从她娓娓讲述的故事中，我得知了她十几年与癌病相伴，经历了多次的生死考验，却从没有怨天尤人、自艾自怜过。每天都十分阳光、友善地对待自己的亲人、朋友、医生与病友。我的同事岑红也告诉我，她看了我转发的文昕书稿，其中有好几个情节让感伤落泪。我没有讲，其实我看稿过程中也有一次几乎要哭出来。文昕除了率真、正直、善良之外，还十分阳光。她对所有人都充满了爱，她是一个博爱的伟大女性——这是我从她书稿中读出的印象。

2016年12月13日下午，经挺进兄事先约定，挺进陪我和我的同事岑红一道到海淀医院看望文昕。虽然知道与癌症病魔搏斗了12年的文昕，事实上到了她生命的最后阶段，但到病房看到她的时候，仍然超出了我的想象。她虽然病容憔悴，但精神非常好，漂亮的眼睛闪着温柔的光芒。她说话依然风趣幽默，带着笑意。她向我们讲起她青年时代，曾经作为一名话剧演员出现在舞台上。不过她不喜欢舞台，更喜欢文学、喜欢摄影。她的文学起步是在石景山图书馆做馆员时，每天在图书馆看书，一年不到的时间，她的作品就开始出现在她背后书架上的文学杂志中了。当我们夸奖她文学成绩的时候，她面含微笑、洋溢着幸福的表情。

不知不觉，一个半小时过去。文昕仍然谈兴甚浓，无丝毫倦意。我有事要提前离开，向她道别，与她握手，感觉到她的手不仅温暖，也有力量，完全不像一个将要走向生命终点的病人。

接下来，我、挺进和岑红一起全面进入书稿编辑审读阶段。尽管理性上，我清楚作为一个全面转移的晚期癌症病人，文昕可能来日无多了，我仍然还是抱有一些幻想，幻想奇迹在这个善良、勇敢的女性身上发生。我看过作家马原放弃医院治疗在云南山上隐居生活多年而使自己的肺癌消失的故事。于是特别从亚马逊书店订购了几本马原的《逃离：从都市到世外桃源》，请挺进转送一本给文昕。我还专门到文昕创办的"靓点视觉摄影网"去浏览，果然她在那里有着女神般的地位，拥趸众多。

2016 年很快过去了。2017 年上班之后，《生死十二年》的编辑工作也进入冲刺阶段——我们希望文昕能够看到自己的作品出版，这也是她最后的愿望（她讲过她想亲自将这本书送给治疗她的医护人员和病友们）。本来我们想再次到海淀医院去看文昕，不料却从挺进兄处传来消息，文昕在 2016 年的最后一天安静地告别了世界。当然她是一个早已经将生死置之度外的人，而且从 12 年前得知自己罹患癌症的那一天起就做好了告别世界的精神准备。

是的，文昕想讲给世界和她所热爱的人们的话，已经在即将出版的《生死十二年》一书中做了全部的表白。

生命无常。

人的生命价值虽与长短没有必然联系，但我们还是痛惜生命的短暂。好在文昕短暂的人生充实、幸福、有价值。因为她爱世界、爱所有的人，她也拥有世界和所有人的爱。

此生漫漫有尽头，此爱绵绵无绝期。

2017 年 1 月 11 日

为什么你的赞美必须要许给高贵的灵魂

环顾我们周围的世界，你会发现到处是廉价的赞美之声，到处是偏颇的谴责之语。

赞美一旦像空气中的雾霾一样无处不在的时候，那么赞美也会成为雾霾一样讨厌了。

谴责一旦像风中的芦苇一样随风起伏的时候，那么谴责也会像芦苇一样没有立场了。

而我，一向十分吝惜宝贵的赞美，并将赞美视为对高贵灵魂的致敬礼与投出的赞成票。因此，对于那些丑陋的、媚俗的、虚假的、平庸的事物，我常常无暇理会，也无意理会。

我不喜欢看那些盛大的、仪式化的、统一的随着激昂音乐起舞的舞蹈，因为我从不相信成千上万人的集体舞蹈是表达个人情感的好方式。

我也不喜欢海浪般的掌声潮流。

我同样对于今天这样一个动辄称人"大师"或者自称"大师"的时代，保持一份警醒。我不愿意违心地去赞美，我更不愿意附和地去批评。

事实上，只有那些高贵的灵魂才值得你赞美，只有那些你还在意的事物才值得你批评。

我知道，限于年纪的原因、限于阅历的原因、限于环境的原因，这个社会的共识越来越少。我喜欢的，未必是你喜欢的；我厌烦的，未必是你厌烦的。

我曾经在公司里与一个年轻人聊天，讲我们准备出版阿赫马托娃的诗歌。她对于阿赫马托娃，这位俄罗斯诗歌的月亮、这位我心目中的女神，一脸茫然。

对于那个年轻人的表现，我一点也不惊讶。就像我也对于年轻人心目中的男神、女神为何方神圣不清楚一样，这是时代使然。

但是，我心中还是有一种涩涩的酸楚。2016年便是阿赫马托娃逝世50周年的纪念，我没有看到我们的文学界有任何的纪念报道。对于绝大多数中国人而言，"阿赫马托娃"是一个陌生的名字。

当然，我知道，中国人当中也有相当数量的"阿迷"。只不过他们在沉默着，他们就隐藏在我们身边。我的朋友、著名媒体人朱学东兄，是一位网络上的"抄诗党"，他经常抄写阿赫马托娃《安魂曲》中的诗句。

为了筹划出版《阿赫马托娃诗文抄》（高莽手迹），我和同事一道专程拜访过大翻译家高莽（乌兰汗）先生，亲耳听过90岁的高先生讲述他心中的这位女神的故事。阿氏一生多舛的命运，除了是俄罗斯文学的悲怆记忆，不也是中国人伤痛历史的写照吗？

只有高贵的灵魂才值得安慰，只有高贵的灵魂才值得赞美。

2017年1月

清明节里，教我如何不想她

清明节也是中国的复活节。

在这个节日里，所有远离了我们的亲人，都会复活回来看我们。

他们回来的形式一定是隐身的。

只有心里还惦念他们的我们才会感知到。

他们回来最通常的形式是潜入你的梦。

在梦里，我们会与他们相见。当然他们一点儿都不会比离开的时候更衰老。离开的时候无论是英俊少年，还是风度翩翩的中年，或者慈祥老年，都还是原来的样子。

在梦里与他们拉话，过你曾经的日子，那怕是与你吵架，都是天赐我们的幸福。

他们也许会隐身成为山桃花、玉兰花、樱花，以及那返青的野草，在和煦的春风里向你点头微笑。

他们还可能会隐身成为蜜蜂、蝴蝶来和你偶遇、亲近。

他们也会通过回家的燕子、枝头的喜鹊来捎话给你。

甚至，飘飘云朵、流淌的河水、巍峨的群山、熟悉的街巷、陌生的原野，都会沾染有他们的气息。

当然，他们或许已经转世。

转世在另一个世界里继续辛劳、继续幸福、继续挂念我们。

对，继续挂念着我们，就像我们继续挂念着他们一样。

在清明节里复活，便是我们与他们彼此挂念的方式。

2017 年 4 月 4 日

理想与乡愁：一个理想主义者的省思与夙愿

泰戈尔的鸟儿飞走了

　　印度大诗人泰戈尔的名字在中国人心目中的熟悉程度（中国人亲切地称为"泰翁"），一点儿也不逊于我们的本土作家。

　　1913年，他以著名诗集《吉檀迦利》成为第一位获得诺贝尔文学奖的亚洲人。

　　1924年4月，他来中国访问，当时中国诗坛的一对靓男俊女伴随其左右，成为最忠实的粉丝。他们是徐志摩与林徽因。

　　中国最早翻译泰戈尔诗歌的人，居然是中国共产党的创始人、北京大学著名左派教授陈独秀。陈于1915年10月在《青年杂志》第一卷第二期上发表了用五言古诗体翻译的泰戈尔的四首诗歌。

　　泰戈尔诗歌最著名的中文译者是以写儿童文学作品成名的冰心，和文学评论家并曾经做过高官的郑振铎两位先生。

　　2015年12月，读书界惊雷乍起，当代艳情小说高手冯唐出版了其翻译的泰戈尔的《飞鸟集》，因其翻译语言大胆出位，而在文坛掀起轩然大波。

　　由此，泰翁同样饮誉世界的诗歌作品《飞鸟集》，引起中国读者关注的目光。

　　莎士比亚曾有句名言："一千个人心中有一千个哈姆雷特。"同理，一千个人心中也有一千个《飞鸟集》。

我曾经读过郑振铎先生翻译的《飞鸟集》，记忆里大体都是散文诗的笔调，没有韵律和旋律。

至于冯唐翻译的《飞鸟集》，至今也没有机会看到。

据国内著名孟加拉语专家也是著名的泰戈尔作品中文译者白开元先生介绍，泰翁的作品最初都是用母语孟加拉文创作的，所有的诗歌作品都是有韵律的。为了让自己的作品走向世界，泰翁亲自将自己的作品从孟加拉文翻译成英文，但非常遗憾的是，泰翁诗歌英文版大部分没有保留韵律。

事实上，中国的传统诗歌都是有韵律的。"五四"之后的新诗，大部分不再有韵律了。没有韵律的诗，尽管仍然可能光芒四射，照亮人的灵魂，却不能不说是一个小小的遗憾了。

一年前，好友老曹和挺进二兄和我聊起了一位女神级才女正在新译她钟爱的泰翁的《飞鸟集》。她的翻译纯属于热爱，没有任何功利目的。这位才女便是北京师范大学现代文学教授朱金顺先生的女公子朱遐。

后来，我有机会接触朱遐，对她有了更多的了解。

朱遐是一个美丽的奇女子。她拥有理学硕士学位，也曾经以访问学者的身份在美国大学深造过，她的职业是科技翻译。由于家学原因，她从小便对诗歌充满了热爱，阅读量之大超过了中文科班人士。

而她花数年时间精心研读、翻译的《飞鸟集》，堪称一本闪耀着泰翁精神光芒的作品，特别是她以自己的才华部分恢复了泰翁诗歌初始的韵律风采——当然这是用优美中文传达的。

经过我的同事，也是两位才女编辑王媛媛、李晓娟的工作，这本由朱遐翻译，可以说是最接近大师泰戈尔灵魂世界的《飞鸟集》，终于由海天出版社出版了。

我不敢说，世界上最难翻译的就是诗歌，但至少是之一。

诗歌一向被视为文学的皇冠，完全是灵感与想象的精灵，用优美语言表达就非常不易了，而以一种语言去解释另一种语言之蕴意，不易程度岂不加倍乎？

我曾经亲耳聆听过翻译大师许渊冲先生说：欧洲语言中，英法德西等语言之间词义相同率极高，翻译并不困难。而汉语与这几种语言之间，词义相同率则极低，比创作都要难，翻译过程几乎就是再创作的过程。

我们看一下《飞鸟集》第198首：

The cricket's chirp and the patter of rain come to me through the dark, like the rustle of dreams from my past youth.

我在网上看到的译文是：

蟋蟀的唧唧，夜雨的渐沥，从黑暗中传到我的耳边，好似我已逝的少年时代沙地来到我的梦境中。

再看朱遐的译文：

蟋蟀唧唧，

雨声渐沥，

黑夜梦忆，

青葱细语。

对比之下，可以说，毫无犹疑地我便成为朱遐译本的拥趸了。

朱遐在《译者的话》里讲道："唯愿诗人播撒的智慧种子，在我们心中扎根、生长、枝繁叶茂、开花结果，以此滋养我们的精神世界，启迪我们热爱自然和珍惜生命。"

翻阅这本《飞鸟集》的时候，我在想：泰戈尔的鸟儿飞过了，有多少恒久的美丽留你心间呢？当然不仅是问自己了。

2017年3月28日

你拿什么赌明天

若干年前到澳门旅游，参观过一两家赌场。开始感觉很新鲜，体验了一下最简单的老虎机。虽然当中也有小赢的欣喜，但手中兑换的筹码很快就没有了。因为根本就没有抱什么希望，所以也没有什么失望。

后来，曾经乘船做日韩游。船到公海之后，船上的赌场也开放了。看到里面人头攒动，可自己连进去参观的兴致都没有。

都说中国人好赌，而我平生最没有兴趣的就是赌博了。逢年过节，亲友凑在一起打麻将，我宁可一个人枯坐着看书，也不愿意参与。带有赌博性质的福彩、体彩，记得很早时买过一两次，好像还中了小奖。

仅此而已。

唯一花过心思的是20世纪90年代买股票。按说，股票也带有一点赌博性质。因为我们的股票，绝大部分可能都不具有长期投资价值，所以买股票不过是赌有人花更高价格接你的盘。当然绝大部分人，也是很难靠股票发财的。

我也没有发过股票的大财，只发过一点小财，买了第一辆奥拓小汽车。接下来，便是又赔了一点小钱。有好多年，既没有时间也没有兴趣玩股票了。

可以说，我至今都没有培养起自己的赌博爱好。

经济学是将赌博术视为学问来研究的，那就是"博弈论"。

据闻学好博弈论，不仅可以在资本市场上大显身手，也可以在自己的职业规划上周密布局，成为人生的赢家。

到底博弈论灵不灵，我没有系统研究学习过，所以也不敢轻易下"灵"或者"不灵"的结论。

不过有一点，我是相信的，人冥冥中是有一种力量在左右你。这也许就是命运。

我们经常可以看到——

有些人很注意锻炼身体，也讲究饮食营养，但身体并不好，甚至英年早逝；相反有些人，生活没有规律，烟酒无度，却身体康健，长寿快乐。

也有些人天资好，聪明，还勤奋，可总是穷困潦倒；而有些人，既不聪明，更不勤奋，甚至懒惰，却生活优渥，衣食无忧。

更有些人，心地善良，从来为别人着想，从不为别人添麻烦，却一生郁郁不得志；而有些人，心术不正，损人不利己，以整人害人为能事，却飞黄腾达，升官发财。

由此，我们会感叹命运不公，世事不平，人心不古。

尽管我相信命运，相信人生有运气成分，但并不认为什么情况下都要听认命运的摆布，而无所作为。毕竟人生并不是一场事先排演好的剧目，没有现成的剧本，最终是要靠我们每一个人去完成的。

人生其实是一个探险的过程，虽然结局确定，但过程具有高度不确定性，也就是说具有赌博性质。

因此，有句流行歌词说"我拿青春赌明天"，还是蛮贴切的。

美国大诗人弗罗斯特有一首著名的诗篇《一条未走的路》，对于人生之路的不确定性有着极形象深刻的描写：

深黄的林子里有两条岔开的路，

很遗憾，我，一个过路人，

没法同时踏上两条征途,
伫立好久,我向一条路远远望去,
直到它打弯,视线被灌木丛挡住。
于是我选了另一条,不比那条差,
也许我还能说出更好的理由,
因为它绿草茸茸,等待人去践踏——
其实讲到留下了来往的足迹,
两条路,说不上差别有多大。
那天早晨,有两条路,相差无几,
都埋在还没被踩过的落叶底下。
啊,我把那第一条路留给另一天!
可我知道,一条路又接上另一条,
将来能否重回旧地,这就难言。
隔了多少岁月,流逝了多少时光,
我将叹一口气,提起当年的旧事:
林子里有两条路,朝着两个方向,
而我——我走上一条更少人迹的路,
于是带来完全不同的一番景象。

弗氏讲的两条路,选择走了一条路,就会放弃另一条。这不就是类似赌博下注吗?

一般说来,最有资格下注的还是年轻人,因为他们的不确定性最大;而中老年人,下注本钱就没有那么多了。

熟悉我的朋友知道,尽管我已经不再年轻,不是一个拥有年龄优势的人,但敢于对明天下注,还是颇有一点勇气的。这当然不符合我不喜赌博的性格。

对于眼下自己所从事的出版事业,我知道,必定是一条"更少人迹的路",而不可能是一条喧嚣热闹的路。

但可以确定的是,那条路的风景很美丽、很迷人。

2017年3月22日

理想与乡愁：一个理想主义者的省思与夙愿

当世名与身后名

　　爱恨情仇，亘古至今都是人类特有的，也是无法摆脱的情感。

　　人会因爱而结缘、结合、合作和共事、共处；人又会因恨而结怨、解体、纷争和敌对，甚至战争。

　　世界上的宗教，大部分倡导的是爱，是大爱；但依然无法制止信仰同一宗教、同一宗教不同教派，以及不同宗教之间人们的争斗、仇杀。

　　中国古代战国时期的伟大先哲墨子的思想是"兼相爱，交相利"。他认为当时社会的"大害""巨害"是国与国之间的战争、人与人之间的争夺，造成这种现象的根本原因是由于人们的不相爱。因此，他主张国与国之间、人与人之间，都应当"兼相爱，交相利"。

　　用今天的眼光来看，墨子思想确有所谓的"先见之明"。

　　如果我们从理性、客观的角度出发，会发现人之爱、人之恨，其根本的原因是源于利与义；当然义背后的东西仍然是利。

　　人逐小利，必然是锱铢必较、小里小气、鼠目寸光、心胸狭窄；人若逐大利，则不会在意微小的利益、眼前的利益，而在意的是更大的利益、未来的利益与长远的利益；逐大利之人，往往还会知道舍得、懂得放弃，心胸广阔，目光远大。

　　也许，有人说这世界上还有一种不为利益驱使的人，也就是所谓拥有超越利益的高尚灵魂之人。对于这样一种人的存在，我是持怀疑态度的。

上帝不会总是公平的，他也会因为利益而偏心眼儿。他将亚当、夏娃逐出伊甸园，是因为他们偷食禁果，而触犯了自己的尊严。尊严何来？尊严背后也是"大利益"——我的世界我做主，你们自己做主怎么行呢？

当然上升到民族、国家层面，国与国之间交好还是交恶，也无非是利益作祟罢了。

美国人对外交往，从来都会直言不讳地说是为了"美国人的利益"，而绝对不说是为了解放世界三分之二的受苦人。世界上大部分国家的人民生活水平是不如美国人的，尽管美国最有资格去帮助那些贫穷国家的人们，但他们似乎很少去做。

估计刚刚上台的特朗普总统更懒得去管别国的人们是受穷还受苦了——只要他们与美国的利益不相干。

比尔·盖茨的确在帮助非洲人解决贫困问题。不过如他一样的"国际主义"战士，毫无疑问地属于世界上极少数拥有伟大灵魂之士。但我猜测，他这样做实际上是在续写他的辉煌个人历史，这个"利"是利己利人的大利，于比尔是谱写他伟大的"当世名"与"身后名"。我极其期待诺贝尔和平奖有一天能够颁给比尔·盖茨。

其实，政治家与公众人物，一生追逐的未必都是以"金钱财富"为代表的物质利益；他们最在乎的是"当世名"与"身后名"，也就是我们中国人所说的"个人形象"与"历史地位"。

观察那些古今中外的政治人物，大凡在意"当世名"与"身后名"的，都不会太坏、太乱来，而往往会有所自我约束、有所畏惧、有政治底线。

比如，我们伟大的民主先行者孙中山先生，他最被世人称道的便是他信守政治承诺将临时大总统的位子让给袁世凯。

再如袁世凯，尽管其满脑子封建帝王思想，犯下了恢复帝制这一逆历史潮流而动的愚蠢错误，但他能够最终幡然悔悟，在去世前取消帝制。

至于美国的华盛顿、林肯等之所以至今为美国人以至全世界人所景仰，皆赖于他们拥有高尚的利益观，并以此为根基所创造的历史功绩。

消弭仇恨，增加友爱，互利合作，是国家之幸、人民之福。

可是，我们也应当看到，今天的世界还是一个充斥着仇恨的世界，不仅人与人仇恨，国与国也仇恨。

仇恨丝毫无助于人与国家利益的改善与福祉的增加。这是我们过去历史经验已经验证过的事实，这也是先哲墨子曾经给我们的谆谆教导。

2017年3月20日

到了笑谈生死之时，表明我们参透了人生

年轻人一般倒是不太忌讳谈论死亡话题的，因为他们觉得死亡离自己太遥远了。就像"少年不识愁滋味，为赋新词强说愁"一样，少年的愁往往如春风一般，来得快走得也很快。实际上，他们对于死亡的大部分感受与"愁滋味"差不多，文学意义大于现实意义。

而中年人、老年人，尽管活过了人生大部分时光，应该说是已经有机会了解、领略死亡之于人生的意义了，但他们中的许多人恰恰是忌讳谈论死亡的，甚至有某种所谓"不吉利"的俗见与偏见。

当然事情也并不尽然。

我记得小的时候，曾经问过年迈的姥姥，人死了会去哪里。姥姥信佛，所以她相信人可以转世。我印象里姥姥是不怕死的，她会面带笑容地说自己的身后事。

我一直有个观点，就是人只有亲身经历过亲人去世的考验，才能称得上真正的成熟。看影视剧、看小说死亡情节的悲痛，与看别人丧失亲人的悲痛是不一样的。那样的悲痛不会彻骨，就像阴天一样，雨过天就晴了。而只有自己的父母亲人离开自己的时候，才可能有所谓悲恸欲绝的人生体验。

我是有过这样悲恸欲绝经历的。1993年母亲走后至少有3年的时间里，自己经常沉浸在悲痛中不能自拔，一度几乎对于活着还有没有意义都产生了怀疑。最终疗伤的是时间，

时间会让一切淡漠下去。

与父母诀别是每一个人都必须面对的人生课题。

另一道人生必修课就是自己与世界的告别了。我们不能决定自己人生的起点，却可以对如何走向人生的终点掌握一定的自主权。至少可以向我们的亲人表达心底的夙愿。

中国台湾著名作家琼瑶前天（2017年3月12日）公开了一封写给儿子和儿媳的信，透露她近来看到一篇名为《预约自己的美好告别》的文章，有感而发想到自己的身后事。琼瑶表示，万一到了该离开之际，希望不会因为后辈的不舍，而让自己的躯壳被勉强留住而受折磨，也借此叮咛儿子儿媳别被生死的迷思给困惑住。

琼瑶的信，在网络上引起了诸多的讨论。回归到问题的本质就是，我们是不是应当保留自己有尊严地告别世界的权利。

事实上不止台湾地区，单就我们身边的情况看，每天有多少人濒临死亡仍然要遭受各种"受刑"般的痛苦，而这又总是被冠以"人道""挽救生命"等崇高的名义。一般说来，大多数处于生命晚期的病人，由于强烈的求生欲望，会愿意拿自己的身体做试验的——这样的情况，家属和病人也都是了解的——即所谓"死马当活马医"。至于生的尊严与死的尊严，都往往被放在极其不重要的位置了。

我记得现代文豪巴金先生生前以植物人的生命状态在上海的华东医院住了好几年。尽管那些年里，人们都以为巴老活着，其实巴老并不知道自己还活着。当时，媒体上便有人提出来允许巴老安乐死的说法。可惜，声音很快就消失了。因为，我们的法律是不承认也不允许安乐死的。

这几天来，由于琼瑶的公开信再次让人们思考起安乐死的问题。众所周知，社会中有相当部分人士是支持安乐死的，包括不少专业医学人士都是支持的。我作为出品人的一本由北京女作家文昕女士生前撰写的《生死十二年》一书中，就有涉及安乐死的内容。当然，该书作者作为一名与癌症共处了12年的患者，她也是一位安乐死的坚定支持者。

毋庸讳言，我也是支持安乐死人士中的一分子。在我们无法继续我们生命的前提下，"安乐死"可能比万分痛苦的活着更有尊严。其实恶劣状态下的生，比死亡更不人道，即所谓的"生不如死"。

而且，说不准到了我们笑谈生死的时候，也表明我们参透了人生的真谛呢。

2017年3月14日

不要麻烦那个世界上最疼你的人

世界上有一种人总是给自己的亲人、朋友和周围的人添麻烦。用北京话的说法，就是"拿支使人当白玩儿"。而且，甚至于将人用尽。在那样的人眼中，别人都是为自己服务的。想一想，我们身边这样的人着实不少。虽然我们不能一概将这类人视作坏人，但他们的极端自私却是肯定的。

已故诗人顾城的身边，就有这样一个极端自私的人，这个人让顾城断送了自己和妻子的生命。

事实上，这世界上还有一种"好得没有原则"的好人，一生不愿意为别人添麻烦，即使对自己最亲密的人都不愿意麻烦的人。这样的人，虽然属于极其稀有动物，我们的生活中还是可以见到的、知道的。

近来，我就见识了这样一个人。她心中对所有人都充满爱意，是一个有着人间大爱的美丽、高洁的女性。她就是我上面提到的文昕。

我是因为要出版文昕一生最重要，也是她最看重的作品《生死十二年》而与她结缘的。虽然只和她交谈过不到两小时，但透过她的优美文字与朋友们的回忆，确切地了解到，她是一个心地善良到极致，对人、对社会、对生命充满了无限的热爱与激情，且具有强烈正义感的"侠女"。

我相信，文昕虽然永远告别了病痛、远离了她所热爱的世界，但她留下的文字却是可以永远感动世界的。

在我的印象里，文昕最大的一个优点，也是最大的特点，就是从不愿麻烦别人，哪怕是那个世界上最疼她的人。

我们绝对想象不到，文昕在确诊自己得了癌症之后，居然是自己开车从西四环家里到东三环的东肿（北京肿瘤医院）去化疗，原因不过是她的丈夫不爱开车，便不麻烦他。她打完化疗药开车回家的路上，药性便发作起来，让她痛苦万分，回家便卧床了。

在文昕患病10年之后，一向坚强的她实在不堪痛苦，竟然选择吞下300片安眠药来试图结束自己的生命。但是奇迹出现了，她不仅没有告别世界，反而身上的癌细胞全部消失。而那时，她竟然主动提出与亲爱的丈夫离婚。别人的离婚都是因为爱情破灭，文昕的离婚却是因为爱得深沉。她不愿意再拖累这个世界上最疼自己的人。在书里她讲到，想到离婚让她万分后悔，不是后悔离婚，而是后悔离婚晚了。她想如果早些离婚，丈夫就可以早些开始新一段生活了。

当然，真正相爱的人是无法分开的，直到文昕告别世界，她的丈夫都是她的第一亲密的人和保护人。

2017年3月12日

理想与乡愁：一个理想主义者的省思与夙愿

文学假装与假装的文学

　　按出版行业的说法，文学作品可以分为虚构与非虚构两类。当然大部分文学作品是应当归入虚构类的，如小说。地球人都知道小说是作家凭自己的想象虚构出来的，大部影视剧也是编导虚构的结果。

　　因此，一些影视作品，为了防止个别痴迷观众对号入座，往往还要特别说明："本作品纯属虚构，如有雷同，纯属巧合。"

　　然而，虚构类文学作品，也并不是意味着就可以胡编乱造，完全不顾艺术真实。艺术真实与生活真实是不一样的。艺术真实强调的是不违反生活规律与生活常识，虽然高于生活，却是来源于生活的。

　　事实上，生活常常比文学艺术更精彩、更生动。

　　可以换一种说法，比如，文学中的好人形象，一定是生活中有这样的好人。尽管小说中可以将诸多好人特征集中于一人身上，但是这些特征也一定是生活中真实人所具有的特征。如果小说中的好人特征在现实生活中是不存在的，那么这个好人形象就是令人质疑的了。

　　同样小说中的恶人形象，也一定是现实生活中恶人形象的艺术反映。如果小说中的恶人形象，在现实生活找不到一丝一毫的影子，那么这样的恶人也会真的显得"虚假"了。

我们知道，凡是那些被称为经典的小说都是非常"真实"的小说。我不是说与现实、历史生活完全一个模样，但一定是符合文学真实与历史逻辑真实的。

《红楼梦》就非常真实。

作者曹雪芹在书中公开言明："假作真时真亦假。"因为他就曾经生活在一个"白玉为堂金作马"的显贵之家。至于"一年三百六十日，风刀霜剑严相逼"，我相信一定不会只是林黛玉这个小女子个人的痛苦感受，肯定曹公雪芹先生同样亲身感受过、经历过这样的日子。

萧红的《呼兰河传》也非常真实。

这本小说几乎所有的场景、所有的人物、所有的感情，都是萧红曾经经历的、接触的、感受的，包括她写的那首失恋诗歌《苦杯》：

昨夜他又写了一只诗

我也写了一只诗

他是写给他的新的情人

我是写给我的悲哀的心的。

……

往日的爱人

为我遮避暴风雨

而今他变成暴风雨了

让我怎样来抵抗

敌人的攻击

爱人的伤悼。

我们可以看到，这首诗其实就是写她"与萧军发生冲突后的一首真挚的、哀婉的吟唱"（孙郁语）。

余华的《活着》《许三观卖血记》非常真实。因为他把过去年代里中国农民最无奈、最悲催的命运，淋漓尽致地记录了下来。

当然，沈从文、孙犁、汪曾祺与莫言等诸多现当代作家的小说也都是真实的小说，都具有高度的艺术真实性与历史可信度。

就拿当代青年作家韩寒的小说来说，我认为是极具现实主义价值的作品，包括他那部极具争议的小说《1988》。

但是无可回避的是，在我们的现当代文学作品中，的的确确隐藏着一大批虚假的，今天看来可能根本不具有艺术真实性与文学价值的烂作品。

且不说那些曾经风靡一时的"高大全"式的遵命文学作品，即便是解冻后大量涌现的"伤痕文学"与"知青文学"作品，今天看来，可能也没有几部是经得住时间的考验、值得被后人记住的经典。

造成这一状况的根本原因就在于，上述文学作品的艺术真实性是打了折扣的。

毋庸讳言，在近些年的文学创作中，虚假成风、胡编乱造的历史积习，并没有得到纠正。

有个知名的青年富豪作家，一贯以书写青年人（学生）"浮华抑或奢靡"的生活方式来博取读者的眼球。

他的作品，在我看来很难谈什么艺术的真实性。因为在他的小说世界里，那些青年人要么有钱，要么超有钱，不少人都几乎拥有挥霍掉整个世界的本钱。

都知道我们今天的社会确实富了，有钱了，也确实有了一批富贵、权贵子弟行走于所谓的上流社会了，但那是不是就是我们今天社会真实的现状呢？

可以肯定地讲：不是的。

2017年6月2日

读书一定导致人走向良善吗

读书一定会导致人走向良善吗?

从历史和现实的经验看,是不一定的。

我们历史上就有不少大奸臣、坏人都是些满腹经纶的大学问家。

例如,曾经被作为正面历史人物的秦丞相李斯,就是一个没有任何底线的无耻文人。

他不仅陷害了于自己有恩的同学韩非(李斯与韩非皆荀子学生),而且还向秦始皇贡献了"焚书坑儒"这一中国历史上最坏的"公共政策建议"。在秦始皇死后,他与赵高狼狈为奸,除掉了公子扶苏(储君,令其自尽),立胡亥为秦二世。最终他聪明反被聪明误,被赵高借秦二世之手,腰斩于市,落得"搬起石头砸自己的脚"的可悲下场。不过,李斯恰恰也是中国历史上著名的大学者、大政治家,他"参与制定了(秦)法律,统一车轨、文字、度量衡制度"。

直到今天,我们的中学生还在语文课本里,学习他的著名政论文章《谏逐客书》。

又如明代权臣严嵩,同样也是一位诗、书俱佳的大才子。但他也是一个好话说尽、坏事做绝的明代第一巨贪。

言行不一、"说一套做一套"的"双面人性格",可以说是我们中国人最为悠久的历史传统之一了。

在近现代,这样有知识的"双面人"大人物,照样是屡出不鲜的。

  例如，现代大文豪周作人先生，虽然其个人私生活一向以严肃著称，但因为附逆日本人做汉奸而让自己的政治人格破产。可周作人先生的文章、学问，今天看来水平很可能超过乃兄鲁迅以及其他同代文人。

  文品并不完全等于人品。

  读书多也并不必然让人拥有高尚的品格。

2017年4月

为什么我们的身边充斥着于连式的人物

法国作家司汤达笔下的于连·索雷尔,是他的著名小说《红与黑》中的主人公。

于连是典型的小人物自我奋斗、自我毁灭的人物。他"平民出身,较高文化,任家庭教师,与女主人发生恋情,事情败露后,枪杀恋人,被判死刑"。

近来热播的电视剧《人民的名义》中,腐败分子、省公安厅长祁同伟就是一个"于连"式的人物。他与于连一样出身卑微,是靠同学陈海一家资助才完成了大学学业。毕业后为摆脱命运的不公,不惜抛弃初恋女友陈阳,转而向大他10岁的省政法委书记的女儿、老师梁璐跪地求婚。祁另一个著名的跪地动作是陪原省委书记赵立春返乡上坟,竟然演了一出跪地哭坟的戏码。当然他最大的靠山还是他的老师、"汉大帮"的"帮主"、省委副书记兼政法委书记高育良。祁同伟的结局也与于连一样走上了自我毁灭的不归路,最后畏罪自杀。

无论是于连,还是祁同伟,他们的自我奋斗与自我毁灭的命运,还是很让我们寄予深切同情的。

聪明、勇敢、情商高、能吃苦,有着坚强的意志与百折不挠的勇气。这些品质,无疑对于所有成功人士都是需要的。

自然,他们也确实取得了所谓"世俗"的成功了。

不过,说到底,如于连一样的人物,最终带给社会的还是伤害、反向的作用,而不是正向的作用。最根本的理由当然是他们所谓的成功奋斗都只是为了自己,为了实现自己的奋斗目标而不惜毁灭他人,甚至毁灭帮助、爱护过他们的人。

在于连式人物的价值理念中,是没有诚信、尊严、人格可言的。尽管于连是法国作家司汤达以法国为背景创作的人物形象,却映照出许许多多丑陋的中国人的嘴脸。这不能不说是司汤达作品的伟大生命力。

我最想探讨的问题是,为什么会有如于连一样的可怕人物?

我曾经听到这样一个故事:

一对中年农民夫妇花尽全家积蓄,数年间全职陪自己上高中的宝贝儿子读书。这个宝贝儿子天资尚可,再加上勤奋苦读,学习成绩在班上也属一流。高考时考上了外地重点大学,但是农民夫妇不让儿子去,而让他继续复读。复读的目的就是非要让儿子考上北京名牌大学的法律系。在他们的眼中,法官、检察官是最有权力的职业,他们要让自己的儿子毕业当法官、检察官来光宗耀祖、扬眉吐气,以此改变他们身处社会底层的悲催命运。他们的儿子已经连续复读了好几年,一年比一年高考成绩差,却仍然执着地不改初衷。

听到这样的故事时,我心里一阵悲凉。他们不就是在努力造就、培养新一代的于连、祁同伟吗?

另外,在不少人心目中,尤其是在一些劳动阶级中间,普遍存在着重男轻女的现象。为了生一个儿子而不惜背井离乡,不惜被罚款,不惜过最苦逼的日子,只要是女孩而不是男孩,就顽强地生育下去。因此,我们会发现,越穷的地方生孩子越多。

当然,我也不认为生孩子多就犯下了什么滔天罪过。但有一点我是相信的,凡是那些有几个女孩而只有一个男孩的家庭，因为摆脱全家命运的使命都被寄托在男孩身上时，往往全家的宠爱都会集中在他身上。试想如此环境下长大的男孩，自私自利人格的形成是极容易的，是不是在培养着小"于连"呢？

如今，在官场、在学界、在企业界，我们可以处处发现于连式的人物。有些是被伪装包裹着，有些则不断显出"原形"来，还有一些如于连、祁同伟一样走在自我毁灭的道路上。

2017年4月

当你说"看穿了"的时候

1987年7月,77岁的戏剧家曹禺与83岁的作家巴金通信。两位文化巨匠交流的一个话题是"看穿了"人生。"我现在的确看穿了,要活下去,必须保重自己。"这句话,本来是巴金写给曹禺的,曹禺觉得受用,又回赠给了巴金。

由此可知道,"看穿了"是这一对走到人生黄昏阶段的老朋友共同的感悟。

其实,他们有这样的人生感悟,我是有一点点惊诧的。

曹禺、巴金二老有着一些共同的特点。

一、他们都是在民国时期完成了奠定他们一生辉煌地位的作品。曹老有戏剧名作《雷雨》(1933年)、《日出》(1935年)、《原野》(1937年)、《北京人》(1940年);而巴老则有小说名篇"激流三部曲"《家》(1933年)、《春》(1938年)、《秋》(1940年)与"爱情三部曲"《雾》(1931年)、《雨》(1933年)、《电》(1935年)彪炳史册。

二、他们都是在解放后做了高官。曹老生前任北京人民艺术剧院院长、中国戏剧家协会主席,按行政级别,达到司局级高位;而巴老生前更是做到了副国级高位(全国政协副主席)。

三、他们在"文革"期间,虽然都曾经挨过整,但由于身居高位,所以基本上没有受到太大的冲击(相对于胡风、沈从文、老舍等),且掌握一定的对文化界人士的赏罚之权力。

故也或多或少地整过别人。

四、他们都活到了高寿的年龄。曹老享年86岁;巴老则是活过百年(101岁)。

从曹禺、巴金二老的上述共同特点看,尽管他们都在中国的文化史上留下了极其宝贵的精神财富,做出了杰出的贡献,但也不能不说他们没有人生的遗憾。

我个人猜测,其实也不只他们二老,或可以说以他们为代表的一代知识分子,或许都有这样的遗憾:

在他们年富力强的中年、在他们思想成熟的晚年,都没有留下像他们的青年时代一样充满着理想主义、浪漫主义与现实主义交融的好作品。当然巴老还有一部《随想录》留下来;而曹老的后半生则干脆就再也没有写下值得后人记忆的文字了。

尽管他们的后半生大体顺遂,且高官厚禄,并享受身后荣耀,但是我相信,他们生前都十分清楚地知道他们心中的遗憾。

现在,我们从1987年他们的通信中,就能够体会到心中的块垒有多么的沉重!

"我现在的确看穿了……"今天,当我读到这样充满人生怅然的文字时,心中仍然还会有一丝丝的隐痛。

2017年4月

理想与乡愁：一个理想主义者的省思与夙愿

今天还适不适合读圣贤书

我们是一个一向重视读书的民族。

"忠厚传家久，诗书继世长"，几乎曾经是每一个传统中国家庭的理想信念。"万般皆下品，唯有读书高"，则更是旧时代中国读书人的价值观。

尽管对于这样的文化传统，今天的我们很难完全认同，但无可否认的是，中华文明几千年之所以绵延不绝，与我们这个民族深深植下"读书"的种子并不断地发芽、开花、结果密不可分。

帝制时代以前，中国人读书当然只是读圣贤书，以"修身、齐家、治国、平天下"为理想目标。尽管那时候并不是所有人都有读书机会，也不是所有人都愿意献身学问，但制度安排上（科举）仍然为那些佼佼者和精英分子提供了"公开、公平与公正"的报效国家的机会与可能，即所谓"朝为田舍郎，暮登天子堂"。

读圣贤书，固然可以造就一个好人或者贤人，甚至也可以成功应对农业社会的所有疑难课题，但无法为后来出现的瞬息万变的工业文明、现代社会提供技术支撑与理论支持。

晚清以降，中国人一旦真正遇到"三千年未有之大变局"，便只能从西方的"德先生"（民主）、"赛先生"（科学）那里去寻医病的良方了。

人同此心、世同此理，凡人类，莫不如此。

所谓东方文化与西洋文化，尽管表达方式不同，但本质上都以追求真善美为终极要义，以追求人的幸福、尊严、自由与和谐为根本目标。正是基于人类普遍价值的存在，所以才造成了20世纪中期以后的文明大交融、全球化时代的到来。

悲哀的是，我们竟然走了一段与世界潮流相悖的弯路：不仅愚蠢地切断与世界文明交流的管道，甚至妄想与自己悠久文明传统切割。

所幸的是，历史并不完全由个人主宰，黄河九曲最终也要奔向大海的。

20世纪80年代开始，我们再一次靠近与世界潮流并行的光明道路。曾经几乎被当作破烂儿一样的读书的种子，重新在我们民族的心田生根、发芽、开花了。这一次轮回虽还没有结出丰硕果实，却已经燃起了我们对收获的希望。

读书、知识、知识分子、自由、科学、尊严、正义，这些与文化和书相关的字眼，今天已经为普罗大众所耳熟能详。

时至今日，我们不仅成为全球化的一员，也成功迈进了互联网社会。但是在文化上，传统与现代、新与旧、前进与倒退的较量，还没有呈现清晰的方向。

不过有一种现象却是值得我们关注的，就是近些年来，传统复兴的声音日益增多起来。特别是国学、儒学受到了来自官方与民间共同的推崇。在我看来，这当然不是一件坏事情，而是好事情。

我们与悠久的文明传统切割太久了。如何让我们的传统薪火得以相传下去，的确是个大问题。

而另一方面，我们也知道，即使在帝制时代里，所谓的"半部《论语》治天下"也根本就是个传说。皇上信奉的是帝王术与"王霸之术"，至于儒家的"仁义礼智信"都是嘴上说说的，是从不当真的。

当然读书人还是当真的，当真或只是出仕之前，一旦自己也成为统治者的一员时，多数便也不会当真了。

不过以儒家文化为代表的圣贤书对于"驭民""牧民""治民"还是管用的，也很灵验。这也是为什么历代皇帝嘴上都要推崇儒家文化的原因所在吧。

沧海桑田，世事巨变。

毕竟帝制时代早已经翻篇儿了。对于今天的互联网时代的民众，圣贤书还管不管用，还灵不灵验，我个人心里是很疑惑的。

我相信，不仅我疑惑，恐怕疑惑的不在少数。

至于是不是就必须像"五四"前辈所主张的那样，搞一场彻底的"西化"？虽然如此主张的人今天依然不少，但恐怕是绝无可能的了。

那么，还是邓公在世时所主张的"摸着石头过河"更靠谱，并且30多年实践也证明了确实靠谱。

2017年4月19日

你在乎那个在乎你的人的在乎吗

什么事，如果不在乎，也就过去了。

什么人，如果不在乎，也就忘记了。

在乎与不在乎，是检验你是否对别人好或者别人对你好的一杆标尺。

近些天，看电视剧《人民的名义》，虽然没有特别让人惊奇的地方，但对于几对夫妻（恋人）间关系的演绎，还是有一点意思的。

首先是正面人物反贪局长侯亮平与纪检官员钟小艾这一对夫妻。在我看来，他们属于典型的"比学赶帮超"性质的夫妇，事业互助、家庭和美。尤其钟小艾主任，识大体、明大理，家庭贤内助、事业好帮手。这也应当是中国公务员家庭中最普遍、最普通的。当然影视剧中的他们则很不普通，是反腐英雄夫妻。但英雄不也是隐藏在平凡人中间的吗？

其次是陈海与陆亦可这一对苦恋情人。他们不仅是上下级关系，还具有师徒关系。陆亦可检察官的专业本领是陈海一手带出来的，这也是典型的兄妹恋。亦可一往情深，而陈海则逃避躲闪，甚至用将亦可介绍给公安局长赵东来的办法，来压抑、逃避恋情。

还有就是李达康书记与欧阳菁行长这一对冤家夫妻。前者是超级工作狂，完全以事业为中心，虽然一身正气、两袖清风，却没有生活情趣，也没有生活格调；后者却是一个需要贴心爱护、保护的小女人形象，追求生活格调与品质，尽管外表刚强，但内心脆弱。由于他们二人之间巨大的观念反差，因此，即使不是欧阳菁受贿落马，也照样会分道扬镳的。

不过最有看点的还是两对反派人物的夫妻关系。

祁同伟与梁璐。祁同伟是于连式的人物，出身卑微，自私自利，心狠手辣，为达个人目的可以冲破一切底线。他背叛初恋陈阳去找梁璐，从一开始就是为了找后台、攀高枝儿，以婚姻为跳板，实现其"权力"梦想。而梁璐接受祁同伟求婚，虽不能说没有一点感情成分，但本质上却是为了满足自己的虚荣，满足大小姐追寻"小鲜肉"的快感。当然，我不认为理想的婚姻一定是门当户对，可出身、地位悬殊的人在一起，如果没有价值观的高度契合，痛苦大于幸福往往是注定的结果。

高育良与吴慧芬这一对高官显贵夫妻，事业上无疑是一对好搭档、好伴侣、好战友，但情感上是不是相亲相爱，就值得怀疑了。用"貌合神离"来形容他们的关系是很恰当的。在他们已经离婚，并且高育良书记与小三生了儿子之后，还能够和平相处，在学生面前秀恩爱，着实让人大跌眼镜。高书记固然"实在是高"，更让人"佩服"的是吴慧芬吴老师的"宽广胸怀"。他们的婚姻，很符合政治婚姻的逻辑，即婚姻也是为政治服务的。这让我想起克林顿、希拉里夫妇，尽管全世界都知道总统是一位风流丈夫，而希拉里仍然不离不弃，相守到白头。

回到"在乎与不在乎"这个话题。

最在乎彼此的一定是夫妻（包括恋人），而最不在乎的也可能是夫妻。

在乎如陆亦可对陈海；最不在乎的如祁同伟对梁璐。

2017年4月

为什么不可以对人性抱以美妙幻想

初涉社会的少年、青年,最容易对人性抱以美妙的幻想了。

近来,频有大学生深陷传销组织,甚至付出了青春生命的代价。

若干年前,还曾经出现过女大学生被人贩子拐卖到山里嫁给农民的可悲例子。

去年(2016年),18岁的成都崇州女留学生雯雯,因身体偶尔不舒服,加上两次梦魇,竟然在网友马舒口中变成"小鬼缠身"的"证据"。为了"驱鬼",雯雯在两个月时间内,前后4次打款40余万元给马舒,希望对方帮忙"驱鬼"。

如此可悲可笑的事实,居然发生在那些接受了高等教育的青年人身上,实在不能不让我们反思了!

把人想象得过于好,或者过于坏,都是不靠谱的。

在我们的传统社会里,一切的是非、祸福都寄希望于人性的美好。

尤其是民间百姓,即使自己遭殃、遭罪,也总是怪自己命不好、运气不好,而不愿去寻找别的理由。

至于残酷的现实如何变好,未来有没有盼头,则只好期待出现"青天大老爷"来主持公道了。

林达老师曾经说过"总统是靠不住的",当然从本质上说的是"人性是靠不住的"。人性的靠不住,不是因为人性天生坏；人性即使是好的，也有可能在一定条件下变不好、变坏。

记得自己早年做实习律师，接触过一名被判刑的强奸犯。那个强奸犯是一个工厂的保卫科长。厂里有位漂亮女工的丈夫（在同一厂上班）盗窃被厂保卫部门抓到，于是保卫科长负责处理此事。漂亮女工为了帮助丈夫减轻罪责，私下去找保卫科长求情。漂亮女工本来就天生丽质，找科长时更是刻意梳妆打扮了一番。虽然不能讲她故意施美人计，但客观上却也真是迷惑住了原本"革命立场"坚定的保卫科长。据案情了解，保卫科长与漂亮女工在科长办公室发生过3次性关系。后来，女工丈夫没有被工厂移送司法部门处理，而只是罚款了事。不过，女工丈夫不久知道后，心怀不满，便同老婆一起到公安局控告保卫科长强奸。保卫科长于是便以强奸罪被公安部门逮捕。

我和实习指导老师接手这个案子后，经研究认为，强奸罪似难以成立，本打算做无罪辩护的。但律所内部讨论时，发生了分歧：一种意见认为，虽然表面看保卫科长与女工发生性关系，没有强暴情节，但保卫科长拥有处理女工丈夫盗窃行为的特殊权力，以权力相要挟，女工处于弱势地位，只能委曲求全。女工夫妇控告保卫科长就是讲他以权力相要挟来实施强奸行为的。另一种意见则认为，女工为了减轻丈夫违法责任，向保卫科长求情，故意引诱保卫科长与自己发生性关系，属于自愿行为。保卫科长没有强暴行为，构不成强奸罪，最多属于违纪行为。

最后，我和实习指导老师综合了上述意见，按强奸罪，但行为较轻，且无严重后果，请求法院给予从轻处罚，以此进行辩护。由于当时正值20世纪80年代"严打"时期，法院最后按强奸罪判了保卫科长三年有期徒刑。

回过头来看这个案例，以今天的眼光，判保卫科长三年刑期显然过重了。保卫科长虽然有过错，但被控强奸的理由是不充分的，毕竟只是女工事后（在其丈夫的鼓动下）的一面之词，被告人——保卫科长始终不承认。这样的罪，按法律的说法是"疑罪"，而"疑罪从无"则是法治的基本精神之一。反思起来，我们当年的辩护也是不够专业的。

我讲这个强奸案例其实是想探讨人性的问题。

如果没有漂亮女工的美色诱惑，保卫科长也许就不会犯下那个令他终生遗憾的错误了。他还会是一个合格的保卫科长，合格的共产党员，说不准还可能是合格的厂长呢。

人性可以考验，但经不经得起长久的、反复的、严峻的、挑战性的考验？谁有把握？

反正，克林顿总统没有经得住白宫美丽实习生莱温斯基小姐的考验。

反正，袁世凯大总统也没有经得住全国上下一片热诚"劝进"的考验。

反正，高育良书记也没有经得住熟读《万历十五年》的高小凤姑娘的考验。

2017年8月

眼泪的效果与阶级固化

过去有一种说法，女人最好的武器是眼泪。

也就是说，女人征服男人，眼泪技法最管用。许多男人，不怕女人发怒、发狠，就怕女人哭。女人一哭，男人往往就心软了。男人是最看不得自己喜欢的女人哭的。那怕不喜欢，只要她落泪了，也会让步、退却的。

当然，女人的眼泪技法，对同类常常不好使。因为女人知道既然自己擅长此法，当别人用在自己身上的时候，效应递减乃至无效，就是必然的事情了。

你可以注意到，女孩子哭着向妈妈撒娇提要求时，妈妈一般多会坚定拒绝的；而爸爸则不然，不要说女儿哭鼻子，就是女儿拐弯抹角地提出要求时，爸爸也多会满口应允的。

《红楼梦》中的林黛玉，是最懂得施用眼泪技法的女人。每当林妹妹珠泪含怨时，宝哥哥定会随之肝肠寸断。宝哥哥爱林妹妹超过爱宝姐姐，其中林妹妹擅长以泪博同情，是不是也是奥秘之一呢？

而今天，以眼泪博同情的技法，也被一些小男人、小鲜肉学了去。

尽管我不是追星族，但偶尔看一眼娱乐选秀节目，竟然也会发现一些参赛的男选手、小师哥竟然会像那些女选手一样，主动向评委和观众们讲点自己坎坷不平的奋斗故事、亲情故事，扮出悲伤、悲情状，甚或目中含泪，让评委和观众们寄予深厚同情，及至陪掉眼泪。

另外，就是时下流行的所谓屌丝向社会大众博同情了。

近来无论是知识界还是民间，都有一种"阶级固化"的说法。这一说法虽然不能说全无道理，但我个人还是认为经不起现实与逻辑的检验。

因为，我们可以随处在身边发现或者耳闻一些草根成功创业，或者依靠自我奋斗而实现麻雀变凤凰的例子。今天中国已经进入一个市场经济迅猛发展的社会了，尤其是互联网时代的到来，也为社会的阶级鸿沟变浅、变平提供了可能性和机会。

稍早些时候，北京媒体就爆出一则"山东小伙卖了6年的馒头，如今月入2万"的励志故事。

就是在我居住的小区里，也有一对内蒙古青年夫妇靠开理发店在北京安居乐业且生了两个孩子的幸福生活的例子。

当然，我们知道，在北京确有大量的北漂青年，甚至是一些高学历、高智商的青年才俊，在为生活而打拼。早晨，当我们挤地铁的时候，中午到快餐厅或者路边摊果腹的时候，我们都会感受到生活的不容易。

群居租房的年轻屌丝们不容易，每天奔波路上送外卖的小哥不容易，餐馆服务至深夜的大姐不容易。其实白领们也是不容易的，在大机关上班的公务员也是不容易的。

记得我曾经到某国家大机关办事，得知已经做到司局长位置的领导，照样经常夜里10点下班，甚至周末假日里也还要在家里写材料、加班的。

事实上，如果你认为自己处于社会底层、处于为生存而奋斗的阶段，属于所谓的"沉默的大多数"，属于所谓的"屌丝"阶级一员，就因此有了"仇富""不满"与博同情、博关注的资本，这是完全不必要的。

我不反对，而是完全支持我们的社会必须照顾、帮助社会弱势群体有尊严地生活——这是现代文明的标志。但是，如果过分强调保护弱者，消灭所谓贫富差别，那就会走向另一个极端了。南非从白人治理时期的发达国家沦为今天的发展中国家，其深刻教训是多么值得吸取、总结！

同情源于人类高尚、善良的人性。但时下日益泛滥的博同情表演，是耶？非耶？恐怕就不好说了。

2017年8月

为什么你曾读过的一些文学大师的作品味同嚼蜡

相信不仅是我个人的体会,一定有很多的朋友有过同样的感受。那就是当我们抱着崇敬,甚至神圣的心情读一些西方文学名著的时候,发现有些大师的作品,不过如此,读起来像白开水一样没有味道,竟有味同嚼蜡之感。

比如,我曾经看到过某译者翻译的里尔克的著名诗篇《秋日》:

主啊,是时候了。夏日何其壮观。
把你的影子投向日规吧,
再让风吹向郊原。
命令最后的果实饱满成熟;
再给它们偏南的日照两场,
催促它们向尽善尽美成长,
并把最后的甜蜜酿进浓酒。
谁现在没有房屋,再也建造不成。
谁现在单身一人,将长久孤苦伶仃,
将醒着,读着,写着长信
将再林荫小道上心神不定
徘徊不已,眼见落叶飘零。

其中一些诗句,让我们明显感受到那么拗口、笨拙。比如,"催促它们向尽善尽美成长""谁现在单身一人,将长久孤苦伶仃",几乎很难说是诗的语言,水平近乎一些初写诗句的人。

当然作为德语文学中最伟大的诗人之一，里尔克的地位是非常崇高的。尽管我不懂德文，但也够想象得到，里尔克的诗歌之美，没有通过中文译者表达出来。

也就是说，其实我们读到很多大师的作品，都可能是翻译方面出现的问题。特别像诗歌这一文学品种，如果不是通晓原文的诗人来翻译，很可能让我们读不出诗歌的优美韵味，甚或降低我们的审美水准。

那么我们再看一下，著名诗人北岛翻译的里尔克的《秋日》：

主呵，是时候了。夏天盛极一时。
把你的阴影置于日晷上，
让风吹过牧场。
让枝头最后的果实饱满；
再给两天南方的好天气，
催它们成熟，把
最后的甘甜压进浓酒。
谁此时没有房子，就不必建造，
谁此时孤独，就永远孤独，
就醒来，读书，写长长的信，
在林荫路上不停地
徘徊，落叶纷飞。

通过北岛的优美译笔，我们或可能真正沉浸于里尔克《秋日》中深刻并且悠远的诗歌意境中去。其中的每一句，都值得我们反复品读、体味。

同样，读亚洲第一个荣获诺贝尔文学奖的伟大作家泰戈尔的作品，我也曾经遇到过同样的问题。好在我还学习过英文，大体可以读出泰翁诗句中的意思。但是明白诗意，并不一定能够用中文传神表达出来啊。

我们看一下《飞鸟集》第198首：

The cricket's chirp and the patter of rain come to me through the dark, like the rustle of dreams from my past youth.

我在网上看到的译文是这样的：

蟋蟀的唧唧，夜雨的淅沥，从黑暗中传到我的耳边，好似我已逝的少年时代沙地来到我的梦境中。

可以说，译者用散文诗的语言基本准确传达出了泰翁诗歌的意境了。但是这样的语言，我们总还是觉得离泰翁诗句优美的韵味有些距离。

去年，我有机会接触到资深翻译朱遐女士。她完全凭兴趣，花费数年的时间，精读泰戈尔。她按照自己的学习、理解，重新完整翻译了泰翁的《飞鸟集》。当我看到朱遐的译文，深深为她的才华所折服。她每每以神来之笔，来阐释泰翁诗歌的高贵精神与谦卑灵魂。

请看朱遐翻译的《飞鸟集》第198首译文：

蟋蟀唧唧，

雨声淅沥，

黑夜梦忆，

青葱细语。

对比之下，可以说，毫无犹疑地我便成为朱遐译本的拥趸了。

我曾经闻听中国国际广播电台孟加拉文的资深翻译家白开元老师讲道：泰翁母语为孟加拉文，其大部分作品都是用孟加拉文创作的，并且是带有韵律的孟加拉文。可惜即使泰翁自己将其创作的诗歌作品翻译成英文的时候，往往也失去了初始韵律。

而朱遐在翻译《飞鸟集》的时候，竟然用带韵律的优美中文，再现了泰翁诗歌的部分神韵！

可以设想，当我们读到一些外国文学大家作品的时候，如果感受不到其作品内容与其文学地位相匹配的时候，千万不要去怀疑大家的水平，而可能是我们遇到了糟糕的翻译；抑或我们自己的审美水平不够所致。

2017 年 6 月

《白鹿原》折射出的人性黑暗与亮光

前段时间看电视剧《白鹿原》，又把多年前看过的陈忠实先生的长篇小说《白鹿原》重新浏览了一遍。尽管小说也好，电视剧也好，以我有限的阅读经验，还尚称不上一流经典，但仍然有不少地方吸引了我，也引起了我一点点胡思乱想与"腹诽"。

我以为，在现当代中国文学里，最值得珍视的还是批判现实主义的文学传统。在我们这个多灾多难的土地上发生的所有冰冷与温暖的故事，都是值得以文学，特别是小说与电影的形式记述、表现的。

可以讲，电视剧大体上忠实于陈忠实先生的小说；而陈忠实先生的小说则像他的名字一样，比当代作家的创作忠实于生活、忠实于良知更多一点。这也是为什么《白鹿原》长期以来被读者广泛赞誉的原因之所在。

《白鹿原》的故事主线，是围绕着关中平原上"白鹿村"里白、鹿两姓家族祖孙三代恩怨斗争展开的。白、鹿两大家族的代表分别是白嘉轩与鹿子霖。 小说的时间轴大体穿越了晚清帝制、北洋政府、国民政府与新中国初创4个时代。不过最让我关注的还是小说中各个主要人物的价值观取向，以及因为价值观的不同而在时代风潮的截然不同的生活状态与命运结局。或者说，我更关注《白鹿原》折射出的人性黑暗与亮光。

首先是白族长白嘉轩。他的价值观是典型的中国传统社会农民的价值观。我总结为个人（家族）利益至上主义者。在传统社会的农村，个人利益与家族利益是捆绑在一起的。按照基本的逻辑分析，由于微弱的个体农民的力量，根本不足以抵御自然灾害（如瘟疫、饥荒）、官家盘剥（如加重税负）、匪患欺辱，因此，必须以血缘、家族与地域（乡党）为纽带结成利益共同体。白嘉轩作为族长，可以说就是白鹿村农民利益共同体的首领。

自然，即使以今天的眼光看来，白嘉轩可以称为一个合格的首领。他依托族长权力，辅之以强硬的管制手腕，再加上他农民式的狡黠，率领乡民闯过了那个激荡时代的重重难关苟活下来、繁衍生息下来。应当说，这是非常不容易的。

在白嘉轩的思想观念里，凡与他家庭、家族和乡民利益相冲突的势力、行为与观念，他都是不会接受的。或奋起反抗，如交农；或敬而远之，如国共斗争；或加以打压，如对黑娃与田小娥的自由婚姻，包括对女儿白灵争取自由的举动。

《白鹿原》中最有意思的内容是白嘉轩与鹿子霖的明争暗斗，以及他们之间的合作互动。

鹿子霖的知识与认知水准，本质上当然也没有脱离一个农民价值观的范畴。他的身上集中了农民的坏、自私，以及见风使舵的卑劣特性。不过鹿子霖所作所为的出发点，与白嘉轩相比，我倒是认为没有什么根本的区别。前者更关注的是自己及家庭子女利益；而后者只是关心范围扩大至家族、乡民而已。这也从一个方面证实了，在中国传统农业社会里，普通百姓只知家而不知国。

尽管历史巨变，从来都离不开百姓的参与，但百姓的参与却从来不是主动的，而是被动的。或者说是由社会精英分子发动、引领的。

在《白鹿原》中，塑造了多位社会精英分子。其中的鹿兆鹏、鹿兆海、岳维山与田福贤，再加上一个白玲，正是他们构成了时代变迁的主角。

鹿兆鹏、鹿兆海兄弟虽然政治道路选择不同，但他们都是追寻着自己的理想而生而活，甚至而死的。尽管时代的悲剧，让他们具有了悲剧性的命运，但可以确信的是，他们都在时代巨变浪潮中做了某种推手，当然角色大小有所不同。我们不能认为他们中的哪一位更高尚或卑鄙。其实从个人欣赏角度来说，我更欣赏鹿兆海的纯净与纯情。

至于岳维山与田福贤，毋庸讳言，他们也都不是可以用简单的"二分法"来判定为坏人或者好人的。我之所以认为《白鹿原》的作者陈忠实先生比当代诸多作家更忠实于生活，更忠实于自己的良知，就是看到了他所描写的以岳维山、田福贤为代表的反面人物，都具有善良、正义的一面，或者说是"天使"的一面。岳维山作为鹿兆鹏的同学、战友，之所以两人分道扬镳，最终的分歧还是因为主义之争。

田福贤作为基层的一员，改朝换代，也只能继续忠于职守，他们是没有选择权的。小说与电视剧中，我们都看到他为了完成上峰派下的任务，必须面对自己的乡亲百姓，但两头都不愿得罪。如此受夹板气、受煎熬，与今天一些地方的基层干部的现实情况何其相似。

白玲作为白嘉轩最疼爱，同时也是最叛逆的女儿，小说与电视剧都给予了很多的关注。其可爱、单纯、富有正义感与同情心，都给读者留下了深刻的印象。但我认为，其实这个人物是虚幻、没有根基的，很可能只是陈忠实先生的一种美好想象。白玲与其说是自主、自愿融入了大时代的洪流，不如说是被发动、被裹挟的。就像《青春之歌》中的林道静，是被卢嘉川点燃了革命的热情一样，白玲不也是被鹿氏兄弟鼓动的吗？当然我没有丝毫贬低白玲走上红色道路的正当性。

黑格尔讲，"凡是存在的，都是合理的"。所有历史悲剧的发生，都不是偶然的，而是必然的。《白鹿原》中各个人物的命运，都有其历史逻辑发展的必然性——尽管小说作者是可以让一个人物生或死，但写死了就不能再活了。

《白鹿原》中几个重要人物的死，也是值得我们好好思量的。

首先是田小娥的死。她是被自己的公爹鹿三所杀。她生前活得最卑贱，被好几个男人抛弃与欺侮，当然她也享受到了最热烈、最真诚的爱情。当贫病交加、生不如死的人生悲惨局面到来时，死何尝不是一种解脱呢？

再有是国军营长鹿兆海的死，小说与电视剧的叙述是不一样的，但死于战场上，也算是军人的职责所系。

最具有悲剧性的是白玲的死，小说与电视剧的安排也是不一样的。小说中，白玲是被自己人活埋的，死得令人痛惜。

土匪头子黑娃，无疑是应当被处死的，任何合法政府都不允许土匪的存在。尽管他起义成为副县长，我以为，也还是罪该当诛的——尽管是被白孝文所诬告。

岳维山与田福贤的死是被镇压的。他们是不是一定该死？内战时骨肉相残，兄弟相斗，各为其主，各负其责。成者王侯，败者寇，这是中国历史的传统。但善待失败者，也是古老文明直至现代文明所一直提倡的。

白孝文这个令白嘉轩最丢脸、最不齿的长子，电视剧"正义"地让他死掉了，是被白嘉轩"大义灭亲"了。而陈忠实先生的小说，不仅让他做了县长，而且也因为他做县长而成为白鹿原上最为扬眉吐气的尊长。这恰恰符合了鹿子霖信奉的，事实上也是白嘉轩同样信奉的"父以子贵"的旧俗。

鹿子霖最终因疯病而死，显然是作者陈忠实先生与电视剧编导共同的心愿。"善有善报，恶有恶报"，因果报应思想，是中国人心中根深蒂固的观念。似谁都无法摆脱，也不愿摆脱。

以事实情况论，我是不相信因果报应的。因为我们看到的现实常常是某些坏人春风得意，长命百岁；而不少好人却命运多舛、短寿夭折。

我相信，人为善不是为了报应，而是求自己心安。

2017年8月28日

理想与乡愁：一个理想主义者的省思与夙愿

什么不可以置之度外

对于许多流行的所谓大众话题，我自己向来是不太关注的，也没有什么兴趣关注。

前些天在外开会，有位我尊敬的大姐讲到《三生三世》火起来了。我回家打开 PAD，看了不到 5 份钟便兴趣全无。看来那不是我的菜。

对于时下正热闹的网络直播，也曾经在手机上下载过花椒、映客两个 APP，那是因为我们公司有活动直播。没有几天便被我删除了。

甚至一些大的历史事件，似乎也都被自己置之度外了，而没有能够留下独特的人生体验。

比如，2008 年的奥运会，自己获赠了一张开幕式预演参观票。当赶到现场，看到排着长龙的队伍，烦琐的安检程序，心里便凉了一半，后悔跑来凑热闹了。总算是耐着性子看完了场面浩大、华丽无比的表演。可到了开幕那天，全家人，可能全国甚至全世界的人都围着电视机观看的时候，我竟一点看的意愿都没有了。

又比如，某年某领导赠送了我两张内部的朝鲜血海歌舞团在国家大剧院演出《白毛女》的门票。碍于情面不好推却，随后我就转手送给了朋友。

我已经有多年不看春节晚会了，对于每年春节之后大家热议的春晚段子，我自然全部空白。

按说，男人都会关心一些宏大叙事方面的事情；而我虽不能说是完全的政治门外汉，但对于那些不着边际的小道消息，向来是不太相信的。听到，也是这个耳朵进，那个耳朵出了。

但是，对于一些东西，我好像从来没有置之度外过，而且还会保持一颗好奇之心去追踪、学习。

比如，对于前沿的人文学术思想，我向来有浓厚的兴趣，这固然与我做人文出版的工作有关。前段时间，林毅夫、张维迎两位经济学家的辩论，我就保持了极度的关注。我知道，这个辩论某种意义上说与我们的下一步改革取向多少有联系。

又比如，对于科技进步，对于互联网走向，我也同样保持了敏感度。我可能是出版界比较早地应用电脑的编辑和作者之一；我曾经长时间地泡天涯、泡水木社区；我也是博客写作的较早尝试者；新浪微博，我虽然没有第一批开通，但曾经一度痴迷过；我也是微信公号写作者之一，虽然没有什么成绩，但勤于更新。近来，为保持自己鲜活的好奇心，又以网络老炮儿的身份，重回豆瓣、LOFTER 等社区游历。

另外，对于小说、诗歌与电影等，我始终是一个不倦的、热情的追逐者。我相信，虚拟世界里的风花雪月、人心冷暖，与现实世界没有什么两样。现实生活的残酷与精彩，都会以文学艺术的形式反映出来。

当然，我最不能置之度外的是对于未来的焦虑、怀疑与希望。我曾经讲过，我从不是一个悲观主义者。我不相信未来会变糟糕，但我也不会天真到相信所谓的"前程似锦"之类的预言。

伟大的造物主，让时间成为生命的标尺。没有谁可以战胜时间。大家的终点都是一样的。如果转世的思想可以成立，我是愿意相信的，毕竟我还可以在另一个世界看未来。

2017 年 8 月

理想与乡愁：一个理想主义者的省思与夙愿

面对诗与远方的召唤

　　作为一个在图书出版领域里混迹半生的编辑——我更愿意称自己为"职业读者"，人生大部分的美好时光都是在办公室案头前度过的。

　　即使下班回家后，要么接着看稿子，要么看书，要么看点其他的东西，每天就是这样循环往复的单调生活。

　　日日月月，岁岁年年。自己终于从一个风华正茂的"文青"，熬成一个尽管依然怀有理想和诗情，却已经成为"一匹疲倦的老马"了。

　　老马虽然识途，但不知不觉间已开始"畏途"了。害怕出远门，不愿意走长路；更喜欢与老朋友把酒言欢，而懒得与新朋友、小朋友和陌生朋友交往了。

　　特别是某天，竟然发现上六楼都要大喘气了，而且颈椎痛、头痛、失眠。每年体检的时候，发现"三高"也悄悄地来了。

　　更可怕的是，与出版界同样辛苦的传媒界，连连发生了精英青年"壮志未酬身先去"的悲剧。在熟悉的同学中间，几年前也有过同样的悲剧发生。

　　我们工作是为了什么？我们挣钱是为了什么？我们追名逐利为了什么？我们活着为了什么？这些自少年时代就困扰自己的问题，近些年来又回到久已荒芜的心田了。

　　由于职业、职务的原因，加上那份责任心的驱使，已经有好多年没有休年假了。当然这也并不意味着自己就是一个完全无生活情趣的工作狂。其他的假期与休息日，仍然还是会给自己放松身心的机会的，也还是偶有寻觅诗与远方的想法和行动的。

但还是太少了！太不够了！太委屈自己了！

疲倦的老马，需要的不仅是温暖的蜗居，不仅是精良食物，不仅是慵懒的下午，不仅是儿女情长，还应当有凛冽的北风，还应当有洁白的云朵、无际的草原、自由的奔跑。

今年早些时候，一起工作的伙伴儿们就开始酝酿一场于我、于她们都十分陌生却又十分好玩、十分具有考验性的活动——加入由上海同筹网发起的"千人骑行穿越海南岛的挑战赛"。

美丽的海南岛于我可谓熟悉又陌生。

应该在20年前，就曾经借出差的机会做过环岛旅行。但那完全是走马观花式的体验。而后，又曾经几次到海南开会，不过是短暂停留。她可爱的细节，她的风土人情，以及她的好与不好，都构成了对我神秘的诱惑。

当然还有壮观的千人同行者，他们的故事，他们的性情，他们的性格，对于我这样一个喜爱读书、喜爱阅人的出版人而言，同样具有磁场般的吸引力。

不过最吸引我的还是对于人生的挑战。据主办方讲，这场挑战赛全程要骑行400千米，而且不都是平坦的道路。对于骑行者的体力、耐力与意志力都是一个严峻的挑战。

我可以迎接这个挑战吗？我有能力迎接这个挑战吗？当我的同事告诉我这种情况后，我的心中其实还是打着鼓的。

可以坦白地向朋友们交代，我尽管从小就不属于身强体壮一族，甚至说是一个运动逃避者——上学的时候就有为逃避上体育课而装病的案底。可是，自己还算是个有一点毅力的人。近些年来，周末的时候，会与年轻的朋友们一起到北京西山登山；去年，也有过短暂的骑行经历。

但与那些运动达人、专业驴友相比，恐怕自己连初级段位也谈不上的。

另一方面，按照赛事规则，每个参与者需要众筹自己的经费来参与赛事——我知道这是为了扩大赛事影响力的需要。可是，参赛却要让我的朋友来替我买单，这也让我犯踌躇——我的梦想，我的诗与远方，如何照耀到我的兄弟姐妹们呢？

你的喜悦，你的痛苦，你的经验，你的挑战，并不仅属于你——除非你埋头躲进沙堆里，事实上，这是完全彻底的逃避了。

你的成长，你的进步，你的工作，你的幸福，你的点点滴滴，你编辑的每个稿子，你出版的每一本书，你赚的每一分钱，何时离开过认识的与不认识的兄弟姐妹的帮助——都没有啊！

想到这些，我的踌躇也就渐渐烟消云散了。

我可以并且应该将自己参与400千米骑行挑战赛的完整经历，记下来，写下来，拍下来，不仅是为了自己的那一份小小的虚荣、小小的甜蜜；更为了一个证明：你——一匹疲倦的老马都可以挑战自我、超越自我，谁又不可以呢？

亲爱的兄弟姐妹们，请你们赐予我力量吧！

2017年10月23日

【第四辑】
理想的光束

谁在收割你的"智商税"

去年夏天,应邀回母校中学的初中部,给学生们做了一个讲座。我讲座的核心是阐述了三个理念。今天写下来,请朋友们批评。

其一,人是平等的。

在人格尊严与法律面前,人是应当平等的。人可以因职业、贫富、出身、种族而有所不同,但不能够成为人歧视人、人欺负人的理由。

我们知道,这样的道理对普通的中国人,甚至受过良好教育的人都未必真正理解、践行之,而对于未成年的初中学生来讲,就更不会在意了。

事实上,从幼儿园开始,那些幼小的心灵就已经感受到社会上人与人之间的不平等了。有的孩子父母或者祖父母,身居高位,或者有钱有势,就会受到幼儿园老师和领导的格外关照甚至阿谀奉承;而有的孩子父母是城市打工者或者其他普通劳动者,就会受到老师的漠视,甚至歧视。

而对于初中生而言,恰恰是他们人生观的形成时期。他们极可能因为社会以及校园里存在的种种不平等现象而产生错误的观念。

比如,有个别出身官员家庭的学生,会不自觉地沾染上"官气",看不起平民学生。那个叫嚣"我爸是李刚"的大学生的可怕情境,很难说不会在初中生中出现。

又比如，少数家里有钱的学生，会看不起家庭困难的学生。尤其是假期，动辄到欧美游学、旅游的学生，与那些利用假期帮助父母干农活的学生，恐怕他们之间共同感兴趣的话题都会是不一样的。

尽管社会上普遍存在着一些不平等现象，存在某些人看不起人、人歧视人、人欺负人的现象，就认为这是合理的、应该的，甚至认为是被鼓励的，那就大错特错了！

如果一个人从青少年时代起，就不相信人应当是平等的，就认为人必须有三六九等之贵贱区别，那将是多么的可怕！

这些年来，我们注意到，那些被查处的贪腐分子，骨子里几乎都是看不起普通百姓的——尽管他们中有不少出身于平民百姓。在他们眼中有的只是对权力的崇拜，对金钱的贪婪，对女性的追逐。

即使在平民百姓中，歧视现象也是很普遍的：城里人看不起农村人；有点地位的看不起地位低的或者没有地位的；富人看不起穷人，等等。

当然最令我们痛惜的，还是某些所谓的精英分子，本来应当成为社会良心的，然而，他们却经常会昧着良心说假话、说风凉话、说些歪理邪说。

比如，那个香港的经济学家某教授，就喜欢说些耸人听闻的歪理邪说。在他蛊惑下，不少人将自己的贫穷归结为外国资本家和民族资本家的"阴谋"。曾经十分著名的企业家，通过投资经营管理，使多个濒于倒闭的国有企业起死回生，却被某教授指责为侵吞国有资产。

又比如，我曾欣赏的一位财经作家，我知道他的书，大部分是被想发财的屌丝们买走了，他所收割的"智商税"，来自千千万万普普通通的怀揣着梦想青年人。但是，就在去年，他公开在自媒体节目中声讨"屌丝"与所谓的"屌丝文化"。

我是听了那期节目的，我不知道其他的年轻朋友听了他的节目会做何感想？反正我是十分不舒服的。穷（屌丝）从来都不应该成为一个人被指责、被鄙夷、被嘲讽的理由。

回到改革开放初期，除了拥有权势者，哪一个中国人不是穷光蛋呢？

而今天，谁能说一个送快递的小哥就一辈子送快递，也许未来成为物流业大老板也说不准。

谁又能说一个三流高校毕业的北漂青年，就永远买不起房了？未来的房地产大佬，很可能就是出自北漂青年呢。

更何况，如果一个社会完全以财富多寡论英雄，本就是可悲的。

做一个衣食自足的自由农民，有什么不可以？！

做一个相夫教子的居家主妇，照样美满幸福啊。

做一个乐于助人的警察，不也很快乐吗？！

做一个朝九晚五的上班族，休假时追寻诗和远方的驴友，一样很浪漫啊……

其二，众生是平等的。

作为一个现代人、文明社会的一分子，仅有人的平等观念是不够的，还应当存有"众生平等"的理念，才能让我们这个世界和谐、幸福。

进入工业化时代以来，由于"人类中心主义"观念的驱使，不仅不互相尊重，更不尊重大自然赐予我们的一切，山川、河流、森林、动物都成为满足人类无尽欲望的资源。人类将自己视为世界的主宰，而对动物和所有生命都持"役使"与"利用"的态度。

进入20世纪，人类开始觉醒和反思了。实际上，在文明世界里，动物也是受到保护的，一切生命都是受到尊重的。尤其宗教，特别是佛教关于转生转世的观念，也给了人们许多的启示，让我们善待所有生命。

美国好莱坞大片《猿族崛起》已经拍到了第三季，其中告诉我们的道理就是：人类并不是我们这个世界的唯一主宰。

对于中国人而言，我们进入现代发展阶段时间还很短，因此，"人类中心主义"的观念还根深蒂固地存在我们的头脑中。

不过短短的几十年，由于我们不尊重世界，不尊重其他的生命，已经出现了严重的环境问题、生态问题。

如果一个中学生从小就知道并且植下"众生平等"的理念，将是非常有意义的一件好事。

如果一个相信"人类中心主义"的成年人，转而相信"众生平等"的理念，那么他是绝无可能在社会上为非作恶的。

其三，人既不是魔鬼，也不是天使，却有可能兼而有之。

想起小的时候，就喜欢将人截然地分成好人和坏人。我想，可能我们大部分人都曾经走过这样的阶段，用"二分法"来看待人和世界，而世界是复杂的，人就更复杂了。

今天的现实是，人与人之间缺乏相互的信任。

"不要相信陌生人"，小孩子从小就受到家长这样的教育。

而另一方面，外国的教育是相信人。因此，不少留学生回国后，会好长时间不适应国内人与人之间的勾心斗角与口是心非。

本来"性本善"的观念在中国人的心目中是很有地位的。

恰恰是因为这一观念的作用，让我们中国几千来吃了不少亏。

我们不相信制度，相信人，相信好皇帝，相信包青天。可是结果，我们的好皇帝是那么少，包青天也极不可靠。

直到今天，搞市场经济了，还是有许许多多人，相信市长而不相信市场；相信指示而不相信法律；相信承诺而不相信合同。

这是很糟糕的。

根本的原因是人类既不是魔鬼，也不是天使，却又有可能兼而有之。人类既可以行善，也会作恶。

一个暴君，很可能是个好父亲。一个大文豪，很可能是个自私鬼。一个女杀手，很可能是个好情人。

当然，试图让所有人都成为天使的社会、道德洁癖的社会，是不可能的。其结果很可能恰恰相反。

另一方面，正视人性的丑陋和弱点，也并不表明我们对美好社会、美好道德完全失去信心。

反正，我是有信心的，我相信我们的社会正在变好，而不是变糟——至少大方向是这样的。

令我有信心的一件事是北京等大城市流行的共享单车。

一方面我看到了，确有少数人损人不利己地搞破坏，或者乱停乱放；但另一方面，越来越多的人，普通的屌丝，自觉爱惜，并且认真停放使用过的单车。

这不正是中国在变好的兆头吗？

尽管我有信心，可我也不愿意容忍那些一边在收割你的"智商税"，一边还在看不起你、鄙夷你的"伪精英"。

2017年10月

诗人不死：悼屠岸先生

前些天就听我的同事韩兄讲，屠岸先生近来罹患重症，一直卧床休息。本想登门看望，又怕打扰到老先生，所以只好把对先生的美好祝福放在心底了。不曾想，不好的消息还是很快来了。晚上（17日）与夫人去家附近的影院看冯小刚导演的新电影《芳华》，刚回到家便看到了《北京晚报》赵女士发来的微信，告知先生去世的消息，并邀请我写篇怀念文章。

2016年7月26日，《北京晚报》刊发了我写的一篇短文《九旬屠岸手抄诗集纪念莎翁》。短文的内容就是向读者介绍，我主持出版了一本由屠岸老师手书，几十年反复打磨翻译的莎士比亚十四行诗集。这应当说是我和我的团队做的一种出版新尝试（由作者或者译者手书自己的作品，实际上是为社会保留经典作品手稿真迹）。

我们尝试的第一个作者就是屠岸老师。

2016年恰逢莎翁逝世400周年，世界各国的莎翁迷纷纷以各种活动来纪念这位世界文学大师。我们则邀请了国内最早完整翻译莎翁十四行诗的屠岸先生，以这样一种别致的方式来表达我们对于莎翁的纪念。

我最早对屠岸老师有所印象，还是20世纪80年代上大学的时候，买的第一本《莎士比亚十四行诗》便是屠岸老师翻译的。那个时候，自己是一个不折不扣的"文青"，甚至模仿屠岸的译作，写过几首十四行诗的习作。

自己于20世纪90年代进入出版界。那时，便知道了屠岸不仅是大翻译家，还是资深的出版家，曾经任人民文学出版社的总编辑。自己作为一个高校出版社的小编辑，仍然只是仰望而没有机会认识先生的。这期间我陆续读过先生翻译的《济慈诗选》，以及他创作的《十四行诗》。

真正与屠岸先生结缘，已经到了2013年。

在我主持中央编译出版社的工作期间，有幸出版了屠岸先生和其女儿章燕教授共同翻译的《我知道他存在：狄金森诗歌选》。对于美国著名的女诗人艾米莉·狄金森的作品，我也是青年时代就喜欢的。

于是我便嘱托社里首席编辑韩兄向屠岸先生约稿——韩不仅是资深编辑，同时也是一位资深译者。于是我们在这年的8月顺利出版了屠岸父女的译著《我知道他存在：狄金森诗歌选》（译稿早些时间就好了）。这部作品出版后，我们还做了一场狄金森的诗歌诵读沙龙，专门邀请章燕教授到现场为书友们解读狄金森作品。

2014年4月23日世界读书日，在西城区举办的一场以"书香西城"为主题的全民阅读大型活动中，我有幸与屠岸先生同场做演讲嘉宾。91岁高龄的先生精神矍铄，身体康健，自己登台阶到主席台，发表了一段热情洋溢且铿锵有力的讲话。先生走下主席台回到自己座位后，我特别到先生跟前向他表达自己的敬意与感谢，并与先生简短交谈。

那次是我第一次近距离与屠岸先生接触。

再次与先生打交道是在2016年的5月，也就是我辞去中央编译出版社领导职务而与深圳出版发行集团合作创办北京公司以后。为纪念莎翁逝世400周年，邀请先生手书自己翻译的莎翁十四行诗。这是我们新公司运作的第一个项目。

2016年7月4日，我与同事带着摄像师专程到家里拜访屠岸先生。

　　记得那次见面中，屠岸先生特别讲到，他之所以成为完整翻译莎士比亚十四行诗最早的译者，是受到了胡风先生的鼓励。在解放战争如火如荼进行时，先生准备动手翻译莎翁的这部不朽的诗集。当时有位领导规劝他说，年轻人都向往革命，怎么会去读这类歌唱爱与美的诗呢？他带着疑问请教胡风先生，胡风则明确表示，莎士比亚的十四行诗是不朽的；这些诗无论是对今天的青年人，还是对将来的青年人，都将是有益的。正是在胡风先生的鼓励下，屠岸坚持译完了莎翁的全部十四行诗。

　　另外，屠岸先生在不断提升翻译莎翁诗句质量的过程中，还得到过卞之琳先生的指点。为了准确传达莎翁原诗的韵味，他曾特别向大诗人、著名英诗、莎剧译者卞之琳先生（徐志摩的门生）请教，卞之琳的耐心指导让屠岸颇有心得。自此，屠岸先生便常常将自己称作卞先生的私淑弟子。屠岸先生不但译诗，对莎氏诗歌也有较深入的研究。一次，他写了篇颇有学术水准的论文，交给卞老审阅。不想论文刚送过去，"文革"就开始了。十年后"文革"结束，他再次拜访卞老，卞老竟从柜子里拿出他的论文，吹去上面的积尘，轻轻说了句："文章我看过了，你写得很好。"

　　再补充一点，先生那日精神非常好，思维极其敏捷，不仅为我们用英文朗诵了莎翁诗句，并且用常州方言表演了一段"常州吟诵"。（2008年，常州吟诵被评定为国家级非物质文化遗产，屠岸与周有光先生一道被认定为非遗传承人。）

　　《莎士比亚十四行诗——屠岸手迹》于2016年9月正式出版。据我们了解，先生收到样书后爱不释手。社会各界读者也是好评如潮。这部作品，由于其珍贵的文献与收藏价值，成为先生最重要的作品之一。

　　再追述一件事。

今年的年初，老朋友、北京大学新诗研究院副院长李兄打电话向我索要屠岸老师的联系方式，我便将先生女儿章燕教授的联系方式转给了他。6月14日，果然有喜讯传来，由北京大学新诗研究院主办的第六届"中坤国际诗歌奖"揭晓：屠岸先生与著名诗人郑敏、德国著名诗人扬·瓦格纳（Jan Wagners）荣获本届诗歌奖。本来颁奖活动邀请我参加的，但与其他事情冲突了，我便请我的同事代我出席。

那天，屠岸先生和女儿章燕教授一起出席了颁奖典礼，先生还发表了获奖感言。而我却错过了与先生再次见面的机会。今天想来，甚感遗憾。

诗人无论多大年纪，都会是青春永驻的，因为诗歌青春永驻。

诗人是不死的，因为诗人留下的诗歌作品是不会死的。

屠岸先生有那么多经典译作与优美诗作留存于世，他将永远值得我们怀念。

2017年12月24日

如何打造内心强大的盾牌

　　总是发生令我们胆战心惊的人生悲剧，有时候甚至是惨剧。

　　2017年12月10日上午，一名男子从深圳市南山区高新南四道中兴通讯大楼坠亡。据南山区警方介绍，经现场初步勘查，认定为高坠死亡，排除他杀。12月14日晚，中兴通讯称，确认坠楼者为中兴旗下子公司中兴网信科技有限公司IT工程师欧建新。

　　据欧建新的妻子"寒夜来客"12月14日发在美篇上一篇文章称，她老公欧建新或因公司辞退引发了纠纷，于12月10日在中兴通信跳楼身亡，留下妻子、一双儿女还有4个年迈的老人。

　　看到如此人生惨剧，让我久久不能平静。

　　事实上，我的身边也曾经发生过类似的悲剧，只是那个时候没有互联网，所以事情没有被更多人知道。

　　大约20年前，我在海淀的一所高校谋生。

　　当时有个画家朋友，是美术系的老师，我权称他"T君"。T君大学毕业留校工作的时候娶了学校老师的女儿。在生了一个儿子之后，便与夫人因感情不和离婚了。后来，T君虽然也交往过一些女朋友，却没有人愿意嫁他这个无房无车无钱的穷酸画家。人生苦闷，便经常借酒浇愁。后来，因为与系领导不合，竟然被"优化"下岗了。

没有爱情，又没有了工作，他唯一的办法就是更加依赖酒精来缓解心中的不快。

后来，由于他工龄长，分到了一处小房子。他每天独自在小房子中消磨时光。直到有一天，开电梯的小姑娘发现，T君有半个月没有下楼了——本来，他隔一两天会出门买东西的。最后喊来保卫处的人打开房门，看到T君不知何时已经告别了他不再依恋的尘世了。

我算不上T君最好的朋友，但彼此相交了几年，特别是自己单身的那会儿，也常在一起喝酒吹牛。后来由于为家事所累，加上自己好多年也过得辛苦疲惫，虽然住在一幢楼里，也难得见面了。记得当时听到T君离别的消息，我非常惊愕，乃至有过一种脊背发冷的感觉。

可能有好几年，我都无法从T君之死的心痛中解脱。

其实，大千世界，芸芸众生，谁没有经历过人生危机啊？谁没有过难过的"坎儿"啊？

总结起来，恐怕有几个人生必过的"危机"和"坎儿"，谁都无法逃脱。

自己的生、老、病、死；工作、事业、家庭。自己亲人与朋友的生、老、病、死，也同样与自己有关。

这当然是笼而统之说的。具体说来，近来网络讨论最多的还是中年危机的问题。

上面提到的欧建新与我的朋友T君，其实都是面临"中年危机"而没有走过去。

中年危机最大的一个问题，是如何面临外面世界的骤变，而建立起内心强大的盾牌。

青年人失恋了，可以再找一个。青年人总是有无数的选择。尽管青年人可能在经济上、阅历上与人脉社会资源方面，都会匮乏一些。但那不要紧，自己解决不了还可申请"奥援"。"啃老"表明你还有得啃，找人帮忙也还不丢份儿。作为中年人，则必须要自己扛了。世界欠青年人，却不欠中年人。中年人常常无老可啃，反而要担负起"养老"的责任。

青年人工作丢了，很可能是件好事。你恰好可以换一个自己喜欢的工作。中年人却不能由着自己的"性子"来了，更主要的是，很少有中年人敢由着自己的性子了。

心理学家早就证明过，得到的幸福往往抵不上失去的痛苦。也就是说失去的痛苦更让人沮丧。当然这是针对绝大多数人而言的。

如果你内心有一道强大的盾牌，任何的人生危机也就都不在话下了。

著名演员刘晓庆47岁那年被捕入狱，坐牢一年多。那应该说是中年发生的最大的危机了。可是刘晓庆没有被命运击垮，反而让她成为人生起跳的另一个起点。出狱后，为了挣钱还债，当年的天后巨星，连最小、最不起眼的小角色都接、都演。而今天，她不仅达到更大的人生辉煌，而且找到了家庭的幸福，至于财务自由就更是小 case 了。

讲些大人物，似乎会让人感觉目标太宏大，一般人难以企及，而我们每个人身边同样不缺乏有强大盾牌的人。

我最近装修房子，碰上一个来自安徽的小老板。他的公司没有门脸儿，完全靠熟人间的口口相传、互相介绍。因为他干的活质量好，服务又好，每个客户都会给他介绍下一个客户。因此，他的生意从来没有受到过所谓经济低迷的影响，总是红红火火。他在北京20年，不仅娶妻生子（生了一儿一女），而且生活富足。

我发现，这个小老板远比我知道的一些所谓读书人、知识人过得潇洒。北京有不少学历高、读书多的北漂一族，虽然好像收入不少，但总是生活不定，不敢买房、不敢结婚、不敢生孩子，总是在惶恐中度日。

是的，所谓建立一道强大的盾牌，说起来容易，做起来其实是相当难的。根本的原因在于部分人不敢或者说不愿打破固有思维、固有格局、固有的眼前利益。

比如，大部分人相信体制、相信国有机构、相信大公司。

在我个人看来，这是极其短视的。最早的下岗潮，下岗的都是国企员工。机构改革时，裁减冗员也都是裁的政府和事业单位公务员。深圳坠楼的欧建新服务的不就是大公司吗？

依个人的判断，中国未来可能最多失业的职业，很可能就是公务员、国企职工以及国有银行员工。随着经济的下行，势必让越来越多吃财政饭的人员另谋他途。而对于低效率的国企而言，混改是必由之路，改制必会先改人。至于银行，互联网已经在解构传统银行了，很多金融的事不需要人来干，机器干得确实比人好。每当我看到那些高学历，甚至海外名校毕业的靓男俊女在银行窗口干着过去中学生干的点钱的活时，就为他们深深惋惜。

又比如，大部分人不敢放弃既得的眼前利益或者安逸。事实上，很多人对于工作也好，家庭也好，都是习惯成自然。虽然不满意，却没有勇气打破重来。特别是那些所谓有了一点地位、名誉等虚无缥缈的东西的人，就更不舍得放弃了。于是，熬着、耗着，人生的美好时光就这样悄悄溜走了。

还比如，大部分人愿意轻易承认木已成舟，承认为时已晚。

哪有这门子事呢？！

你愿意创业，40岁、50岁恰逢其时。褚时健是80岁才上山种柑橘的。而欧建新仅35岁，被裁员就活不下去了，多么可惜！

你如果喜欢创作，临死前拿起笔都不晚。《死亡日记》的作者陆幼青就是在知道自己已到癌症晚期才开始写作的；文昕也是在生命的最后日子完成了《生死十二年》的。

你如果想谈恋爱，同样没有人生下限。杨振宁82岁与

28岁的翁帆谈恋爱结婚；歌德80岁还在谈恋爱。想想还有那么多美好景色没有去欣赏，何来木已成舟呢？

对了，只要你愿意，只要你敢于尝试，你的内心就可以建立起属于你的强大盾牌。那个时候，所有的风吹雨打，所有的厄运，所有的"坎儿"，又有什么了不得的呢？

很可能你还会感谢为你制造厄运、给你使拌儿、给你设"坎儿"的家伙们呢，你的人生转折就是这样开启的噢。

2017年12月

我与她的不了情：写给《新华书目报》

最早对《新华书目报》有所认识，还是20世纪90年代初期的时候。

那个时候，自己在一个高校做小助教，"一穷二白"，百无聊赖，又精力过剩，于是偶尔与出版界的朋友合作编些书稿，挣些散碎银两，补贴家用。

当时，经济发展虽然低迷，但书市却处于黄金时期，书店架子上书的品种少，好书更少，有时候读者买书竟然要排队，出版社随便出一本新书就可以卖上几万册甚至十几万册。

由于出版社是国家审批制，不是什么单位什么人都可以办的，所以出版几乎是一项无本万利的好生意。

今天的大部分出版社都是20世纪80年代中期以后创办的。创办伊始，都是白手起家，从主管单位借几万块钱，甚至几千块钱，出版社就开张了。出书和印钱差不多，尽管当时书价便宜，但因为发行量大得惊人，所以有一批出版社很快就做大做强了。

民间有商业头脑的人看到出版挣钱，很快便"曲钱救国"，涌入出版领域。国家虽然不放开出版，但图书发行市场却在20世纪80年代末期就放开了，不仅允许各企事业单位办书店，也允许个体办书店（包括图书零售摊点）。既然出书比卖书还赚钱，于是一些图书发行商便通过与出版社合作出书的路径间接进入出版领域，即所谓"二渠道"。

"主渠道"当然就是新华书店了。那个时候，新华书店也是黄金行业。不仅独家垄断着"教材发行"，而且一般图书，新华书店也是市场大头。在新华书店工作是件非常体面、收入也不错的差事。在很多县城里，县领导干部都将亲属、子女安排到新华书店工作——就像今天人们想方设法进入公务员队伍一样。

20世纪90年代中期以前没有互联网，所以出版社（也包括书商）一般都是先做征订再出书。新书征订最主要的途径和办法，就是在新华书店总店主办的《新书书目报》，当时还是叫"社科书目"与"科技书目"的报纸上刊登图书信息。全国各地的新华书店，都是根据"社目"与"科目"信息来预订出版社新书的——将预订数报到总店北京发行所，由北京发行所（京所）汇总订数，统一再报到各出版社，由出版社向京所供书，京所负责配送到各地新华书店上市销售。

全国的图书馆，也依照《新华书目报》刊登的图书信息来采购馆藏图书。

在新华书店系统，发挥类似"京所"中盘商角色作用的，还有"首所"（北京新华书店首都发行所）、"沪所"（上海新华书店上海发行所）与"重所"（重庆新华书店重庆发行所）。这几个发行所也办有类似《新华书目报》一样的报纸来刊登新书征订信息。不过，上述几个发行所，多服务于区域市场，服务于全国市场的还是总店的京所以及《新华书目报》。

我第一次看到《社科新书目》（《新华书目报》）大概是在1991年，到海淀镇（今天中关村创业大街的位置）逛新华书店看到的。好像那期报纸刊登了我关心的新书信息，所以在书店仔细浏览过。

不久，我从学校的教学单位调到了学校的出版社，干起了图书编辑，很快便经常与《新华书目报》打交道了。

自己编辑的图书，如果要卖得好，最关键的是要写好"新书征订单"——征订单实际就是新书征订广告。广告写得好不好，直接影响新华书店的报订数量。报订数量就是销量——那个时候新华书店还实行的是图书包销制，没有退书一说。改为"经销包退，退书无商量"则是20世纪90年代中晚期了。

我一度直接负责过《新华书目报》征订工作。

我做的是总编室工作，一般出版社的图书征订工作都是由发行部来做的。当时的社长觉得我们的发行部征订工作做得不够好，便将此项工作交给总编室了。我是总编室主任，社里专门配了一个有学历的年轻人做这件事。从此，全社图书的征订稿件，都是由我审核后，再送《新华书目报》刊登的。

1998年前后，我由总编室主任转任发行部主任，全社的发行工作都由我负责了，《新华书目报》的征订与联系工作就更是我的分内之事了。记得我当时与《新华书目报》多位编辑以及她们的领导都保持着良好的工作关系。之所以用"她们"，是因为报纸编辑部的采编人员大部分都是女士。

2000年以后，《新华书目报》在刊登书目信息的基础上，增加了出版发行行业的新闻、采访稿件、书摘以及言论等内容。《新华书目报》转型为贴近市场最好的行业报之一。我无论是做编辑工作，还是做发行工作，案头都会经常放着《新华书目报》。

我由《新华书目报》的读者转身为作者是在戴昕的动员支持下开始的。小戴还在做《中国图书商报》的编辑时，就约我写过稿件。后来，她到《新华书目报》做编辑继续向我约稿，并动员我在她的版面开设专栏。

在小戴周围团结了一批业内外勤奋的写作者（如知名书

评人谢玺璋、止庵、云也退等），而我是最不勤奋者。虽然不勤奋，也还是在2002年之后，坚持写作了一两年专栏。我在2009年出版的《从愤青到思想家》一书中，好多篇文字都是为《新华书目报》写作的专栏文章。

值得提及的是，我有多篇思考出版改革与讨论实体书店发展前景的重磅文章，都是在《新华书目报》上首发的，发表后也曾经引起过业内外领导和专家的重视。因此，可以说对《新华书目报》我始终怀有深深的感恩与眷恋之情。

当然，我们也必须坦率地承认，近些年来随着出版发行改革的深入，特别是网络对传统媒体的冲击，《新华书目报》同新华书店一样都已经告别了"黄金时代"，面临着生存的压力与转型的考验。

我们知道，中国的改革开放和现代化建设事业已经进入"新时代"，新时代必将迎来新的改革风潮。《新华书目报》如何在新时代继续在行业中发挥独特的作用，并实现涅槃重生，我十分愿意献上自己的美好祝愿和祝福。

2017年12月

一个人的经济时代

全球知名的未来学大师大前研一几年前（2011年）写过一本名为《一个人经济》的书。在该书中，大前研一以日本社会为例来阐述一个人既是一种生活方式，也是一种好生意。而且他预言，"一个人生活"会越来越成为发达社会的主流。

一、日本的情况已经在和正在中国发生

在日本，通过观察过去20年的人口统计数据，会看到一种结构性的变化：现在（2011年）日本社会不仅有20岁单身、30岁单身的情况，更有越来越多到了40岁还是单身的情况。有很多女性决定不结婚；至于那些结了婚的，到了50岁，有不少决定离婚，加入庞大的单身族。到了60岁，很多女性已经习惯工作狂的先生长年不在家。突然有一天先生对她说："我现在可以陪你了。"60岁的太太就会说："不用了，谢谢。我宁可一个人。我不是你的女佣。你要喝酒，自己到外面的酒馆。"因此，很多日本家庭，先生退休之时，就是夫妻离婚之日了。

早在2005年，日本"一个人的家庭"数，就已经达到1333万户，几乎与1464万户由"夫妻和小孩"组成的家庭数量并驾齐驱了。

中国台湾地区有着与日本社会相近的发展趋势，"一个人的家庭"与"夫妻二人家庭"渐成社会主流。

至于中国大陆的情况，据民政部的数据，中国单身成年人口数量，2015年就已经超过2亿了。2亿人口相当于俄罗斯和英国人口之和！

二、一个人的经济的特点

现在的实体经济与虚拟经济之所以振兴乏力，其实很大原因是没有适应"一个人的经济时代"的要求。

那么"一个人的经济"有什么特点呢？

首先必须是适应于个人的消费与体验，而不是适应集体的或者多人的消费与体验。比如，一个人生活就不需要大冰箱，也不需要住空旷的大房子，汽车也同样不需要乘坐人过多。旅游度假产品也是如此，适合一个人旅行才更有吸引力，等等。

其次应当可以弥补个人生活之不便与缺憾。比如，一个人生活会选择养狗，那么餐厅如果允许单身人士带狗，就会受欢迎。又比如一个人生活对于外卖的依赖要强一些；有助于解除单身人士寂寞的文化娱乐节目也会受欢迎。当然还有很多很多。

三、一个人的经济孕育新商机

随着"一个人的经济时代"的到来，将会在经济与社会领域出现崭新的、一系列的变化，也将孕育出大量新的商机。

首先从衣食住行来看，目前供给远远满足不了需要。上面提到的如适合一个人使用的汽车、适合一个人居住的住房、适合一个人生活的餐食等，可开发的潜力极其巨大。

另外文化消费、娱乐消费以及其他休闲消费，现在同样面临着巨大的缺口。例如，一个人度假的方式会越来越多，但现在相关企业却都喜欢组团，组大团。又比如，出版业、电影业，同样缺少为单身人士打造的产品，特别是系统产品。还有家政服务，也存在如何针对单身人士的特色服务问题。

不过，我以为最大的问题，可能是随着老龄化社会的到来，养老产业的发展空间将更为广阔，尤其单身人士的养老问题需要更多更好的解决方案。

儿童产业蓬勃发展，银发产业更需要蓬勃发展。

大前研一先生在书中，对于一个人的经济有着全面而深刻的阐释，对于未来一个人经济形态的演进做了不少有意思的前瞻性预测。朋友们不妨去翻翻这本《一个人经济》。

2017年11月

理想与乡愁：一个理想主义者的省思与夙愿

女人爱钱的合理性

这世界上，虽然不能说没有视金钱如粪土的女人，但绝大多数女人爱钱，却可能是一个定律。

前不久，一则新闻刷爆了微信朋友圈：国际网络电话应用 WePhone 创始人苏享茂，在知名交友网站"世纪佳缘"上征婚，被骗婚，为女方花了总计 1300 万元。之后被女方要求离婚，并恐吓勒索 1000 万离婚费。

女方是个女学霸（名校研究生毕业），但仍然落入一个拜金女的俗套，以婚姻为诱饵行诈骗钱财之实。

这个俗套路也曾经被演员王宝强的前妻玩过。

江湖上将以女色诱骗男人钱财的玩法称为"仙人跳"。而上述演绎的惊魂故事，不过就是"仙人跳"的高级版。

当然，将脏水都泼向女方一边，也是完全错误的，更是不厚道的。因为在很多情况下，让女人倒向金钱一边，男人也是有责任的。

自古以来，男人就喜欢将女人作为商品。大凡心智正常的女人，也都是知道自己的美貌在男人那里的价值的。

民国初年，浙江临海的一户王姓人家，将妻子典给当地地主生育孩子，还签了两个字据。一个是 10 年期，典金 30 元（袁大头）；一个是 5 年期，典金 12 元。算一算，农夫妻子的身价平均每年竟然不足 3 块钱。

民国时期左翼作家柔石写过一篇"典妻"题材的小说《为

奴隶的母亲》。尽管小说带有强烈的"阶级批判"色彩，但至今读来，仍然让人黯然神伤。

小说刻画了一个被压迫、被摧残的贫苦妇女——春宝娘的形象。因生活所迫，她不得不忍痛撇下儿子春宝，被丈夫典到邻村一个地主秀才家当生儿子的工具。当秀才地主的目的达到之后，她又被迫和儿子秋宝生离死别。最终，她拖着黄瘦疲惫的身体，带着痴呆麻木的神情，离开了秀才家……

似乎今天的情况全倒过了。

女人不再被男人买卖了，而是女人懂得如何让自己获得更大的利益回报了。

所谓"干得好不如嫁得好"，就是这样一个社会实情的写照。

除了上面讲到的极端事例，我相信社会中的大多数女性是不会只讲钱不讲情的。因为，事实上女人远比男人重情。

而男人则不然，男人也会爱钱，但更看重地位、名誉和权力。这便是男女的大不同。

依据我的观察，女人爱钱大致出于这么几个理由：

一、多数女人注重生活品质。有品质的生活，是不能没有钱的。

女人是愿意为自己的生活和衣饰、容颜花钱的。因此，商界一直就有"女人的钱好赚"的说法。

二、多数女人，特别是成熟女人知道，男人不如钱可靠。

从生物学的角度出发，喜新厌旧、见异思迁，好像是男人的通病。如何让爱情保鲜，是所有人都绕不过去的坎儿。

因此，女人知道，如果男人背叛了自己，只要钱在就没有大问题。女人在嫁出去的时候，有的之所以要房要车要钱，就是要给婚姻多些保险，防止男人跑了，自己人财两空。

记得我有个朋友，当她丈夫最初提出离婚的时候，还一度悲观、抑郁，然而不久便彻底想开了。车子、房子、票子、孩子一样都没少,只是少了个自己不喜欢的男人,离婚不仅不是坏事,反而成了好事。

三、女人爱钱,有的时候还是为了证明自己。

在传统时代,赚钱养家是男人的天职,女人则是以相夫教子为其本职。但现代社会,女人不仅工作,赚钱的本事一点也不逊于男人,甚至在某些领域优于男人。

女人赚钱的动力源于爱钱,有时候是为了证明给自己的男人看。

四、女人爱钱,让男人给自己花钱,有的时候也是为了检验男人还爱不爱自己,或者有多爱自己。

女人在生日、结婚纪念日以及其他节日,让男人给自己买礼物,就是为了检验爱情。

五、女人爱钱,是因为可以凭脸蛋儿来赚钱,特别是赚男人的钱。

最突出的例证是那些贪官们的情妇。虽然不能绝对说所有拥有漂亮脸蛋儿的情妇,看中的都是贪官们手中的钱和权——权的实质还是为了换钱,但绝大部分"是",这是确定的事实。否则,就不会有那么多情妇"反腐"了。

2017 年 11 月

对"过度执法"的忧虑

在刚刚过去的戊戌年春节假期,借高速路免费通行的机会,来了一次山东半岛自驾之旅。

旅行本来是一件轻松愉悦的事情。

但一路走来,却没有多少愉悦满足之感,却多了几丝后怕与侥幸的心情。

首先是对于山东半岛的雾霾空气,有了更加深刻的印象。

近两年,我曾陆续到青岛、枣庄、台儿庄、淄博、济南与滕州短暂停留过,几乎就没有碰上过蓝天白云、艳阳高照的好天气,每一次都感觉好像撞上了混沌污浊的阴霾天。

特别是前年在美丽的青岛待过一个白天和晚上,竟与20世纪80年代来青岛旅游时的情境有着"两重天"的感觉——好端端的海滨城市青岛,居然也被灰白的雾霾笼罩着。

这个春节假期是奔着号称中国最宜居的城市威海去的。

记得在天涯上看到过一个年轻白领的热帖,讲她与先生如何离开雾霾深重的北京,来到美丽威海定居的故事。

被这故事吸引,一直想找机会来亲自体验一下。

自驾至威海,几乎就是穿行京津冀与山东半岛。

初一(16日)出发时,北京虽略有轻霾,但还算是空气不错的。

而车子一进入河北地界,就开始感受到空气质量越来越差了——事实上,春节假期,工厂都是休息的,连高速路上行驶的车子也十分稀少。这个春节，似乎鞭炮都燃放不多。

但这些有利的条件却没有让华北大地"天清气爽"起来。到了山东境内，情况比天津、河北更显糟了。

几天下来，除了在威海看到几片云彩，在烟台看到一点星光之外，便都是与讨厌的雾霾天相守着，心情也始终如灰霾一样不清不爽。

其次是对于山东城乡严苛的交通限制有了更加直接的认识。

山东境内的高速，时而限速120，时而110，时而100，时而80；省道限速又会常在60或40。在各服务区出入口，除了限速30之外，也几乎都安装有监控摄像头。

在城市如烟台的一些路段，竟每隔300米便会出现一排摄像头。

奇怪的是，在同一条高速路之中，居然分隔成不同限速标准的路段，简直几乎就是"存心"让驾驶者违规似的。

好在我一直靠手机导航指引着方向。否则一路下来，不知要违规多少次了！

相信交管部门之所以设置那么多限速路段，设置那么多的摄影头，最终出发点一定是出于保障交通安全畅通的目的。

然而，是不是有必要设置如此繁多的限速路段、如此数量惊人的摄影头呢？

医疗界有所谓"过度医疗"之说；如山东的交通管理，是不是也有"过度执法"之嫌呢？

个人实在不敢为他们打保票。

我们的社会管理，其实是存在着一个悖论的：管理的异化。

本来社会管理是为了让社会和谐有序，进而降低社会整体运行成本。但管理出现异化后，便可能导致社会摩擦冲突加剧，反而加大社会整体运行成本。

以交通执法为例。过去某些地方不就出现过给交通警察罚款下指标的情况吗？结果便是想方设法找碴儿罚款。

据说跑长途的司机都知道，一趟长途跑下来挣不挣钱，是必须将一路交通罚款考虑在成本之内的。

过度的交通执法，就是管理的异化。

前不久，爆出的"沈阳交警处罚汽车牌照不清"的新闻事件，很明显也有"过度执法"的嫌疑，这也可谓是"管理异化"的典型案例。

如何减少或者防止"过度执法"现象的发生，实质也是如何让管理回归管理本意，这既是一个理论问题，更是一个实践问题。

个人以为斩断管理者与管理行为之间的利益链条是最根本的。

以交管部门为例。不能让交管部门通过实施交管行为获取额外经济利益，甚至额内也不应该有利益。

对于交管部门，如何保障交通安全畅通为其首要甚至是唯一职责。

因此，到底装多少摄像头更适合监督执法而又不造成交通拥堵，才是他们真正需要考虑的。而不是多装摄影头可以更多地罚款来获取利益，或者通过摄像头厂家进行利益输送自肥。

另外就是有必要引进第三方监督才能对管理者进行有效监督。

社会公共管理，普遍实行的是科层管理模式，即上下级管理。

以交通管理部门为例，上级交管部门对下级交管部门负有监督指导之责。而实质是，上下级之间为"利益共同体"，利益共同体之间理论上更有通过管理行为"自肥"的动力。

相反如果引入第三方监督，如社会监督评价，就不一样了。

至于具体的监督评价形式与途径，个人以为可以借助互联网技术来实现。

我一向相信技术的力量与人民的智慧——技术可以突破陈旧管理的藩篱，人民的智慧可以让社会更进步、更和谐。

2018年2月

拥抱命运的鬼使神差

记得看过一个故事,说的是一个国军连长吃素的事。

那个国军连长特别喜欢吃鸡。内战时,他带兵驻在一个村庄,隔三岔五他就让手下弟兄到老百姓家里去抓鸡,炖了吃。

就这样,不到半年工夫,老百姓家里的鸡都快让他和手下吃光了。

有天晚上,他做了一个噩梦:他被关在一个鸡窝里,光着身子,所有的鸡都愤怒地啄他。他浑身上下都被鸡啄伤了,淌着血。

第二天醒来,他知道是那些被他吃掉的鸡们的灵魂在报复他。

从此,他发誓不再杀鸡、吃鸡了。不久,他连所有的肉食都戒掉了。

我听一位老友讲过,他早年曾经给某位特异功能高人做顾问,见证了那位先生无数次"神功"与"神迹"。

其中包括意念搬运等我们今天仍然无法理解的奇迹。

我的另一位好朋友朝阳兄也曾经讲过他亲身经历的一件刻骨铭心的故事。

某年。

朝阳兄与一个朋友带司机开车到内蒙草原办事。在路上,碰到了一处庙宇。朝阳兄让司机停车,想到庙里去看看,烧炷香。

那个朋友劝阻朝阳兄说:"有什么可看的,赶紧赶路吧。别耽误办事。"

朝阳兄不为所动,还是一个人下了车,走到距公路尚有2000米左右的庙里去了。

他烧了一炷香,拜了佛,将身上的一点零钱扔进功德箱。

回到车里,那位朋友面带嘲讽问朝阳兄:"又做了多少钱好事啊?"

朝阳兄没有搭理他。汽车继续行驶在宽阔的草原公路上。

一会儿,前面一辆面包车直直地朝他们的汽车急驶过来。朝阳兄嘱咐司机靠边躲开面包车。然而那个面包车仍然朝着他们的车撞过来。司机只能再往路边急打轮,车子一下便翻滚到公路坡下的草地中了。

朝阳兄瞬间感到眼前发黑,回过神来发现自己的一条腿被车门挤住了,下半身在车里,上半身在车外。

司机连皮都没有破,车子也没有事。

可是那位朋友却已经被翻滚的汽车甩向数米之外,他的头恰好撞到一块巨石上,死了。

我记得朝阳兄是在北京的医院里给我讲这段故事的。他真诚地向我表示,他之所以捡回一条命,是佛祖救了他。

我也多次遇到过命运的鬼使神差。

其一是预先得知了爷爷的死讯。

那是22岁那年。

前一天晚上做了一个梦,梦到爷爷与母亲说话。好像没有说几句,老人家便飞起来飘向天空。吓得我梦醒之后,竟是一身冷汗。

第二天,接到家里电话,果然是老人家仙逝了。

其二是抽签结果应验。

某年春节,照例到青龙观抽签。

这一年的签是上上签。梁道长（青龙观主持）看了我的签之后，向我道喜。我问何喜之有；她答您家要添人进口了。我说不可能啊，儿子还在读书。

夫人明白了，说一定是小弟的婚事有谱儿了。

小弟，三十几岁。谈的女朋友不少，但婚事总没影儿。这回是确定了吗？

果然，几个月后的一个周末，见到父亲。

父亲说，你小弟要领证了。

最近遇到的一个事，更离奇。

年前本来有一次随团出访欧洲任务。签证、机票都已办好，连行前会都开过了。全团成员约定了集合的时间、地点。

出发前一日下午，特别到家附近的商场买出差用的洗漱用品。这时接到了工作人员电话，通知出访任务取消。

晚上12:00左右，接到妻兄电话，告知岳母病危。

与夫人匆忙开车赶往昌平岳父母家，岳母大人已然仙逝。尽管之前老人家曾经多次出现过险情，但经抢救、护理，都渡过了难关，而这次终没有过去。

事后，我对家人说，老太太真有法力。

相信许多朋友都曾经经历过命运的鬼使神差。

因为对于我们这个世界，对于我们的人生，还有大量的事实、真相是我们所不了解的。

"我们从哪里来？要到哪里去？"

这样的永恒命题，始终在考验着我们。

若干年前，有位朋友投给我一部书稿，书名为《100个死后生还者的口述故事》。书中收录的都是因为车祸、急症、受伤等原因而曾经"死去"（呼吸停止），经抢救生还的人，回忆他们处于濒死状态时的所见所闻。

他们的回忆，似乎有一些共同的东西，如见到了逝去的亲人，到了美丽的天堂，或者与自己的灵魂相遇，等等。

正是这本书，打破了我无神论的禁锢，从而对于人与世界有了多维的认识。

后来，我也阅读过《西藏度亡经》《西藏生死书》等书籍，进一步增加了自己对于生命轮回的知识。

其实，在一个多元社会中，是允许不同信仰存在的。

传统的中国社会虽然没有像西方一样建立起全民普遍的宗教信仰，但是，相信因果报应，相信有来世和下辈子，却是很多中国人根植心底的信念。

正是由于有了这样的信念，传统中国社会的和谐与稳定才有了社会心理基础。

环顾当下，我们会发现，不顾人类文明底线的事情屡屡发生。

这才是真正可怕的。

2018 年 2 月

做自己梦的权利

微信朋友圈里有朋友讲，看新近上映的印度电影《神秘巨星》时，哭得稀里哗啦的。

这一下子勾起了我观影的欲望。

我的泪点是很高的。

倒不是因为"男儿有泪不轻弹"的缘故，而是自己经历的苦难坎坷实在已经不少了。

一般的文艺作品，毕竟出于虚构，所以感动归感动，真要到哭鼻子的份上，基本已经无可能了。

待坐到世纪金源的星美影院观看《神秘巨星》时，故事还真扎心到几次有眼泪盈眶的感觉了。

对于印度电影，印象最深刻的莫过于《流浪者》了。

那是一个充满了阶级意识与人文关怀的美丽爱情故事：

强盗扎卡抢走了年轻法官拉贡纳特的妻子里列以便报复，但扎卡发现里列已有身孕后就放走了她。

但拉贡纳特却以为里列怀的是扎卡的孩子。

在一个大雨滂沱的夜晚，被赶出家门的里列在雨中的下水道里生下了拉贡纳特的孩子拉兹。

拉兹在贫民窟里一天天长大。

某一天，拉兹在扎卡的怂恿下去为生病的母亲偷一个面包，结果被关进了监狱。

12年后，拉兹出狱了，他在行窃时认识了一个美丽的姑娘，得知姑娘正是自己幼年好友丽达。

两个年轻人深深相爱了。

拉兹决定与扎卡一刀两断，做一个自食其力的人。但是在丽达的生日，拉兹再一次行窃，偷了一条项链给丽达。

而这条项链正是法官拉贡纳特的。

拉贡纳特警告拉兹不得再纠缠丽达。

在一个黑夜里，拉兹为保护母亲，杀死了逃避到此的扎卡，并准备杀死拉贡纳特。

结果刀子被拉贡纳特夺走，拉兹被判三年。

从小师从拉贡纳特学习法律的丽达自告奋勇担任拉兹的辩护律师。

在丽达紧追不舍的诘问之下，拉贡纳特不得不在法庭上讲述了他于24年前将妻子赶出家门的经过……

这部《流浪者》在改革开放初期的中国，曾经感动过千万中国观众。

在当时的年轻人中间，电影插曲《丽达之歌》成为最热门的流行歌曲。

后来的印度电影《大篷车》，演绎的是在吉卜赛人的大篷车队里发生的爱情与复仇故事。

同样让一代中国影迷如痴如狂。

岁月流转，时光老去。

又有好多年没有接触印度电影了。

而今看到《神秘巨星》，于自己不仅是一次印度电影的旧梦重温，更是了解时下印度世事人情变化与进步的窗口。

影片的故事十分励志，也十分具有普世性。

14岁的印度少女尹希娅热爱唱歌，尽管得到了母亲与同学小伙们背后的支持，却遭遇来自专制父亲与学校老师的极大压力。

作为男权思想严重的父亲，除了极力反对尹希娅唱歌之外，还想早早为她安排一桩他钦定的婚姻。

尹希娅想展示自己的歌唱才艺，却又怕被父亲知道，便只能穿上母亲的黑袍子，对着电脑蒙面拍摄并上传她自弹自唱原创歌曲的视频。

不曾想，凭借她天籁般的歌喉，竟然在网络世界一炮而红。

在印度音乐界备受争议的制作人夏克提·库马尔，也向尹希娅抛出了橄榄枝。

尹希娅的生活发生了翻天覆地的变化⋯⋯

可以说，这是一部通俗甚至是庸俗的"丑小鸭奋斗"的励志影片。

但毫无疑问，又是一部敲击观众心灵痛点的故事。

尤其是尹希娅的母亲偷偷卖掉项链给尹希娅买笔记本电脑的事被父亲发现。

父亲恼羞成怒，对母亲拳打脚踢。家暴的场景，观众的心情一定与小尹希娅的心情一样悲愤而痛苦。

影片中最打动人的人物除了"神秘巨星"尹希娅，就是她的母亲娜吉玛了。

她除了背着丈夫悄悄满足女儿尹希娅许多小需求以外，没有办法实质性地改善女儿的生活，更没有勇气离婚带她离开专制残暴的丈夫。

但是，这个表面软弱、逆来顺受、在女儿眼中有点"傻"的女人，实质上却有着与她外表不一样的坚强个性。

当年丈夫知道她怀孕是个女儿时，曾经狠心让她打胎，而她却瞒着所有人偷偷生下了女儿。

在机场，当丈夫为了减轻行李数量（全家拟飞往沙特），而要求尹希娅扔掉她心爱的吉他时，娜吉玛便彻底回归了她坚强、勇敢的本真。

她义正词严地对丈夫说："那不是垃圾，那是尹希娅的吉他。"

她毅然拉着尹希娅的手离开了丈夫、儿子，同女儿返回去了孟买的音乐颁奖盛典现场。

我以为，电影中反复出现的"做梦是每个人的权利"这句台词，可谓这部电影的灵魂。

正像《神秘巨星》所反映的，今天的印度仍然是一个男权主义倾向严重的社会。

尽管早就出现过如甘地夫人一样的女政治家，但女性的权利并没有得到应有的尊重。如电影中所表现的，女性在家庭中是多么弱势的地位。

尹希娅有当大歌星、大明星梦想的权利，这是多么自然的事情。

当然，对于我们而言，尹希娅的问题，似乎已经不存在了。

但事实也未必如此。

直至今天，在我们的一些地方，甚至一些人的心目中，女性权利仍然没有像男性权利一样得到尊重。

这从一些人的生育观上就可以看到，尽管有了女儿，仍然希望生儿子。

尤其在多元世界、多元思想的时代背景下，看看我们周围充斥着的是"做官"与"发财"的欲望，就知道我们的梦想是多么的单薄，多么的贫瘠了。

大树有参天的梦想，小草有摇曳的梦想。

每个人都有做梦的权利，每个人也有做自己梦的权利。

2018年1月

看《风筝》：为什么每一种信仰都值得尊重

前几日，在一个饭局上，一位老友说电视剧《风筝》如何如何好，建议在座诸君去看。

我平时本来不大喜欢追热剧，但既有朋友推荐便回家上网找来看了。竟连续一周时间沉浸到剧情中了。

坦率讲，《风筝》中有一些明显的漏洞。

比如，军统头子戴笠之死，牵强附会到让隐藏在军统的中共党员郑耀先（代号：风筝）起了作用。

又比如，在胡宗南包围延安的关键时刻，郑耀先竟然胆敢与顶头上司毛人凤作对，布置手下军统特务大肆抓捕与国军上层有亲属关系的学生，进而动摇、搞乱国军战略部署，给予延安解放军极大的支持。

再比如，让毛人凤祈求郑耀先去释放被捕学生。

不过，《风筝》仍然可以称为一部好剧。个人以为最突出的"好"是尊重了历史人物的信仰真实与可贵。

在剧中，曾墨怡、江心、陆汉卿等共产党员正是因为他（她）们具有坚定的信仰，才可能临危不惧、慷慨就义。

特别是剧中主人公郑耀先（周志乾），几十年奉命潜伏军统内部，在残酷斗争中侥幸生存下来。

中统、军统和共产党游击队都将郑耀先视为最危险的对手，欲除之而后快。

直至山城解放，郑耀先只能被迫以周志乾的名义生活，劳改、批斗，妻子自杀、女儿不肯相认、周围民众鄙视等所有人间苦难，郑耀先几乎——尝遍。

但他始终不忘初心，忍辱负重，以顽强毅力、丰富经验和过人智慧，为党组织提供了许多重要情报，而且将潜伏的重要变节分子和敌特分子江万朝、韩冰揭露出来，为革命事业清除了隐患。

毫无疑问，郑耀先强大的精神动力来源于他一生所珍视、追求的信仰。

不过，我更看重的是，该剧同样尊重并表现了部分国民党人坚韧不拔的意志与信仰。

最突出的就是军统潜伏在中共重要部门的情报人员，代号为"影子"的韩冰了。

韩冰在共产党内，完全可以称为"优秀共产党员"。但是，在她的心底装着的却是"党国的前途与命运"。抗战和内战时，她经历的是血与火的考验；在解放后，她又同郑耀先（周志乾）一样，命运多舛，先后在劳改农场劳动（劳改）和接受群众监督劳动（管制）。

用九死一生来形容她，该是极恰当的。

然而，就是这样一位优秀的"女共产党员干部"，竟然是一位"优秀"且"坚定"的军统特工。

再有像延娥、林桃两位中统女特工。她们也像男人一样拼杀疆场，抛头颅、洒热血；也像邻家女子一样敢爱敢恨，奋不顾身地追求心上人。

支撑她们的，固然有对于职业的执着与操守；另一方面，如果没有对她们所向往的"党国事业"的忠诚信仰，恐怕也是难以想象的。

另外，像宫庶、田湖与赵简之等，都曾经为抗战立下过战功，称为"民族英雄"也未尝不可。但是，当国共对垒、主义之争的时候，也都坚定地站到了捍卫自己信仰的立场上，并为此献出了宝贵生命。

《风筝》电视剧之所以感人，其中精彩的爱情戏份安排可谓功不可没。

剧中演绎了几段有意思的爱情。

其一，郑耀先与初恋女友程真儿的爱情。

这应当是一段志同道合的爱情。

郑耀先与程真儿，不仅是一对恋人，还是一对有着共同信仰的同志和战友。郑耀先是看着程真儿被中统特务制造的车祸杀害的。郑耀先之所以冒着极大风险除掉中统高层人物高占龙，为恋人程真儿报仇应当说占据了很大的成分。

其二，郑耀先（周志乾）与林桃的爱情。

这应当是一段患难爱情。

林桃本来是为了执行中统的"木马计划"去刺杀郑耀先的，却爱上了"六哥"郑耀先。她同郑一起亡命天涯，直到山城解放，不仅为郑生了女儿，而且与郑相依为命、相濡以沫。三口之家，尽管生活清苦，却也幸福平安。然而，云彩还是下了雨。先是林桃的中统特工身份被发现，后林又发现了郑耀先（周志乾）是共产党员的真相。

实际上，林桃的自杀，一方面是为了保护郑耀先（周志乾）和女儿；另一方面也有理想幻灭的原因。

其三，郑耀先（周志乾）与韩冰的爱情。

这应当是一段最复杂的爱情。志不同，道亦不合。

全剧的一条主线就是围绕着郑与韩的斗智斗勇展开的，而且两个人可谓"欢喜冤家"。在劳改农场，在管制劳动中，两个人建立起了感情，以至爱情。

当郑耀先确定了韩冰就是"影子"之后，当韩冰确信了郑耀先就是"风筝"之后，他们的爱情便戛然结束。信仰不同，爱情难再。

其四，宫庶与延娥的爱情。

这应当同样是一段志同道合的爱情。

尽管他们二人之间，曾经因为军统与中统之争而有过分歧，但当共同面对恶劣环境与命运挑战之时，两个人由相知到相爱。

虽然作为国民党一方的残余势力，他们走的是一条不归路，但他们之间"纯洁"的爱情，还是让观众十分感怀的。

如果需要总结，我愿意用"信仰不同，爱情难再"这句话，来阐明个人的爱情看法。

如果信仰、价值观不一样，男女双方是很难走到一起的；即便短暂走到一起，也照样会分道扬镳的。

2018 年 1 月

问西东：人的良知是如何泯灭的

本来，热门电影《无问西东》呼唤的是人的良知；而我却实实在在地从中看到了人良知的泯灭。

首先是许伯常老师的悍妻刘淑芬。

许刘是患难夫妻，许是靠刘的帮助才完成大学学业的。所以在刘的认知里，许必须懂得报恩，必须永远忠实于她，否则就是忘恩负义的陈世美。

当王敏佳替自己的老师许伯常打抱不平，写信批评刘淑芬时，刘便将一腔怒火烧向了王敏佳。

善良、正直、年轻美丽的王敏佳面对凶悍、刻薄、心胸狭隘的刘淑芬的污蔑时，是没有任何招架能力的。

特别是在20世纪60年代那样一个环境里，任何出身的"污点"、行为的"不当"都可能招来横祸。

于是在刘淑芬及医院一干"革命群众"疾风暴雨般的文斗加武打之下，王敏佳被活活折磨至死（没有真死，被同学陈鹏搭救）。

当然，刘淑芬的下场同样十分悲惨——跳井自尽。

事实上，刘淑芬的命运，也是十分值得同情的。但这并不能够抵消她泯灭良知的恶。就像世间许多做过坏事的人，受过的痛苦与委屈并不能构成他（她）做坏事的理由。

显然，刘淑芬是一个良知泯灭的可怜女人。

再有一个是王敏佳的同学兼同事李想。

李想与陈鹏都爱着王敏佳（他们三人是中学同学）。但李想的理想更为远大，他因为向医院主动提出去支边，而成了"英模""榜样"。

本来，是他与王敏佳一起策划并写了批评刘淑芬的信函。但是当刘淑芬闹上门来时，他却没有勇气承担责任，而由王敏佳一人扛下来。

当王敏佳被革命群众批斗时，他却在附近做着"先进事迹报告"。尽管他内心世界做着激烈的斗争，却没有向处于困境中的王敏佳，也是他爱着的王敏佳施以援手。

李想不是一个坏人，而是一个积极向上的有为青年。但他的良知却是泯灭的，至少是在对待王敏佳的事情上良知是泯灭的。

另外就是一群所谓的"革命群众"了。

当刘淑芬怒气冲冲地到医院质问王敏佳的时候，就有几个同样"义愤填膺"的姐妹陪伴在刘淑芬身边共同声讨王敏佳"勾引有妇之夫"。

在批斗王敏佳的会议现场，革命群众更是蜂拥而上，口诛之外，更对王敏佳拳打脚踢。

他们有一个共同的名字便是"革命群众"。

为什么有的人一生存有良知，而有的人却良知泯灭？人的良知是如何泯灭的呢？

在我个人看来，所有的人都是有良知的。也就是说，良知是人的天性。人人都具有善良之心、同情之心与悲悯之心，但良知却可能在一些人的身上泯灭。

那些罪恶之人，本就是良心让狗吃了，我们暂且不说。

大部分良知泯灭的人，未必天生是坏人。只不过由于他们的自私、褊狭、短视、无知，而让良知蒙尘、泯灭了。

比如刘淑芬。

她对许伯常的爱是自私的——尽管都说爱情是自私的，

但自私也要有个限度或者说底线，不能够将自己的痛苦建立在别人的痛苦之上。事实上许伯常已经不爱她了，她当然十分痛苦，她宁愿让许伯常也同她一样痛苦煎熬，也不能容忍许背离自己。

最具有代表性的一句话便是："我不好过，你也别想好过。"

表现在婚姻上就是，已经不爱了，也要拖下去，谁也别想好过。这样思维主导下的人生，必是痛苦的人生了。

比如李想。

李想作为一名有知识且追求进步的医生，本来不应当泯灭良知。就是因为他太想进步了，太想向上发展了，于是为了自己的进步，而不惜牺牲他人、朋友，甚至恋人。李想就是怕影响自己进步，而不愿意或者说不敢去承担自己应当承担的责任（与王敏佳一道）。

坦白讲，李想尽管因其所作所为而蒙羞，但还算不上恶劣。事实上，他自己也受到了良心的谴责。

环顾当下，踩着别人的肩膀往上爬者，靠打击他人而上位者，甚至为了达到目的而不择手段者，不是依然十分普遍吗？

至于那些"革命群众"，法国学者勒庞在其社会心理学名著《乌合之众》中讲到：

"当个人融入群体之后，会产生一段莫名的兴奋期，既为自己的归属感感到欣喜，也为那种潮水般汹涌的口号、宏大的仪式与场面所感动……当兴奋期过后，群体就会自动进入一种纯粹的无意识状态，丧失了自己的独立人格，也丧失了最基本的思考能力，保持着一种茫然而又躁动的状态。在这种状态下，群体很容易受到各种暗示的支配，并且非常容易将这种支配付诸行动。于是，犯罪行为就此产生了。"

我们看到，革命群众在批斗王敏佳的现场表现，与勒庞先生的描述是多么的贴近！

那些充满了"正义感"的革命群众对于王敏佳的施暴行为，不就是赤裸裸的犯罪吗？

我甚至还有另一种推测，我以为那些对王敏佳施暴者，除了无知之外，也有发泄邪恶之念的目的——你那么漂亮，那么如花似玉，还比我年轻，所以毁你容，让你去死……

我从来不相信人是天使，也不相信人是彻底的魔鬼。

2018年1月

为什么我讨厌商人习气

我曾经写过一篇《商人思维与政客思维》的文字，对商人思维，其实是商业文明给予了褒奖；而对政客思维进行了批评。

文章发出来后，评论着实不少。其中，也有个别朋友，对我推崇商业思维提出了尖锐的批判。

我知道，直到今天，其实仍有不少读书人对商业思维持鄙夷态度；甚至一些官员也对商人的锱铢必较很反感，更反感商人为维护利益而与有关部门过不去。

就我自己来说，尽管大半生搞出版，也算是做文化生意的。可是必须坦率地承认，自己离一个真正的商人差距极大。

最根本的原因，就是骨子里缺少商人基因；另外在思想上，由于受传统儒家文化"修齐治平"那一套"遗毒"的影响实在太深，故而对商业思维存在相当长时间的偏见。

我们的农业社会历史实在是太漫长了。近代以来中国的落后与失败，与其说是落后于西洋（包括东洋日本）的船坚炮利，不如说是落后于发达的商业文明。

今年是改革开放40年，我们用了40年的时间，实现了空前的、超越式的发展，归根结底，还是我们重视并发展了自己的商业文明。

一方面，我们需要继续光大我们的商业文明；另一方面，其实也出现了"重商主义"泛滥的恶果。

其景象便是，人人只认钱，物欲横流。为了钱，为了商业利益，不顾廉耻，不计后果。这应当说是很糟糕的。

现在打开电视机，在那些法制节目中、婚姻情感节目中，尽是些为了房产打官司的内容。

为了房子，父子干仗，兄弟成仇，夫妇反目，几乎让今天的中国人见怪不怪了。本质上，不过都是为了钱而已。

如此社会乱象的出现，有人认为是市场经济惹的祸；有人开始对商业文明持怀疑态度，甚至怀念起计划经济了。这是让我们很担心的。

若认真思考，我们会发现，其实我们在很多时候讨厌的不过是商人习气，而不是讨厌商业文明、商业思维。

何以见得呢？

比如，我们一定对那些见利忘义的小人嗤之以鼻。

那些小人，未必是为了获取什么大利益。很多时候只是为了图一点蝇头小利，就敢出卖灵魂，背弃朋友。

记得小的时候，妈妈就讲过不能与贪小便宜的人交朋友。在后来的工作与生活中，的确发现了不少见利忘义的小人。有的，还真是让自己受过伤害。

见利忘义，很显然与正经的商业文明、商人道德八竿子打不着。

明晓商业之道的人，常常是不会对小利动心的；相反为了长远利益、更大利益，而甘愿舍弃小利益与眼前利益。

又比如，我们一定很讨厌那些信奉金钱万能，将什么都与钱画等号的人。

尽管我们身处商业社会；但也并不是什么都可以用金钱来交换的。

至少在法律、正义面前，公权力是不可以随便用钱来交换的。腐败分子往往信奉金钱万能，其结果多没有好下场。

另外亲情、爱情、友情，虽然也不能说完全与商业利益无关，但将上述人类感情彻底商业化，恐怕也是有问题的。

事实上，将人类所有的关系都变成赤裸裸的金钱关系，也并不为高度发展的商业文明社会所推崇。

我们可以看到在欧美等发达国家，人们乐于助人，资本家、有钱人热衷于慈善事业。像比尔·盖茨、巴菲特等，都将财富的大部分用作慈善。

相反，越是商业文明不够发展的地方，反而越容易滋生拜金主义。

买卖婚姻不都是发生在穷地方、穷人家吗？

在一些地方，人们似乎干任何事情——找工作、升职、就医，都得花钱才成；反而凭本事吃饭，按规则办事，常常行不通。

因此，这些年来，某些城市人口外流，特别是青年人待不住，不能说与商业文明发展滞后不无关系。

再比如，我们也常常不能容忍，或者说极其反感商业欺诈。

应当说，只要搞市场经济，就有出现商业欺诈的可能性。其实，在计划经济的年代里，照样也没有杜绝过商业欺诈。

我们不能因为有商业欺诈现象的存在，而将商业文明加以否定。

若干年前，美国就发生过安然公司等财务舞弊案，让全世界为之震惊。

多年前，吴敬琏教授曾经勇敢地指斥我们的股市：

"中国股市股价畸高，相当一部分股票没有了投资价值。从深层次看，股市上盛行的违规、违法活动，使投资者得不到回报，变成了一个投机的天堂。有的外国人说，中国的股市很像一个赌场，而且很不规范。赌场里面也有规矩，如你不能看别人的牌。而我们这里呢，有些人可以看别人的牌，可以作弊，可以搞诈骗。坐庄炒作，操纵股价这种活动可以说是登峰造极。"

吴老讲这段话的时间是2001年。

而今，17年过去了，我们的股市有多大改观呢？虽然不能说一点改观没有，但彻底的改观应该说还没有出现。今天的股市，依然有造假的现象。

至于让人们痛恨的毒奶粉、毒食品、毒蔬菜，也还没有从我们的生活中完全消失。

记得十几年前，在电视节目中有一位做牛奶的商人可谓风光无限，不仅大谈商业道德，而且还亲自向青年创业者传授企业经营之道。

当时，对于这位华而不实的商人做法，自己心中就有过疑问的。

果然，之后不久（2008年）他生产的牛奶便爆出了三聚氰胺严重超标的丑闻。

直到今天，我家人买牛奶，依然只买北京三元牌的牛奶。至于那个品牌的牛奶，尽管已经与那个商人没有任何关系了，却仍然让她不放心。

最后有一点，我们对于所谓的纯粹商人常常不感冒，而对所谓的儒商则心存敬意。

我对于这样的看法，其实也是持保留态度的。

我们反感纯粹商人，反感的不过是商人唯利是图的习气；而对于所谓的儒商，敬重的不过是商人身上的书卷气。

环顾当下，我们会发现大凡有点成就的商人，多已经贴上文化标签了。连做二人转生意的某知名艺人，都上过MBA了。

我想说，"儒商"今天不过是商人的另一种表达而已。

我曾经听一个朋友讲过：她曾经的老板就是一个著名的大亨级"儒商"。老板在媒体上被包装成一个高级文人，而在公司里却是一个随口骂人的"暴君"。

换一种说法吧——

有时我很讨厌社会的丑陋,却仍然抑制不住我对它的爱;同样,我很讨厌商人习气,却对商业文明充满了敬意。

2018 年 3 月

看《后来的我们》：谁的青春不迷茫

"少年不识愁滋味，为赋新词强说愁。"
也就是说少年的愁，不是真愁。
那么，青春的疼痛是不是真痛呢？
在个人看来，也许是真的；但对于漫长幸福抑或痛苦的人生来说，又算什么呢？
刚刚上映的、由大美女歌手刘若英导演的电影《后来的我们》便是讲述一对北漂青年疼痛的故事：

10年前，见清和小晓偶然相识在归乡过年的火车上。两人怀揣着共同的梦想，一起在北京打拼，并开始了一段相聚相离的情感之路。10年后，见清和小晓在飞机上再次相遇。命运似乎是一个轮回……

电影中这对苦命恋人的故事，可以说是万千北漂青年的缩影。电影中见清与小晓同居的危楼蜗居的画面，几乎就是曾经的唐家岭、树村，更早的魏公村、大红门，如今的昌平史各庄、大兴黄村、顺义后沙峪等区域城中村的真实写照。

因此，尽管电影中的主人公哭得稀里哗啦，观众中不断传出抽泣声音，而我却没有特别重的悲伤。

我亲身接触与听闻的悲伤故事，远比影片中的悲伤沉重得多，撕心裂肺得多。

1990年代中期，我住处后面的木板房中群居的打工者，夜里经常被联防和城管的人敲门搜查，而且都会伴着孩子的哭声、女人的哀求声与男人的喊声,让我整夜失眠伤悲。对,就是90年代的魏公村。

我熟悉的一位北漂作家朋友某兄,仅仅因为没有随身携带身份证,用带有陕西家乡话向检查者抗争,于是就在大马路上被带走了几个月(电影中见清卖黄盘被挽留不过几日)。

为我排版设计书稿、来自安徽乡下的小陈,连续几次被人带走到昌平工地筛沙子,然后再被赶回老家(当然遣送之后再跑回北京)。

自然这都是十几年前发生的故事。

最近令我伤悲的一个故事,发生在为我治疗颈椎病的按摩师杨大夫身上。

杨大夫大学毕业后在河南老家医院干了一两年,便辞职来到北京寻找发展机会。尽管不久便认识了同样是北漂医生的丈夫,并且很快有了儿子;但还是因为贫穷争吵,与丈夫离了婚。

而今20年过去了,仍然是单身一人,每天都工作到深夜。十年前离婚的丈夫,今天春节前因病撒手人寰,留下了刚刚上大学的儿子,儿子只能又回到杨大夫身边。原来每天拼命地工作,还可以略有积蓄的她,现在则要一人独自供儿子上大学了……

不仅我,还有家人,都经常到杨大夫租住的工作室(也是她与儿子的住处)找她按摩。既是因为她技术高超,也有照顾她生意的意思。前段时间,每次去都听到她长吁短叹,感慨命苦,来北京打拼20多年,仍然房无一间,孑然一人,年过40岁独自抚养儿子。

记得当年在学校工作的时候,有时会碰到上过自己课的学生,毕业好几年了还混迹于学校的学生宿舍。

我问他们为什么不回家乡找工作,何必在北京漂着受苦？他们的回答差不多：回家乡小地方，干什么事都得花钱托关系托人；至于找工作，那就更要有硬关系，花大钱不可——那根本不是农民子弟力所能及的。而在北京虽苦，却是有机会的。

事实不正是这样的吗？

我也亲眼见识过个别北漂青年成功的事例，有的甚至是大成功：有的从一名不文，成为亿万富豪；有的从摆摊开始拥有了大公司……

电影中的见清不仅成功开发了自己的游戏，而且还买了大房子，娶妻生女；小晓也麻雀变凤凰，脱离了苦海。尽管失去了他们的爱情，但是不是就真失去了呢？也许是他们的另一次开始也说不准呢！

话说回来，谁年轻时没受过苦呢？谁的青春不迷茫呢？

2018年5月4日

那些国家失败的警钟

美国的德隆·阿西莫格鲁和詹姆士·罗宾逊两位经济学教授共同写作了《国家为什么会失败》一书（中文版已于2015年由湖南科学技术出版社出版）。在书中他们回答了困扰人类几个世纪的问题：为什么有的国家富、有的国家穷？国家为什么按照富裕不富裕、健康不健康、食物充足不充足来划分？是文化、天气与地理特征决定了一个国家的命运？

作者总结整理了罗马帝国、玛雅城市国家、中世纪威尼斯、苏联、拉美、英格兰、欧洲、美国和非洲的大量历史证据，得出的结论是人为的政治和经济制度对经济成功（或经济不成功）至关重要。就是说是制度决定了一个国家的成功或者命运。

近日，媒体爆出了一条大新闻：曾经因石油储量位居全球之冠而富得流油的南美国家委内瑞拉，成了全球通胀率最高的国家。委内瑞拉国民议会财政经济发展委员会发布的报告显示，与2017年同期相比，2018年4月该国的通货膨胀率达到13779%。这个数字证实了各大机构此前的预估，显示委内瑞拉是目前为止全球通货膨胀率最高的国家。国际货币基金组织预计，委内瑞拉2018年通货膨胀率将突破13800%。

有分析人士表示，尽管这个南美洲国家石油蕴藏量居全球之冠，但难免部分债务违约且粮食和药物严重短缺。总统马杜罗不断印钞,致使货币玻利瓦尔变得几乎一文不值。据悉,马杜罗日前下令将于6月发行新货币,新货币的面值将是现行货币面值的千分之一。

很显然,这个没有战争,也没有自然灾害发生的委内瑞拉,完全由于制度之祸、人为之祸,国民由原来的富足生活一下坠入水深火热之中。

委内瑞拉国家失败命运的肇始,源于查韦斯总统上台后推行的号称社会主义性质的制度变革。靠搞左翼政治运动和军事政变起家的查韦斯,以拯救委内瑞拉大量贫穷人口为号召,于1998年当选总统,并一直干到2013年去世,总共当了15年总统(他本想做终身总统)。15年间,在他的主导下,强制推行国有化、修改宪法、削弱议会权力。在国际上,与美国等西方主流国家搞对抗。实际上他所做的拯救穷人的承诺,从来都只停留到口号上,而真正追求的不过是他的无限权力和领袖欲。

查韦斯去世后,他的继任者马杜罗总统"萧规曹随",继续执行没有查韦斯的"查韦斯路线"。终于将这个历史上曾经比美国还富裕的国家,带到了贫穷国家的行列。

中国历史上也有过不少因制度之祸而导致的"国家失败"的惨痛教训。

一、北宋乱发"交子"(纸币)而灭亡

北宋的交子(后改为钱引)是中国也是世界上最早的纸币,约产生于宋太宗淳化年间(990—995)。开始由成都16家富商联合建立交子铺,发行交子。天圣元年(1023)成立益州交子务,翌年发行官办交子。交子发行以3年为一界,界满以新交子收回旧交子。每界发行控制在125万余缗(贯),以铁钱为钞本,币值较稳定,对经济发展起了促进作用。

宋仁宗庆历年间(1041—1049),因对西北用兵,益州交子务在陕西发行无钞本交子60万贯,以充军费。神宗熙宁年间（1068—1078），规定两界交子同时使用，引起贬值。宋哲宗绍圣年间（1094—1098），因对付西夏，增加发行额达到188万贯，由于两界发行，实际数加倍，于是通货膨胀加剧。

到宋徽宗在位时，政府滥发交子，交子信用下降，遂于大观元年（1107）把交子务改为钱引务，改称交子为钱引。不久，河、湟的军费全仰发行纸币来解决，发行额达2655余万贯。由于两界发行，其数相当于神宗以前的42倍，一般贬值3/4，有些地区贬值90%，引起物价飞涨，民怨沸腾。北宋政权在内外交困中终于走向灭亡。

二、元自坏钞法，自取恶果

元代货币以纸币为主，其纸币制度称为钞法。元代钞法经历了中统钞、至元钞、至正钞三个阶段。中统钞于中统元年（1260）发行，以金银为本，钞本不许亏欠挪用，发行量严格控制。到忽必烈末年，信用有所降低。至元二十四年（1287），又发行至元宝钞，与中统钞并行，一贯当中统钞五贯，即承认中统钞贬值4/5。至元十年（1350）又发行至正交钞，一贯合至元宝钞二贯，二钞并行流通。至元十七年（1280年）起，佞臣阿合马当权，为应付财政困难开始大量印钞，又动用钞本，便出现恶性通货膨胀。"行之未久，物价腾跃，价逾十倍，又值海内大乱，军储供给，赏赐犒劳，每日印造，不可数计。舟车装运，轴轳相接，交料之散满人间者，无处无之，昏软者不复行用，京师料钞十锭，易斗粟不可得。既而所在郡县，皆以物货相贸易，公私所积之钞，遂俱不行，人视之若弊楮，而国用由是遂乏矣"（《元史》卷97：《食货志》）。元政府自坏钞法，加速了灭亡。

三、经济崩溃失民心，导致民国政权覆灭

1935年11月4日，国民党政府为摆脱美国白银政策引起的白银上涨，给采用银本位制的中国带来严重影响，因而实行法币改革。规定由中央、中国、交通三银行（后又加上中国农民银行）发行的钞票为法币；禁止白银流通；将白银收归国有；法币汇价为一元等于英镑一先令二便士。法币是一种以外汇为本位的货币制度，它借助无限制买卖英镑来维持币值。后来又投靠美元，从而打上了深刻的殖民地货币制度的烙印。

1942年7月，法币的发行集中到中央银行。由于国民党政府完全控制了金融业，发行法币又没有限制，这就为法币不断出现通货膨胀铺平了道路。在法币改革前，1934年年底全国主要银行发行的兑换券总计约5.6亿元。到1936年1月，即法币改革后两个月，已增至7.8亿。此后更是猛增，至1948年8月21日已达6636946亿。与此同时，物价上涨得更快，如以1937年6月重庆物价指数为1，则1948年8月21日上涨至1551000。而上海物价比重庆更高，如以1937年6月为1，则1948年8月21日为4927000。当时有人说，战前能买一头牛，这时只能买1/3包火柴。

在法币已走到了绝境时，国民党政府垂死挣扎，于1948年8月20日发行了金圆券。此券由中央银行发行，法币按300元合金圆券1元收兑。企业及个人持有的金银外币限期兑换金圆券，违者没收。金圆券发行限额为20亿，发行准备必须有40%为金、银、外汇。

金圆券是金汇兑本位制，实际上是一个骗局，因为黄金收归国有，外汇不能买卖。相反，国民党政府借发行金圆券大规模掠夺了人民手中的金银外汇。据统计，从1948年8月23日到10月31日，中央银行收兑的金银外汇约合2亿美元。

金圆券原定限额发行，但不到3个月，即1948年11月底已发行33.94亿。于是宣布取消限额，此后发行额直线上升，到1949年4月上海解放前夕，已达51612.40亿。与此同时，金圆券面额从1元一直发到50万、100万。物价也一日数涨。当时上海一商店曾一日改换商品标价达16次之多。各地发生抢购风潮，暗地则以银元交易。1948年8月到1949年5月，金圆券的发行增长了307124.3倍，同期上海物价上涨了6441361.5倍。金圆券仅发行9个月，就变成了废纸，这在世界货币史上是罕见的。

国民党政府12年中发行法币和金圆券，从全国人民手中掠夺去150亿银元。随着金圆券的垮台，国民党也被中国人民解放军赶出了大陆。

不要以为经济危机的风险远离了我们。

像委内瑞拉，一个普通汉堡的售价是1500万津元的津巴布韦；像严重衰退的俄罗斯……都在不停地向我们敲着警钟。

2018年5月10日

理想与乡愁：一个理想主义者的省思与夙愿

你为什么挺柳传志

近日，联想被一些人扣上"卖国"的帽子，且发现有人声讨联想的调门竟然越来越邪乎。

终于联想的创始人兼精神领袖柳传志先生坐不住了，愤然起而公开回击，声称要打赢这场联想荣誉保卫战。

对于，联想和柳先生，我一向尊敬——这不仅因为自己是联想电脑的最早一批用户，还因为聊传志先生多年来做了大量的公益工作，特别是为青年创业提供过不少指导性意见。

但是也不能说，我对柳先生是持完全正面的看法。

2013年6月，柳传志在一个内部论坛上发言。这个发言被概括为"在商言商"，而引起剧烈争论。柳传志是这样说的："从现在起我们要在商言商，以后的聚会我们只讲商业不谈政治，做好商业是我们的本分。"

就是从那个时候起，我便对柳有了"圆滑商人"的认识。

当然，我也不认为企业家需要像政治家那样承担政治使命；也不需要像学者那样肩负批评社会的责任。但是，对于政治向善、制度进步、社会发展，企业家特别是大企业家，如果完全将自己置身事外，做一个彻底的旁观者，只是想着如何赚钱，恐怕就不仅是合不合身份的问题了……

毕竟像柳传志先生那样具有巨大社会影响力的企业家，是有条件也有能力在自己的领域为民请命，为社会进步和制度变革做一点力所能及工作的；而不是仅为自己的企业利益而殚精竭虑的。

很可惜，柳先生并没有这样做，他只是主张"在商言商"。

当然，柳先生如此行为一点也不令我意外。

毕竟，自近代以来，中国大部分的民族资本家都是要迎合权力才可获得商业成功的。否则不仅不可能成功，还很可能会成为牺牲品。

最突出的例子就是胡雪岩。与其说是商业的成功，不如说他是商业贿赂的成功。他起家之时，为了获得权力的保护，连将自己的小妾送人这种下作的勾当都做得出来。

至于民国时代的民族资本家，有脊梁、有骨气的寥寥无几。因为无论是北洋政府，还是国民政府，也都是权力说了算、枪杆子说了算。发财赚钱必须有权力加持、枪杆子的保护才成。

到了计划经济年代，我们最熟悉的口号便是"割资本主义的尾巴"。

民族资本家的真正春天，当是从邓小平搞改革开放开始的。邓公晚年力推市场经济，让中国一部分人先富了起来。这部分人当中，就包括了以柳传志、段永基、宗庆后、王健林、史玉柱等为代表的一大批民营企业家的崛起。

事实上，改革开放之后崛起的民族资本家，尽管可以说他们都是市场经济竞争的胜者，但不能忽略的是他们都或多或少与权力扯上了关系。

这也就可以理解，为什么民营资本家，不愿意介入公共事物，甚至有意主动远离政治，只醉心于"闷头发大财"？

中央党校的青年学者张伟博士于2015年出版过一本《市场与政治：中国民商阶层脸谱》的著作。作者基于详尽的田野调查和实证分析，提出了民商阶层在中国当代政治发展中的三种可能作用的观点，即"推动者，阻碍者，或旁观者"。

在现实社会中，即使小商小贩，也是完全脱离不开政治影响的。可以设想，如联想集团、柳先生，怎么可能只是"在商言商"呢？

联想今天成为舆论焦点，可以说是对柳传志先生所主张的"在商言商"的极大讽刺。

我不太相信，仅凭柳先生和联想集团，以及他周围的企业家朋友就可以让那些人停止泼脏水；我也不太相信，柳先生和他的联想集团经得起显微镜般吹毛求疵的审察——毕竟在我们这样一个过渡型的市场经济环境下，企业与个人是不可能完全独善其身的，联想和柳先生也不会例外。

那么，如何平安渡过这场风暴？

我以为，唯一的办法是依靠法治的力量。企业名誉保护，完全可以通过法律诉讼的渠道加以解决，为什么柳先生和联想不走法治的途径呢？

2018年5月23日

没有不可以砸的"饭碗"

若干年前,民间有所谓金饭碗、铁饭碗与泥饭碗之说。

所谓金饭碗,是指不仅收入高,且稳定轻松的工作。曾几何时,大国企如中石油、中石化、大银行、大金融机构等,被认为是"金饭碗"。为了子女大学毕业捧上金饭碗,有多少家长托人找关系走后门;又有多少家长花了大钱(少则十几万,多则几十万)才给子女谋上了银行差事。

所谓铁饭碗,自然首先是指公务员了,其次是事业单位。直到今天,千万年轻人"争过独木桥"参加公务员考试,仍然是我们独有的一大景观。在东北哈尔滨市竟然出现3000大学生争相应聘清洁工岗位的奇怪现象,只是因为清洁工拥有稳定的事业编制。

至于泥饭碗,就是不被多数国人看重的中小民企合同制员工,以及自主创业的工作了,即所谓朝不保夕、随时有失业风险的岗位。

事实上,中国还有一大类人群,就是农民。他们中的大部分人,甚至连所谓的"泥饭碗"也没得端。即使他们来到城市里,也大多干的是苦、脏、累的工作,没有社保、没有医保,随时可能被炒鱿鱼。

"大风吹,吹什么?"社会风潮真是瞬息万变。

"两会"刚刚结束,党和政府机构的改革便开始行动起来了。首先是中央动,接下来省市县肯定也要动起来。尽管这次机构改革，没有提分流人员，但大批的冗员如何解决也是必须过的难关。可以确信，公务员，干和不干一个样，干好干坏一个样，"一杯茶水一支烟，《参考消息》看半天"，永远没有失业之虞的好日子，将一去不复返了！

更刺激的大消息近日又传来：一向被国人青睐的，被视作"金饭碗"的银行业开始了大裁员。

据刚刚公布的2017年年报分析，去年工农中建交这五家国有大银行，员工数量（含劳务派遣）共减少了2.7万人。

这当然仅是开始。随着以移动支付为代表的金融科技革命的到来，传统银行业将面临着越来越大的压力与挑战。

银行业内人士称："目前的趋势是，移动支付消灭现金、银行卡，互联网消灭网点、ATM机。"那么意味着原来在上述这些岗位工作的人，都将会被代替掉。

当然，传统银行的变革，也不仅为中国所独有，全世界也大体如此。

2018年春节前后，澳大利亚四大行之一的国民银行NAB突然宣布裁员6000人。而它的总员工为3万人，相当于每5个人就有一个被解雇。据了解，澳洲其他几大银行也将很快宣布裁员。2018年，预计将裁掉2万名银行人。

再看看其他国家的情况。

日本最大银行三菱日联正考虑在未来裁撤大约1万名银行员工；

澳洲国民银行计划裁员4000人，相当于其员工总数的12%；

苏格兰皇家银行将关闭259个分支银行及网点，并裁员680人；

德意志银行年终奖泡汤，裁员数千人，半数员工可被人工智能取代；

日本瑞穗银行会削减三分之一的员工，近万人将丢饭碗；

瑞信银行将在2018年年底前，在全球范围内裁员5000人。

花旗银行预计10年间欧美银行将裁员30%，波及170万人！

英国最大商业银行巴克莱的前CEO预测说：未来，全球银行业要裁减一半的员工和分支，才能在汹涌的科技变革中求得生存。

《失控》的作者凯文·凯利更是大胆预测："20年内，传统银行会消失。"

只是银行业面临危机吗？个人看来，在互联网与新技术的冲击下，任何行业都将发生巨变。

新能源产业，已经对传统的化石能源行业发起了挑战。而今天的中石油、中石化等国企的日子，同样越来越不好过了。

传统的传媒业、出版业正面临前所未有的痛苦转型。报纸、电视、广播、图书、期刊的影响力与商业收入逐年萎缩。报纸倒闭，已不鲜见了。

孙中山先生曾经说过："时代潮流，浩浩荡荡，顺之者昌，逆之者亡。"今天我们所面临的时代潮流、时代巨变，可谓历史从未有过的。

如果你的思维、你的认识，仍然还在所谓的"金饭碗""铁饭碗"与"泥饭碗"中纠缠、纠结，那么可真是"OUT了"！

今天，已经完全可以断言，一个工作干一辈子、一个单位混到退休，这样的时代已经彻底过去了。

也就是说，没有不可以砸的饭碗；只有那些勇于主动砸饭碗，且有能力砸饭碗的年轻人，才不会被时代洪流淘汰掉。

前段时间有个新闻，说唐山收费站宣布关闭，需要裁掉全部收费员。这让员工很难接受，被裁员工说："我除了收费啥也不会干！"这个事件引起了网络上、媒体上的热议。

毋庸讳言，担心自己饭碗的，何止公路收费员啊？！

机构合并，如果你只会做官，不会干别的那就不好了；

中国最不缺的，就是官员。

银行裁员，如果你只会点钞票，不会干别的，那就只好回家养娃了。

未来，如果律师、医生、教师、司机、保姆都可以被机器人代替的时候，社会该是一种怎样的面貌呢？

不过，不管社会如何发展，技术如何进步，潮流如何迅猛，总有不可以代替的东西，特别是需要我们用创造力、想象力与价值观来完成的工作，恐怕永远也无法代替，至少无法全部代替。

你可以被代替吗？

2019 年 7 月

草根阶层如何获得财务自由

个人看来,只要还是主要依靠上班挣工资赚生活费的人(家庭),都属于草根阶层;当然也包括靠领退休金生活的人。所以,如果说草根阶级也可以实现财务自由,那一定有人认为你讲昏话了。

我当然认为是可以实现的。特别是在北京居住生活的人,只要你愿意其实都是可以实现的。

不过必须要界定一下草根阶层的"财务自由"的标准:首先是必须要在北京拥有一套不管多小,但一定是自有产权的住房;再有就是稳定可持续的现金收入(超过你家庭基本生活支出的净收入)。

这样看来,在北京生活的人群中,这样的"财务自由"人士应该不在少数。特别是一些聪明的北京大妈,她们单是凭借自己的聪明才智就获得了这样的财务自由。

我曾经的一位邻居大姐,就是这样一位聪明的"北京大妈"。

她10年前与丈夫离婚,与儿子一起住一个50平方米的小房子。不到一年儿子要结婚,她只好到同一个小区租房住。她发现租房住还不如狠狠心把租的房子买下来更划算,于是她拿出了仅有的存款付首付,其他部分用银行贷款。这样她原来每月的房租,变成了还银行贷款了,但房子变成了自己的财产。而今,房子升值超过4倍,贷款早已经还完。她现在在郊区租房居住，而把市区的房子用来出租赚取差价。这样的结果，连同退休金，她每月的净收入达到1.5万元——要知道北京退休的局级干部也到不了这样的水平，而她不过是一名退休女工。

像这位北京大妈的聪明做法，经济学家谢国忠曾经总结过一个概念，叫作"生活成本套利"：通过从生活成本高的地方向生活成本低的地方转移而实现利益。

据说，不少韩国人精通此道。若干年前，有不少韩国人将首尔（汉城）的房产卖掉来到北京，买了望京地区的房子生活，不仅赚取到巨额的房子差价，而且房子还变大了；另外来北京工作或者做生意，收入还比在韩国增长许多，自然生活质量也上了大台阶。今天的北京望京，已经成了北京最大的韩国人聚集生活区。

"生活成本套利"，其实是一个人人可学可用的生活常识。只要你愿意实践，就可以让生活发生可喜变化。

2019年7月

怎么判断你的婚姻值不值得挽救

每年的暑假一到，就到了学生父母的离婚黄金期。原因不过是孩子或中考结束或高考结束，培养孩子的阶段任务大体完成，可以为自己考虑了。本来凑合的婚姻不想再凑合下去了，于是离婚便提到议事议程。

说起来，不管是男人还是女人，对于婚姻都是有一个倦怠过程的。恐怕这世界很少有人能够永远对另一半保持激情与热情。

而且，可以注意到，近些年来女性主动提出离婚要求的人数在不断上升。我当然没有这方面的官方数据，但有身边的感知数据。有多位朋友的婚姻解体，都是女方提出来的。

如果依照民间的常理，大多数人都会对婚姻持"劝合不劝离"的态度，还有另一种更形象的说法："宁拆十座庙，不破一桩婚。"可如今，社会上对这样的常理已经基本不太在乎了。越是理解你的人，越有可能做"劝离"的人。

至于从法律上讲，婚姻诉讼，调解虽然还是一个必经的程序，但现在法官和律师更多关注的是财产分割是否合理了。

有鉴于今天离婚已经是一个社会正常且普遍的事实，所以不管是准备走入婚姻，或者是已经步入婚姻的人，都可能会遇到离婚的困扰。

在我个人看来，现代人类有一个巨大的认识误区，就是认为婚姻的存在应以爱情为基础。实际上，中国的《婚姻法》

立法本意即持此论。中国的《婚姻法》规定,将"感情是否破裂"作为是否准许离婚的要件。

当然,我无意否认爱情对一个人的重要性,但是爱情并不是人的生活和生存的必需品。我相信,这世界上,一生不曾拥有过爱情的人是大有人在的。而且爱情也不一定就依附于婚姻之上;没有婚姻的人,未必没有爱情;而拥有婚姻的人,未必拥有爱情。何况爱情这个东西,更多的时候带给人的不是幸福而是痛苦。

基于这样的认识,我们可以观察到,大量没有爱情的婚姻,一样很和谐,甚或说幸福,比如,中国的旧式婚姻、包办婚姻,举案齐眉、白头偕老、子女成群,比比皆是。今天中国人的婚姻,拥有爱情者,到底几何?恐怕没有人能说得清。但说得清的是,门当户对、夫妻和睦、相互包容、相互容忍、相互负责等,倒是婚姻长久、稳定的重要条件。

爱情这个东西,按照弗洛伊德的理论,完全是"力必多"发挥作用。所以更多的是心理感觉,本质上是不会长久的。爱情的保鲜期很短,是每一个人都无法回避的严酷人生课题。

那么,回到我们前文提到的离婚问题,离婚本质是解除痛苦、重新选择幸福的一种制度安排。如此说来,应该将"是否痛苦""是否可以忍受"作为离婚的要件才更合理,也更合情。

那么当你婚姻遇到问题的时候,可以扪心自问:是否痛苦得不能忍受下去了?如果是,就大胆地选择离开。如果不是,就说明你的婚姻是可以挽救的。

2019年7月

如何让你的财商一飞冲天

一个年轻人若在今天竞争激烈的社会立足,不仅需要智商、情商,也需要财商。

所谓财商就是一个人创造财富的能力。说白一点,就是赚钱的本领。

而财商可不是每个人都具备的,也不是谁读书多,谁有学问,就一定财商高。

相反,中国的教育最容易培养"书呆子"型人才,即只会考试,或者只懂自己的专业那点事,他们在社会中往往成为"低能儿"与"失败者"。

曾经闻听过这样一件令人悲伤之事:

某位母亲为了让儿子考上理想的大学,从高中阶段开始就在学校旁租房陪读。儿子只管读书考试,其他一概不用管。衣来伸手,饭来张口,十六七岁的年纪,个子不高,血压偏高,体重超过200斤,走路都喘气。本来应届高考考上了师范学院,由于没有达到母亲的理想目标——理想目标是政法大学,毕业了当法官、检察官,有权有势,在乡亲们面前扬眉吐气——母亲在农村从小受欺负,想当然地以为做法官、检察官,就可以有权有势,没有人敢欺负了。所以,她没有让儿子去读师范学院,而是举债让儿子复读。复读第二次高考,儿子又考上财经学院。母亲还是不满意,再次让儿子放弃入学,重新复读。她给儿子下了死命令,不考上政法大学,就一直复读下去。到了第三次高考结束，儿子只考上了个专科。至于母亲是不是还要继续逼儿子复读，就不晓得了。

我可以判断，这样的孩子，即使考上政法大学，也不会有多么光明的前途。因为，他连基本的生存能力都不具备，更不用说什么财商了。

当然，一个人财商的高与低也不能说完全与教育背景没有关系，事实上关系是很大的。

大家都知道，当年北大中文系出了个卖猪肉的毕业生陆步轩。虽然只是卖肉，但今天他不仅拥有了属于自己的猪肉品牌，并且已经是身家百亿的富豪了。

我想起自己的一个有着非凡财商的小师妹来。若干年前，她在回龙观做房产中介。事实上，干房产中介这一行的年轻人，尽管也有不少大学生，但多是外地三本或者民办大学毕业的，很少有北京名牌大学出身。因此，名校法律专业毕业的小师妹入行房产中介不到一年就当上了店长。3年时间不到，就利用金融杠杆，在回龙观地区给自己买了3套房子。我认识她时，回龙观的房子升值到了2万多。不到30岁的她，早早就让自己成了一个名副其实的数百万级的小富婆了。

另一方面，财商有可能是天生的，更有可能是训练培养出来的。

今年春节假期，我和家人自驾到西安去玩。未到西安前，我就在木鸟短租平台上预订了一处位于市中心大雁塔附近的民宿。进入西安城后，年轻的民宿老板小王就开始在电话里导航指引我走哪条路，到哪儿停车，在哪儿接我。接上头后，发现小王老板就是个刚毕业不久的大学生，说一口陕西普通话。与他聊天，得知他毕业于首都经贸大学。毕业后在链家房产中介只干了一年，就离京回家乡西安创业了。他现在手头握有8套位于西安市繁华地段的民宿房子。他的方法是用年付或者半年付的方式从房主手中租下房子，短则至少1年，长则3年。由于租期长，所以房租压得较低。他对租到的房子稍加整理，或者添置点生活用品，便在木鸟、途家、小猪等互联网平台上，以日租的形式对外招租。他只有两名员工：他和姐姐。至于打扫卫生、收拾房间等杂活都交给了第三方保洁公司来做，他只是坐地收钱而已。以他现在的收入水平，不仅远远超出了他同龄上班打工的同学，甚至也超过了上大学时教他的教授们了。

很明显，小王同学的高水平财商得益于他在大学接受的教育，但更主要的是从北京房产中介那里学来的本领。

今天中国的市场经济，尽管还不是很规范、很完善，但只要你领悟了在市场经济大潮里生存的法则与真谛，你的财商就有了一飞冲天的机会了。

2019年7月

挣钱多的工作与有前途的工作

年轻人择业,是与婚姻一样同等重要的人生大事。特别是年轻人的第一份工作,很可能会决定他一生命运的起伏兴衰。

照时下的社会风气,金钱似乎成了最重要的标尺。一个年轻人,或者一个成年人,在社会上有没有地位,在亲友面前有没有面子,都喜欢拿他(她)的工资高低、收入多寡来说事儿。

对于这样的风气,个人还是持保留态度的。但是,我们每个人又都不可能生活在真空当中,作为社会的一分子,当你没有办法改变社会的时候,也只能尽量去适应社会了。

有很多人羡慕民国时代,那个时候数学考零分,也能上大学。著名学者钱钟书先生当年考清华时,数学考了零分,但他的外语和语文都考得很好。罗家伦校长破格录取了钱钟书。可以说这样的情形,在今天是不大可能发生的。

在今天根本不可能发生的改变,我们就彻底无能为力了吗?转换思路,其实也不必太过于悲观了。

因为,今天同样存在很多的偏科人才,如果非要让他们适应现有高考制度,他们确实连上大学的可能性都没有。

一个朋友的儿子,当年高中会考时,政治课不及格(补考仍没有及格)。按照现行制度要求,高考是不具有资格的——会考政治不及格无法取得高中毕业证书。因此,他只能申请国外学校。好在他的外语非常好，最终被国外一所名校录取。一个国内三本都没有机会上学的青年，居然上了国际名校，想想这有多么不可思议！

如果我们只是循规蹈矩地思考问题，循规蹈矩地选择生活道路，虽然也可以实现所谓的人生理想，过上大部分人都过的生活，但是不是就是我们内心的追求？还是很难说的。

这些年来，公务员和国企、金融机构，一直是青年人择业的首选。公务员有权，国企、金融机构有钱。有些学生家长为了让子女进入上述单位，不惜花重金打点，找门路，托关系。不能否认，公务员与国企队伍中，确实吸纳了不少青年才俊，但也确实混进了不少靠"拼爹"的平庸之辈。

其实，我们也可以发现另外的风景。

总有一些怀揣梦想的年轻人，不被眼前的利益、当下的光鲜所诱惑，而是毕业后就一头扎进了极其艰苦却可能有着光明前途的工作。

我邻居的房子曾经被传媒大学毕业的几个女孩子租住。她们都在电视台工作，下班常常很晚，要在机房里剪片子，吃饭也总是叫外卖。自己有一阵子下班晚，所以偶尔会碰到她们。看到风华正茂的年轻人那么辛苦，估计大家都不理解。事实上，如果她们不做北漂回家乡，可能也会找到类似公务员或者银行等"体面"的工作，但一辈子也就看到头儿了。可是在北京，在电视台，或者其他需要真本领的机构，只要你肯学习，肯努力，就不可能永远做小角色，名编导、名主播、名记者，就有可能从她们当中产生。

因此，选择挣钱多的工作，还是选择有前途的工作，实际上是一种人生态度，也体现了人的不同价值追求。

2019 年 7 月

理想与乡愁：一个理想主义者的省思与夙愿

为什么欢呼"劫富济贫"从来都是灾难

无论在中国还是在外国，"劫富济贫"都被认为是一种正义的壮举。《水浒传》中的水浒英雄，还有西方传说中的绿林好汉罗宾汉，都由于他们劫富济贫的壮举，至今仍是人们心目中的英雄好汉。

自古以来，"劫富济贫"之所以深入人心，一方面反映了人民对旧社会贫富不均的不满情绪；另一方面也反映了人们脑子中根深蒂固的"不患寡，患不均"的思想。

其实，劫富只不过是匹夫之勇，并不是行之有效的济贫方法。正如把高个子砍短并不能使矮个子长高一样，靠抢劫富人并不能使穷人变富。劫富的最终结果无非是消灭富人，实现共同贫穷。

总有些人认为穷人之所以贫穷，是因为富人太富的缘故。剥夺了富人的利益，就必然会增加等量穷人的利益。其实，富人并不是穷人穷的根源。也就是说，一些人贫穷的原因并不是由于另一些人富有。在生产力极为落后的原始社会，为了整个群体的生存，只能共同贫穷。随着生产力的发展，产品有了剩余，私有制产生，社会就分化为富和穷两个群体。因此，贫富分化是社会发展的必然结果。

在任何社会中，富人总是有能力者、勤劳者或幸运者，一个社会的经济发展总是从一部分人先富起来开始的。从这个角度来看，那些靠勤劳和智慧而致富的富人对经济的发展和社会的进步要大于穷人。在社会经济发展过程中，穷人是受益者。他们获得了更多的就业机会，生活水平也随之提高。因此，富人多了不是坏事，富人的消费可能正是穷人生活来源的一部分；富人的投资可能正是穷人摆脱贫困的机会。

在一个社会中，一定的贫富差距的存在是社会生产力向前发展的动力。所以，从根本上讲，劫富实际是在取消社会激励机制，阻碍社会生产力的发展，只能使穷人变得更穷，无法达到济贫的目的。

改革开放几十年来，一部分人已经先富起来，中国出现了一个富裕阶层。百万家财已不新鲜，千万也不是新闻，现在已有不少是亿万富翁，贫富差距拉大的现象越来越突出。当然如果长期不调节，任由差距拉大，将有可能成为社会不安定的一个因素。但是，政府不能通过暴力手段"劫富济贫"，而应该通过适当的税收手段和社会二次分配来达到缩小贫富差距的目的。例如，目前国家征收个人所得税和正在酝酿之中的消费税、遗产税等，就是政府调节社会财富的再分配，缩小过大的个人收入差距的措施。

有的人把政府实行的再分配政策看作"劫富济贫"，政府自然就成了劫富济贫的水浒英雄或罗宾汉，这也是一个天大的误解。

富人多交税是应该的，这不是政府代行水浒英雄或罗宾汉的劫富行为。

政府通过收入再分配缩小收入差距的措施，其目的是让穷人变富，但绝不是让富人变穷。一个贫富差距悬殊、穷人无法生存的社会是一个动乱的社会。"朱门酒肉臭，路有冻死骨"恰恰是穷人铤而走险、劫富济贫的重要原因。在这样一个社会里，富人毫无安全感，随时可能被杀被劫，当然谈不上幸福。因此，政府通过收入再分配缩小收入差距的措施，既符合穷人的利益，也符合富人的利益。

让一部分人脱贫进入中产阶级，进而形成庞大的中产阶层，这是政府调整收入分配政策要达到的一个主要目标。大批中产阶层的形成对于社会经济结构的合理化有着积极的意义。庞大的中产阶层的存在，是社会走向稳定的重要因素。中产阶层是介于社会高层与社会底层之间的缓冲层。同时，中产阶层也是社会消费的主要群体。当中产阶层占社会多数时，他们的生活方式就保证了社会消费市场的稳定，这是社会稳定的重要的经济因素之一。

　　因此，从增量的角度去做大经济蛋糕，进而提高穷人的收入，让他们进入社会中间阶层，而不是从存量的角度去剥夺富人，这才是政府努力的大方向。

2019 年 7 月 24 日

金钱能买到幸福吗

曾经流行过一句对富人嘲讽的话:"你穷得只剩下钱了。"

我相信这句话十有八九是穷人发明的,是穷人用来自我安慰的说辞。富人一般更明白金钱的价值,也明白赚钱的大不易;他们怎么会轻易对金钱表达不满呢?

虽然,我们不能相信富人们赚的都是阳光下的利润——特别是在一个市场经济与法治还不十分完善的境况下,富人群体所拥有的财富中,或多或少都可能带有些所谓的"原罪"。

对于大部分所谓的"原罪",个人倒是认为不必大惊小怪的,更不应当去翻老底儿、算旧账。在改革开放初始阶段,连长途贩运都是可以按"投机倒把"治罪的。还有民间借贷,搞不好也可能有牢狱之灾。中国的改革开放,从本质上说就是从对原有计划经济体制的"破坏"开始的。

今天,如果仍然对创造的财富不能够予以公正的评价,那显然也是"政治不正确"了。为了赚钱,中国人可以吃千般苦、受万种罪。在海外,洋人的商店休息了,华人的商店不仅不休息,相反还会加班加点。在国内,无论什么工作,即使最卑贱的工作,只要有钱赚,都会有人争着去做。

中国人真正吃饱穿暖,不过是近40年的事情。历史上大部分时期,大部分中国人都是忍饥挨饿的——即使所谓GDP全世界第一的"康乾盛世"也如此。历史上的中国有钱,从来只是极少数人。反而是穷根儿、穷命、穷苦从来都与大多数中国人结缘,剪不断,理还乱。

由于贫困思维的基因已经深植于中国人的灵魂中，因此，尽管今天中国人普遍已经告别了贫穷，但仍然无法建立一套属于自己的财富观与金钱观。要么是赤裸裸的拜金主义思潮泛滥，要么就是"打土豪、分田地"式的穷人造反思想的回潮。

按照市场经济的天然法则，一切的价值其实都是可以用金钱的价值来度量的。

我们不能随意用旧有的意识形态来对金钱进行道德评判。比如，对于"金钱可以买来幸福吗"这样的问题，就不能够轻率地用所谓的崇高道德来审视。历史上，我们有过血的经验教训：站在道德的制高点，去批判社会的"丑恶"，固然可以获得劳苦大众的拥护，却无法解除劳苦大众的"劳苦"，结果是让他们更加"劳苦"。

如果依市场经济法则，金钱当然是可以买到"幸福"的。我们只要承认"富裕国家的人民比贫穷国家的人民更幸福"这一事实就足够了。

为什么20世纪70年代广东会有大批老百姓冒着生命危险逃往香港？他们不就是想脱离"苦海"去追寻"幸福"吗？

所有的事实都可以证明："有钱人会比穷人过得开心、过得幸福。"

至于穷人也会有穷人的幸福，富人也会有富人的痛苦，那不过是所有人身上都会发生的事罢了。

2019年7月25日

为什么需要重谈"枪口抬高一寸"

"枪口抬高一寸"的说法来源于柏林墙被推倒、东西德统一之后的一个审判故事,故事真伪似乎存疑,但故事揭示的观念则具有划时代的进步意义:主动作恶与被动作恶是有差别的。因为我们每个人也有遇到像故事中的那位东德士兵"必须执行上级命令,开枪射杀企图偷越柏林墙的同胞"类似的处境。比如,你作为一名警察,有可能被要求去抓捕有冤屈的好人;或者被命令训诫如李文亮医生一样的"吹哨人"。又比如,你的工作可能就是拆迁,老板让你执行强拆任务;或者你是一名媒体工作者,领导安排你撰写内容不真实的"宣传稿";等等。

是不折不扣甚至积极地"射杀"同胞呢?还是"枪口抬高一寸"放人一条生路?当然故事里那位德国士兵是执行了上级命令杀了同胞,并被法庭以蓄意杀人罪而被判了三年半徒刑。如果他如法官所阐释的那样"枪口抬高一寸",相信是可以被判无罪的。

说到我们每个人的境遇,其实谁也无法保证一生不遇到受良心拷问的是否"枪口抬高一寸"的两难问题。前些天与朋友户外登山,就聊到这样的问题。朋友是一家大公司的中层领导,近几年来他的上级经常要求召集一些华而不实,甚至是可笑的表态或总结会议,并且要求人人过关,让他不胜其烦。他对付方法就是,将那些空虚无聊的会议,想方设法变成业务的交流会;至于硬性要求的汇报材料,则能推则推,推不掉就专门安排一个人代表部门写,不搞人人过关。我开玩笑说，他的做法就是"枪口抬高一寸"。

回到上面我们说到的情况：假如一名警察必须去抓捕审讯被冤枉的好人，他"枪口抬高一寸"的做法，就是不必像对真正犯罪嫌疑人那样毫不留情地严厉对待、长时间熬夜审问了；而应当和颜悦色、耐心交流，能提供方便尽量提供方便；如果能帮助洗冤则应当去做。假如一名拆迁公司的工人，必须去执行强拆任务，那也不能当打手、施暴力、冲锋在前；他也应当采取"枪口抬高一寸"的做法，如能逃避就逃避，不能逃避就消极等待和拖延；不能拖延就往后闪。至于媒体记者，他"枪口抬高一寸"就更有必要了，切切不能不问新闻来源、不问新闻真实性、不管发布出来之后给自己带来的是耻辱还是荣光。

至于出版社编辑，作为从业大半生的老编辑，我更有切身体会。我不能说自己以前策划的选题、编过的书、审过的稿，都是可以经得起时间检验的好作品，平庸之作、交差之作，应该是不少的。但我心中有个底线，就是凡要署自己名字的书，不能够让良心过不去，也就是说至少不能引人向恶。而对于推不掉的书，或不愿意去"帮闲"的书，能不做就不做，能不自己做就不做，实行"退避三舍"之策。我讲这些，也算是自己的"枪口抬高一寸"之经验吧。我个人最尊敬的出版家沈昌文先生，年轻时曾经受上级之命担任书刊质量审查员的工作。那个时候，大量的好书和优秀作品，特别是国外作品，被认为是"毒草"。而沈昌文先生对于那些作品的审查，标准放得很宽。他曾经说过大意是这样的话：这本书嘛，内容确实不怎么好，可也不坏。而不坏的书就意味着可以放行了。

2020 年 3 月

做人的底线与穷富有关系吗

昨天（2020年5月6日），陕西榆林市靖边公安局通报了一起"将79岁瘫痪母亲扔废弃墓坑活埋"的案件。犯罪嫌疑人系靖边县一名男子，他将79岁高龄、瘫痪在床的母亲，"活埋"于一个废弃的墓坑内。警方接到报警后，将老人解救并介入调查。

当我们看到如此丧失人伦底线的案件，可能除了震惊之外，也让人匪夷所思。到底做人的底线在哪里呢？这世间，还有什么罪恶人不敢干的呢？

尽管案情还没有大白于天下，但"亲人"相残、子杀母的事实已经发生了。由此案件，倒是让我想起一个萦绕我多年的老问题，即"贫穷与罪恶"的关系。

我们知道，靖边还是一个贫穷落后的地方，特别是那里的农村，老百姓的生活普遍不富裕。虽然说温饱问题已经解决了，但可能也仅止于此。特别是对于贫病交加的老人而言，若没有了劳动能力，就可能成为家庭的负担。当然，我们还不知道，那位遗弃、活埋母亲的男子，是不是为了摆脱赡养瘫痪母亲的责任（负担）？如果是，可就让我们在悲愤之余，又感到丝丝寒意。

我们过去喜欢讲"为富不仁"，这或是弥天谎言。其实古今中外，做好事、做善事、做义事的，多是富人所为。且不说美国历史上的洛克菲勒家族，就是今天的比尔·盖茨，单是我们发生新冠疫情时，他就捐助了1亿美元。我们的情况同样如此，历史上乡村里出钱修桥修路的，不都是乡绅、地主吗？

当然，我们也必须理解，穷人很多时候打家劫舍、行凶杀人，确实也有不少是生活所迫、逼上梁山。中国历史上的农民起义，如陈胜、吴广起义，黄巢起义等，都是因为活不下去了才造反的。古罗马的斯巴达克斯起义，也是为了寻找生路。

至于今天的社会里，为了活路、为了生存而铤而走险的，应当说可能已经不是主要因素了。但是，罪恶与贫穷有没有关系呢？显然我们还不敢肯定说没有关系。

中国古人是明白贫富与道德之间的关系的——所谓"仓廪实而知礼节，衣食足而知荣辱"。只是我们经常会有意无意地忽略了这样睿智的提醒。

说一件我在生活中遇到的实例吧。

记得有一年，我们一行人到井冈山出差。晚上几个朋友相约到街上的饭店喝酒。选了一家特色餐馆，虽然身处异乡，但还是想喝家乡的二锅头。一问老板，还真有，拿过来看，发现商标有点模糊。老板笑着承诺说：我们老区人民都实在，不卖假货。等喝完酒、回到住处，我们几个喝酒的人不仅个个头痛难忍，而且上吐下泻起来。这才知道是喝了假酒了。

虽然不能绝对说我们在北上广深杭等一线发达城市，就喝不到假酒、买不到假货，但一定是贫穷的地方、落后的地方，更容易让你碰上假货、买到假货。我不认为这样的事完全可以归结为个人道德问题，更不认为可以归结为个人素质问题。但是，我更相信精神文明是建立在物质文明基础上的；如果脱离了物质文明，空喊精神文明是没有用处的。

因此，对于减少犯罪，对于提高人的道德底线，对于社会文明的进步，我以为最有效的路径，就是发展经济，让人们富裕起来，让人们生活得有尊严。

2020 年 5 月

人生归处是田园：对陶渊明一首诗的解读

在中国的传统社会里，"回归田园生活"一直是众多读书人的理想。"告老还乡""叶落归根""魂归故里"等成语，都是用来表达这一思想的。人为什么会有乡愁？其实乡愁的本质，还是与"人生归处"有关。

即便到了今天，"回归田园生活"仍然是无数人藏在心底的夙愿。当然真正去实践这样的夙愿，并不是一件轻而易举的事情。毕竟今天的我们已经走在城市化、现代化的快车道上，传统的"田园牧歌"式的浪漫生活，事实上远离我们而去了。

但文学，特别是诗歌，却可让时间倒流，让历史重现，让我们的记忆复活。尤其是我们思考"人生归处"这样既玄妙，又现实的人生问题的时候，重温我们曾经熟悉又陌生的经典古诗词，当是极美的精神享受。

我可以说是一个陶渊明（365 — 427）的"铁粉"。陶渊明是中国田园诗歌的代表人物。他的大部分诗歌作品都与田园生活有着亲密的联系。正是因为喜读陶诗，所以才让我产生了"人生归处是田园"的想法。

仅以陶渊明的"归园田居"组诗之中的一首诗来说明之：
少无适俗韵，性本爱丘山。
误落尘网中，一去三十年。
羁鸟恋旧林，池鱼思故渊。

> 开荒南野际,守拙归园田。
> 方宅十余亩,草屋八九间。
> 榆柳荫后檐,桃李罗堂前。
> 暧暧远人村,依依墟里烟。
> 狗吠深巷中,鸡鸣桑树颠。
> 户庭无尘杂,虚室有余闲。
> 久在樊笼里,复得返自然。

陶渊明40岁的时候,毅然辞官,辞去了他人生中最后一个官职"彭泽令",以一介布衣回到家乡,过上艰苦的躬耕自给的生活。生活虽苦,但心情自由舒畅。连同这首诗在内的"归园田居"五首组诗,便是他返乡第二年(42岁)时写下的。

通观这首诗,也可以让我们管中窥豹,粗浅地了解到陶渊明对于生活、对于人生、对于官场、对于功名的看法。

比如,诗的第一句"少无适俗韵,性本爱丘山",翻译成白话文就是"(我)少年时就缺少适应世俗的气质,天性就喜爱丘壑山峦"。看来,陶渊明之所以在官场不适应,是有根的。从小他就讨厌那些世俗的东西,他的本性喜欢的是山水田园。或者说,他喜欢的是诗意的生活,而不是尔虞我诈的官场。

诗的第二句"误落尘网中,一去三十年"。他把自己从政做官的13年(诗中"三十年"意为"十又三年"),认为是"误落尘网",而不是"光宗耀祖"。这显然与一般人的看法是不一样的。不要说古代讲求"学而优则仕"——读书就是为了做官的;就是放到今天,我们社会的主流声音,还是习惯把人的社会地位与职位高低联系在一起。但是,陶渊明更看重的是"无官的自由",而不是"做官的尊贵"。我们都知道,陶渊明有一句名言叫"不为五斗米折腰",这也是他辞官的理由。可以说"误落尘网中,一去三十年",

真实表达了他对官场，也是对人生的看法。

陶渊明的人生态度还表现在如下的诗句中："羁鸟恋旧林，池鱼思故渊。"他把官场生涯比喻成"被羁绊鸟儿"，总想着"恋旧林"；他还自比"养在池中的鱼儿"，思念着旧日的"故渊"。这不就是"人生归处是田园"吗？

陶渊明这首诗的最后一句："久在樊笼里，复得返自然。"我个人以为，可以说是他人生的总结。在我看来，陶渊明骨子里深藏着的是一颗"自由"的灵魂。这恐怕也是他的诗作之所以还被今天的我们不断阅读、吟诵的理由吧！

2020 年 5 月 20 日

坏人得不到惩罚的结果

从初衷来讲,我个人是极其反感严刑峻法的。

暴秦二世而亡,与其执行严苛的刑罚制度密不可分。陈胜、吴广要不是面临死罪威胁,断不会去造反的;刘邦起义的原因,则是因为他奉命押送劳工去骊山为秦始皇修筑陵墓,途中许多劳工趁机脱逃;劳工逃跑了,刘邦无法交差,必然面临死罪处罚,故而起义求生。

诸葛亮治理下的蜀汉,是一个短命王朝,其实也与诸葛亮执行严刑峻法不无关系。人民没有安全感,人心思变。一旦曹魏来袭,民众与军队便都望风而降了。

大体说来,好的社会应当是轻徭薄赋,监狱里空空荡荡的。刑罚是治坏人的;好人不仅不应当受到刑罚威胁,还应当受到法律的保护。

从大历史的眼光看,今天的中国毫无疑问是历史上从未有过的"治世"与"盛世",但是又往往被认为"世风日下"。

今天,就说一件耳闻目睹的事例,也许你就曾经碰到过。

首先,必须承认,我们的身边确实存在个别的、损人不利己的坏人。

如果按照民间的说法就是"小人""恶人"。小人、恶人的最大本事就是告黑状,坏别人的事——当然也未必真能坏了事,但为别人添恶心、添麻烦则是一定的。小人告黑状,都不敢属实名的,往往以"人民群众"自居。告黑状的结果,除了损人不利己之外，也损了他自己。

现在有的幼儿园的小朋友都学会了看老师脸色说话，以言不由衷的谎言来赞美老师。至于个别中学、大学，更是鼓励说假话、说空话、说套话。特别是学生作文，常常写心里话、表达真感情的作文，被老师判不及格；而华而不实的廉价颂歌却常被当作范文、美文推荐。最让人们不能容忍的是有个别政府部门的统计数据公开作假。

还有无良企业制假售假，假冒伪劣商品泛滥成灾。

今年，自己装修房子，接触了一点建材市场的情况。发现在一些建材批发市场，假冒伪劣建筑材料甚至超过了正品真品，不留神就有可能上当买了假货。很多店主都会问你买好一点的还是一般的。他们口中好一点的可能是正品，而一般的或者差一点的，则就是冒牌货了。在个别电子商务平台上，甚至连家用电器如热水器都是冒牌货。

至于食品、药品等领域，假冒伪劣同样防不胜防。最令人气愤的一件事，就是由于行业垄断的原因，我们日常消费的食盐，也存在严重的问题。现在很多商店都只卖加碘盐，不卖非加碘盐——事实上，我们大部分人都是不需要补碘的。而你不需要，盐业公司却要强制给你补。让我们匪夷所思的是，不加碘盐售价是比加碘盐贵的。

另外，执法领域对坏人过于姑息，导致不守规矩的人气焰嚣张。

几年前，成都火车站派出所数十名民警涉嫌与小偷勾结，在收取小偷的"入场费"后，"保护"小偷在场内行窃。有时，收了费的警察当着当事人的面将小偷带回派出所，等旅客一上车，小偷还是会被放出来，继续到"买下"的地盘上"施展身手"。如此丑闻，过去我们只是在文艺作品中才看到，想不到竟是生活实景。

最近哈尔滨也爆出了"交警充当疯狂大货车保护伞"的

丑闻。哈尔滨纪委、监委发布通报，向社会公布了对122名为疯狂大货车充当"保护伞"的领导干部以及公职人员的查处情况。从这份通报中可以看到，在122名被查处的领导干部及公职人员中，既有哈尔滨市交警支队副支队长，也有多个区交警大队的大队长、中队的中队长，以及普通民警。涉及人数多、级别高、违纪违法手段多样，性质恶劣，影响极坏。此前，哈尔滨市纪委监委针对老百姓反映强烈的疯狂大货车问题，于去年10月23号成立了联合专案组，经过7个多月的调查取证，终于将这些隐藏在疯狂大货车背后的保护伞一一揭露。

我就亲身经历过一场惊心动魄的被疯狂大货车伤害的事例。下面的文字摘录于个人新浪微博：

2018年6月18日20：00左右，在101国道（进京方向）密云古北口检查站附近，河北承德籍司机赵某驾驶货运大卡车急于冲出拥堵路段，公然将车开到逆行道行驶。由于逆行道上也不断有车辆驶过，导致本来拥堵的交通更加不畅。赵某为躲避对面来车，于是不顾其他正常行驶的车辆强行往进京方向再插队（右手方向），险些将本人正常行驶的汽车刮翻，情况十分危险，今天想起仍有恐怖之感。本人车辆左后门被撞毁。在交警到来之前，路上往来司机、行人看到此情境，纷纷谴责大货车司机公然藐视法律的危险行径。然而，赵某及其同伙（其中包括自称队长的中年男子），不仅对他们的违法行为没有任何歉疚，居然理直气壮地扬言要殴打谴责他们的正义群众（声称，他们想走哪儿就走哪儿，老板有钱，上了300万保险）。交警及时赶到，这伙人的嚣张气焰才算收敛起来。交警（密云交警大队杨姓警官）经现场查看，对赵某口头批评，并开具了他们负全责的交通事故认定书。次日（19日）上午，经过自己反复联系，并经责任车辆（大卡车）保险单位（中华联合保险）同意，安排了自己的受损车辆的修理。然而10天过后，车辆修好，该违规责任方（大卡车司机及车主）履行赔偿责任了，居然恬不知耻地玩起了挂电话或者干脆不接电话的鬼把戏。事实上，在18日发生事故的时候，就已经见证了卡车司机赵某这一小伙狂妄无知的马路"肇事者"的真容了。发此微博，一是向执法部门举报，不能让违法者再如此猖狂下去；二是，提醒经常开车的朋友们一定要远离危险大货车；三是提醒车主选择车辆保险公司时一定要选择大公司（大保险公司一般都会与众多汽车4S店签署先行赔偿的合作协议，无须客户垫付）。

  半个月过去，经与执法机关反复沟通交涉，总算给了事故责任司机赵某扣分和罚款的处理（本该由肇事者负责的修车费，结果仍然是我自己承担了）。但是，若不是自己的坚持追踪，无良司机除了公然逃脱赔偿责任之外，连应受到的交通违章处罚都要被交警姑息免除了。真可谓，是可忍，孰不可忍！

  述说这样一些事例，出发点还是想如何让我们的社会减弱向下沉沦的惯性，向好的方向、善的方向进步。个人以为，让坏人做坏事得到应有的、恰如其分的处罚是很必要的。不要以为我们的宽容、容忍、善良，会让坏人、小人、恶人自我反省不做坏事、不作恶了，这可就是天真的幻想了！

2020年6月9日

民间疾苦的倾听者:对陆游一首诗的解读

中国古代的诗人,大都是官员身份。也就是说,做官是古代诗人的正式职业(正差儿),做诗人是副业。如果把我国古代诗人都称为"业余诗人",当是符合实际情况的。

由于我们的传统社会,本质上是官本主义的社会(俞可平语),因此,官民之间存在着巨大的阶级鸿沟。做了官,基本上就可以过上衣食无忧的生活,并且荫及子孙。而百姓黔首,过的则是另一种生活。即便盛世,即便承平年代,生活也多是维持在温饱线上下。至于乱世,朝不保夕、饥寒交迫则是生活常态了。

做官是为了自己和家人荣华富贵,还是为了济苍生、救百姓于水火,是有着本质不同的。出于前者目的做官,虽然我们不能说全部都是贪官、不好的官,但出于后者目的做官,我们却可以肯定地说多是清官、好官。当然,清官、好官都是老百姓喜欢的。所以千百年来,中国民间普遍有着一种"清官"情结。

说到中国古代的诗人官员,或者说官员诗人,他们中的大部分都可以归入"清官""好官"行列。不管他们出身高贵还是贫贱,但平民思想、济世情怀,则是他们的共同特征。

例如,战国时期的大诗人屈原,出身贵族,官职显赫(左徒、三闾大夫,兼管内政外交大事)。身居庙堂,却心系百姓,他曾经有诗云:"长太息以掩涕兮,哀民生之多艰。"

又如唐代诗圣杜甫,更是一位被历代称颂的平民大诗人。他的"三吏""三别",反映的都是他那个时代残酷的社会现实与百姓疾苦。他的名句"安得广厦千万间,大庇天下寒士俱欢颜",今天读来仍然让我们满心酸楚。

那些胸怀平民情结的中国古代诗人中,南宋大诗人陆游也是我极为欣赏的大神级人物。近日,偶翻到他的一首题为《寄奉新高令》的诗,让我对陆放翁(陆游)又有了一点新的认识。之前,对于他的忠君爱国(如"王师北定中原日,家祭无忘告乃翁"),对于他的忠于爱情(对唐婉),有着更多的印象。但通过阅读《寄奉新高令》,则又增添了对他心系民间疾苦的认识。故此,我给陆游冒昧地安上了一个"民间疾苦倾听者"的头衔,不知合适否?我们不妨先看一下他的《寄奉新高令》诗:

　　小雨催寒著客袍,草行露宿敢辞劳。
　　岁饥民食糟糠窄,吏惰官仓鼠雀豪。
　　只要闾阎宽箠楚,不须停障肃弓刀。
　　九重屡下丁宁诏,此责吾曹未易逃。

可以说,整首诗都洋溢着民本主义(与官本主义相对应)格调;同时也透露出他对腐败官场的不满与声讨。

这首诗是陆游于淳安七年(1180)写给江西(他在江西任职)奉新县令南高寿(高令)的。当时江西正闹灾荒,陆游亲眼看到黎民百姓悲惨的生活实景,故而让他心生悲悯与同情。另外,他身居官场,更看到了百姓疾苦后面的政治背景。

　　岁饥民食糟糠窄,吏惰官仓鼠雀豪。

此句翻译成白话文,就是"灾荒年景里,百姓吃糠咽菜;而那些官吏们懒惰怠政,竟让政府(官)粮仓变成了老鼠和麻雀的家了"。

正像诺贝尔经济学奖得主阿玛蒂亚·森(印度裔)对于大饥荒的研究所揭示的那样,饥荒背后是制度原因,是人祸。

想想中国历史上的大饥荒,并非仅仅是粮食短缺,而常常是"朱门酒肉臭,路有冻死骨"。看来,陆游的年代里也如此,一边官仓粮食喂老鼠,一边百姓度饥荒。

陆游对于这样悲惨现状的思考,也写进了诗中:

> 只要闾阎宽箠楚,不须停障肃弓刀。
>
> 九重屡下丁宁诏,此责吾曹未易逃。

把这两句诗翻译成白话:只要民间少动些刑罚,又何须让那些地方的官兵紧握弓刀呢?朝廷和君王一再下达政令,我们这些做地方官的责任怎么可以逃避呢?

陆游认为民间疾苦,责任在官府苛待百姓;君王虽体恤百姓,但具体掌握权柄的官员总是逃脱责任。

像陆游这样能够对自己身处的体制、制度做自我反省的官员和知识分子,在中国古代历史上不能说是很多,因此,是难能可贵的。

2020 年 5 月